澁澤龍彥論コレクションⅢ

澁澤龍彥 幻想美術館
澁澤龍彥と「旅」の仲間

巖谷國士

勉誠出版

澁澤龍彦論コレクションⅢ

澁澤龍彦 幻想美術館／澁澤龍彦と「旅」の仲間

目次

澁澤龍彦 幻想美術館

I

II

Ⅳ　震災後の発言

写真――撮影者の記載のないものはすべて巖谷國士撮影

澁澤龍彥論コレクションⅢ

澁澤龍彥 幻想美術館／澁澤龍彥と「旅」の仲間

装幀　櫻井久（櫻井事務所）

澁澤龍彥　幻想美術館

I

川田喜久治撮影　グロッタ　イタリア、イゾラ・ベッラ　1976年

はじめに

澁澤龍彦の「幻想美術館」――これは多くの人々がすでに思いうかべ、待ち望んでいたものだろう。ひとつには、この作家が幻想美術の愛好者であり、最良の紹介者でもあったからだ。たとえば『幻想の画廊から』『幻想の肖像』『幻想の彼方へ』『幻想博物誌』という四冊の著書を見ただけでも、そのことは明らかだろう。

だがそればかりではない。澁澤龍彦が生涯にわたって好み、称え、紹介した作品の全体は、いわゆる幻想美術の枠をはるかに超えていた。生来の「視覚型」であることを自覚していたこの作家は、それまでの美術史の序列などにとらわれることなく、自分の目で未知の作品を発見しつづけ、かつて類を見ない「もうひとつの美術史」を夢想することさえあった。その新しい美術史にもとづく幻想的な美術館――前記の「幻想の画廊」よりもずっと広い「幻想の美術館」――のイメージもまた、すでに芽ばえていたものと思われる。

没後二十年を機に、そのような「幻想美術館」を再構成するという試みは刺激的だろう。この国に価値転換のきざしの見えた六〇年代以後、多くの若者たちは澁澤龍彥の影響をうけ、通念にとらわれない新しい美術の見方を身につけてきたからである。澁澤龍彥の導きと先見の明は、若い芸術家や愛好者ばかりでなく、おそらく文化の深層にも及んでいるからである。

ただ新しい美術の見方といっても、さほど固定されたものではなかった。「昭和の子供」として育った澁澤龍雄（本名）自身は、五〇年代にサドの研究者・澁澤龍彥（筆名）として出発して以来、六〇年代には芸術・文化の過激な先導者として、七〇年代には独特のエッセー・紀行・回想記・博物誌の著者として、八〇年代には日本や東洋にも材をとる綺想小説の語り手して、たえず変貌をつづけていた。

美術を語る姿勢と視点をすこしずつ変えながら、その著作は各時期の読者に迎えられてきた。とくに没後になって『澁澤龍彥全集』『澁澤龍彥翻訳全集』が刊行されてからは、そうした生前の変貌の跡をたどる試みが可能になり、最後の小説『高丘親王航海記』のよびおこす感動も加わって、この作家の生涯がいわば、ひとりの貴人の航海のようにイメージされることになった。

いまや澁澤龍彥という作家は、個々の著作だけではなくその人格と生涯においても、人々を魅了しつづけている存在である。

そのようなわけで、ここに仮設する「幻想美術館」は編年体をとり、澁澤龍彥の五十九年間の生涯をゆっくり追ってゆく。部屋から部屋へ、彼の発見し交友し紹介した古今の芸術家たちの作品と資料をたどることで、彼の美術観の変遷があらわになり、同時にひとつの個人史がうかびあがるようであれば、この「美術館」もまた「幻想」の域を超えることだろう。

二〇〇七年一月七日

澁澤龍彦の美術世界

澁澤龍彦の美術世界というと、まず思いうかんでくるひとつの光景がある。北鎌倉の山の中腹に立つこの作家・批評家・フランス文学者の自宅の一階の、書斎とつながっている居間兼客間の空間である。実際に訪れたことがなくても、たとえば篠山紀信の有名な写真シリーズ「澁澤龍彦邸の時間と空間」を見て、この部屋のイメージに魅《ひ》かれている人は多いだろう。

それはいわゆる「シノラマ」によって視覚的に拡張されている映像なので、なにか広い美術館か博物館のようにも見えがちだろうが、じつはどちらかというと小ぢんまりとした空間で、床面積は八畳と少々、階段のスペースを入れても十畳ほどしかない。それでも吹きぬけの天井が高く、南側の幅一間の引き戸が開いていれば書斎がのぞめるので、かならずしも閉ざされた感じのしない、独特の入りくんだ小展示室を思わせることはたしかである（13ページの写真）。

周囲の壁にはたくさんの絵が掛けられている。ときに配置の変ることもあったが、玄関から客間に入って左の壁にはマックス・ワルター・スワーンベリ、ハンス・ベルメール、レオノール・フィニの版画、右の壁には金子國義の油彩連作「花咲く乙女たち」のうちの一点や、加山又造による「鍬がた」の原版があり、階段上の広めの壁には加納光於の版画が何点かあって、それらは晩年の定位置だったと記憶する。書斎の右奥に覗き見られる（17ページ）四谷シモンの少女の人形もそうだ。どれも作者自身から贈られたり、行きずりの画廊で求めたりしたものばかりで、系統だてて蒐集された作品ではない。自分でもよくいっていたように、澁澤龍彥はいわゆるコレクターではまったくなく、たまたま集まったものをたまたま飾っておく――というやりかたで通していたのである。

それでもこうした美術作品が、すべて彼の好きなものだったことには変りがない。もともと好きなものだけを求め、見つけ、組みあわせて並べてゆくという独特の書き方をする作家だったので、客間の空間もまたそのエッセーの世界に似てきたということだろう。好きなものはそれを好む自己を問うきっかけになり、自己を映す鏡のような役割をはたしもしたから、集まった美術作品の全体が澁澤龍彥自身に似ていたといってもいい。もちろん好きなもののごく一部にすぎなかったにしても、それらの飾られているこの魅惑的な空間は、まちがいなく澁澤龍彥その人を偲ぶよすがとなる。

ところでこの部屋には、いわゆる美術作品ではないオブジェや器具、玩具、自然物なども数多く置かれていることに気づくだろう。壁には海亀の剥製や原始的な仮面や、サド侯爵の自筆の手紙を額装したものがあるし、飾り棚のなかと上には無数のオブジェ類がある。「驚異の部屋（ヴンダーカマー)」といえばまず十六世紀プラハのルドルフ二世の大蒐集室を思うのが通例だろうが、それをぐっと縮めたようなこの瀟洒な空間にも、澁澤龍彥の小さな「驚異の部屋」の趣がそなわっている。

そこに飾られている品目については、彼自身のエッセーから引用するにとどめよう。

「イタリアのデザイナー、エンツォ・マーリ氏の制作になる透明なプラスティック製の球体。中西夏之氏の制作になる巨大な卵のオブジェ。テヘラン旅行で買ってきた小さな卵形の大理石。フランドル派の絵に出てくるような凸面鏡。同じくイギリス製の凹面鏡。ガラスのプリズムや厚ぼったいレンズ。旧式の時計。青銅製の天文観測機《アストロラーブ》。スペインの剣。模型の髑髏。鎌倉の海岸で拾った犬の頭蓋骨や魚の骨。チュイルリー庭園で拾ったマロニエの実。バビロンの廃墟で拾った三千年前の煉瓦の破片。カブトガニ。クジラの牙。海胆《うに》の殼。菊目石《きくめいし》。etc.」(『貝殻と頭蓋骨』)

球や卵のようなくっきりした単純な形のもの。骨や石のような乾燥した硬質のもの。情緒とは無縁の透明で抽象的なもの。用途をもたないか、それともすでに失っているもの。澁澤龍彥はこのあとのくだりで、「個人的な思い出の品ではない」そんな物たちにかこまれながら、たえず「自然の子」である自己を意識しつづけている、と述べている。

一方、エンツォ・マーリのプラスティック球や中西夏之の卵形の「コンパクト・オブジェ」(89ページ下)のような美術作品が、凸面鏡やアストロラーブのような器具と、また骨や木の実のような自然物と、まったく区別なしに並んでいることも興味ぶかい。買ったもの、貰ったもの、拾ったものの区別もない。とすると、おなじ部屋に飾られている絵画や人形などとのあいだにも、原則として区

澁澤龍彦邸　居間兼客間（二階より）　2017年

澁澤龍彦邸　居間兼客間（右奥が書斎）　2017年

別がなかったのではないか——と思われてきたりする。美術作品の場合にも、交換価値や美術史上の序列とかかわりなく、ただ自分の好きなものだけにかこまれながら、たえず自己を問うていたということだろう。

澁澤龍彦は美術について書くことをとくに好んでいたが、その書き方にはひとつの大きな特徴があった。いつも自分の好きな対象ばかりをとりあげ、その対象をなぜ自分が好むのかについて問うていたということである。といっても主観にもとづく印象批評には向わず、客観性を保ちながら自己の好みを分析して、特殊に見えてもじつは多くの人々に通じているような気質や性向へと話をひろげ、読者の共感・共鳴・共謀を誘うというやりかただった。既成の美術史上の序列も交換価値もすべて無化して、ただ自分の好みだけでつくりあげていた美術世界が、こうして読者のいわば「共有地」になったのだ。

だからこそ、篠山紀信の「澁澤龍彦邸の時間と空間」などの写真に魅了され、驚きや憧れや懐かしさを感じる人々が多いのだともいえるだろう。

だがその部屋の鮮やかな映像も、主人の没後に撮られたものであることを忘れてはならない。もちろん写真の「空間」には「時間」の要素もふくまれているので、生前の生活を偲ぶことはできる。ただしこの家が建ったのは一九六六年の夏であり、客間に小規模な「驚異の部屋」めいた様相が生まれはじめたのはその数年後からだった。そこでいま、それ以前にまで「時間」をさかのぼり、澁澤龍彦の美術世界のはじまりと、その拡大や変遷のさまをまず追ってみることにしよう。

★

そもそも澁澤龍彦の好む美術作品とは、どのような傾向のものだったのだろうか。原点は幼少年期にあったとしても、彼がそれを自覚した上で書きはじめたのは意外に遅く、三十歳をすぎてからのことだった。最初の本格的な美術エッセーは一九六〇年の加納光於論（『神聖受胎』所収）で、銅版のミニアチュール（細密画）や植物学的イメージへの愛を熱く語っているが、その二年後、「空間恐怖について」という短文のなかに、つぎのような最初の告白があらわれる。

「人間のタイプを視覚型、聴覚型に分けるとすれば、さしずめ私なんぞは、明らかに視覚型に属する人間だ。物の形がはっきりしていないと、気がすまない。色よりも形の方に、より多く注意を惹かれる。このことは文章を書く上にも影響しているにちがいない。

私は美術が好きで、画集などを集めているが、私の好きな絵にも一定の系列がある。印象派みたいに、形のはっきりしないもやもやした絵は大きらいで、一顧も与えない。ごてごてしたロココ趣味や、フォービズムや、厚塗りのルオーなんかにも興味がない。古いところでは、中世のミニアチュル、北方フランドルの初期絵画、ドイツの銅版画などが私の気質にぴったりする。」（『澁澤龍彦全集2』）

このあとに列挙される好みの画家は、ボッティチェッリ、ウッチェッロ、ピエロ・デッラ・フランチェスカ、クラーナハ（クラナッハ）など。さらに現代では、エルンスト、タンギー、フィニ、スワーンベリ、ブローネルなど。とくに最後の二人に共通する「空間恐怖」の心理には関心があり、自分も子どものころに、空白の画面をおそれて装飾的な幾何学模様で埋めつくすような絵を描いていた時期がある、といっている。はっきりした形への好みは先に見たオブジェ嗜好に通じるが、それがもともと絵画についていてあったこともわかるだろう。

当時はまだ「画集などを集めている」段階だったせいか、美術史上の好みは限られていたにしても、現代の画家のすべてがシュルレアリスムの系統であったことは興味ぶかい。大学時代にアンドレ・ブルトンの書の洗礼をうけ、シュルレアリスムの画集や美術書に親しんでいた澁澤龍彥にとっては当然のことだったようで、まもなく六五年に「幻想の画廊から」の雑誌連載がはじまると、そうした画家たちをつぎつぎと紹介するようになる。

だが美術にかかわる連載では、六二年の「エロティシズム断章」のほうが先だった。「生殖に奉仕しないエロティシズム」の本質論にはじまり、異端、終末論、暴力、天使、両性具有などについて自在に論じるこの断章の集積が、六四年の名著『夢の宇宙誌』の原形になる。図版入りの美術書の体裁をそなえたこの本は、実際には芸術と遊びとエロティシズムを中心とする一種のマニエリスム文化論であり、新しい芸術運動のおこりつつあったこの国のこの時代に画期的な意味をもった。

すでに知りあっていた前衛芸術家たち、とくに土方巽と暗黒舞踊（のちに舞踏）の面々などが、この本によってどれだけ鼓舞されたか知れない。二年前にサド裁判にかかわるエッセー集『神聖受胎』を発表し、過激な反対制思想家のひとりに数えられていた澁澤龍彥は、『夢の宇宙誌』によって芸術上のアジテーターをも演じたのである。

澁澤龍彥邸　居間兼客間から書斎をのぞむ　2017年

澁澤龍彥邸　書斎机の椅子にすわって正面を見る　2017年

グスタフ・ルネ・ホッケのマニエリスム美術論『迷宮としての世界』の邦訳が刊行されるのは六六年だが、澁澤龍彥はすでにその仏訳本などによって、マニエリスムの概念を自家薬籠中のものにしていた。マニエリスムとは、もともと十六世紀イタリアの社会不安を背景におこった驚異、綺想、極端な技巧、歪んだ遠近法などを好む美術様式のことで、従来は否定的に語られていたものだが、ホッケはこれをあらゆる危機の時代に見られる非合理性への衝動としてとらえなおし、積極的な意味づけを与えた。澁澤龍彥はさらにブルトンやユルギス・バルトルシャイティス、フロイトやミルチャ・エリアーデなどの見解を動員して、マニエリスムを普遍的な創造の拠点とみなす立場をとっていた。

そんなわけで、先の連載を六七年にまとめた最初の本格的な美術書『幻想の画廊から』では、シュルレアリスムがすでに「現代のマニエリスム」と呼ばれ、後半に登場するボマルツォの庭園、モンスー・デジデーリオ、パルミジャニーノ、アルチンボルド、ベックリーンやクリンガー、ルドンやモロー、アンソールなどとおなじ視野のなかに置かれている。この数年間に澁澤龍彥の好む美術の幅はぐんとひろがり、マニエリスム－シュルレアリスムの線上に系統化されて、文字どおり「幻想の画廊」を思わせるものになっていたことがわかる。

もうひとつ、当時の澁澤龍彥の美術思想に、ある種の芸術家（自分自身をふくむ）の生き方を擁護するという側面があったことも忘れられない。澁澤龍彥の好む芸術家はたいていの場合、彼のいわゆるマニエリスム的な人間――つまり「気質」に溺れるタイプ――だった。これもホッケを受けつぐ立場だが、現代の日本の芸術家たちにそれを見いだそうとした重要なエッセーに、六八年の「密室の画家」がある。
「たしかに、気質に溺れた個性というのは一種の密室ではあるまいか、と私は思う。芸術家がおのれの個性を花咲かせることができるには、意志によって人工的なスタイル、あるいは独創的なスタイルを築き上げねばならない場合もあろうが、そうではなくて、生得の気質そのものに寄せる信頼（ナルシシズムかもしれない）が大きいために、外部的な条件には目もくれず、ひたすらおのれの内面のみに目を注ぎ、ひたすらおのれの内部の声のみに忠実に従うことによって、すべてのアクチュアリティや伝統や時代的要請から隔絶したところで、その個性を十分に開花させることが可能な、いわば幸福な芸術家の場合も考えられるのではないか、ということを言いたいのだ。だから密室とは、この場合、芸術家が生まれながらにして身に負わされた肉体的条件、と言ってもよかろう。密室のなかに閉じこもる芸術家は、孤独を選んだわけではなく、負わされた孤独のなかで仕事をするわけであるが、それだけに制作の歓びが肉体の要求と一体となっていて、孤独であっても決して不幸にはなり得ず、制作のために苦闘しなければならない場合にも、決してそれを苦闘とは感じない、幸福な芸術家の種族であろうと私は思うのだ。」（『澁澤龍彥集成Ⅳ』）
二年後の大阪万博をすでに見通している論調だろう。澁澤龍彥はさらに、「現代の神たるテクノロジー」を信じて体制に奉仕しつつ、あらたな抽象主義に傾いている現代芸術の方向を非とする。その反対に、テクノロジーの支配する社会であえて古い絵画技法に頼り、自身の肉体（気質）だけを拠りどころにして密室にこもる種族は、むしろ幸福なのだという。例として藤野一友、金子國義、中村宏、渡辺隆次、横尾龍彦、高松潤一郎の六人。それぞれの傾向や技法は異なるにしても、「孤独な制作をむしろ楽しみながら、自然や人間の肉体から遊離することのない濃密な幻想世界を、ほとんど愚直なまでに一心に追求しているという点は、共通している」というのである。

六〇年代のいわゆるアンダーグラウンド運動についても、その「地下」を一種の密室とみなしていた澁澤龍彦は、六八年末から翌年にかけて責任編集をした雑誌「血と薔薇」で、そんな地下の密室をひろく公開してみせている。彼は結局、マニエリスム－シュルレアリスムの線上に、自分の好む美術をとりあえず系統化してみせたばかりでなく、芸術家の生き方の指針をも与えるような密室のアジテーターとして、括弧《かっこ》つきの「澁澤龍彦」を演じていたともいえるだろう。

こうして澁澤龍彦の美術思想は、六〇年代の日本に隠然たる影響をおよぼしたが、やがて七〇年代に入ると、彼自身はある方向転換をくわだてる。少なくとも自分だけは密室から出て、世界をひろげようとしたかに見える。事実この年に、生涯ではじめてヨーロッパへ発ち、二か月をこえる長旅を体験したのだった。

★

一九七〇年は澁澤龍彦にとって変り目の年になった。十年近くつづいたサド裁判が前年の有罪判決をもって終り、あらたに結婚もしていた澁澤龍彦は、まず『澁澤龍彦集成』全七巻の刊行によって、それまでの仕事のまとめにかかる。このアンソロジーは若い信奉者を急増させたものが、著者自身にとってはもう過去に属していた。六九年末に「観念こそ武器だと思っていた私たちの六〇年代」の「終焉」を宣した澁澤龍彦は、観念ではなく肉体へ――いや少なくとも実体へ、事物へ――と向っていったように見える。

七〇年八月末から夫人とともに試みたヨーロッパ旅行は、ひとつの転機を用意した。まず北方から入り、すでに書物で親しんでいた町や美術品を見て歩いているあいだ、はじめは「確認」のくりかえしだったが、それでもやがてあちこちで予想がはずれ、未知のものと出会う「体験」が生まれた。これまで賛美していたルートヴィヒ二世の城などはさほどのものと思えず、各地のバロック建築の「ごてごて趣味」にうんざりしたりもしたが、ストラスブールで「発見」したストスコップフの絵や、修道院のクロワートル（回廊つきの中庭）の風情などには心ひかれた。まもなくスペインを南下するにつれて、「確認」は「体験」と「発見」にとってかわられる。セビーリャやコルドバの民家のパティオ（イスラーム式の中庭）に魅せられ、グラナダのヘネラリーフェ離宮の庭園に陶然としてたたずむ澁澤龍彦は、もはや観念ではなく事物の近くにいた。

美術の見方にも体験の裏づけが大きく加わってくる。自分の好みを「気質」に結びつけながら共有地へと誘う独特の書き方はあいかわらずだが、どこかしら実感が加味されるようになる。この旅の回想を中心にした七三年の美術紀行書『ヨーロッパの乳房』からは、まさに自然の女神の乳房にふれるような触感と、香や音や色や味の悦びが伝わってくる。

帰国してまもない七〇年十一月二十五日に、三島由紀夫が市ヶ谷の自衛隊へ押しかけ、バルコニーで演説してから自刃をとげた。ある程度は予測していたことだが、この公私にわたる恩人の死の衝撃は大きかった。六〇年代の澁澤龍彥の文章には、多少とも三島由紀夫の目を意識していたところがあり、とくに二人で会う機会の多かった「血と薔薇」の時期はそうだった。だがこの事件を境にして、ある解放感が生まれたこともたしかだろう。長いヨーロッパ旅行をおえた澁澤龍彥は、これを機にもうひとつの旅を準備していたのかもしれない。それもいわゆる旅行（目的地へ行って帰ってくるトラヴェル）ではなく、日々の航海にも等しい旅（ときには目的地のないジャーニー）だったろう。

七三年の連載エッセー「ミクロコスモス譜」は、翌年に『胡桃の中の世界』として上梓される。「リヴレスクな博物誌」を自称するこの書物の新境地について、後年のあとがきには、「ここには埃っぽい現実の風はまったく吹いていない。七〇年代以後の私の仕事の、新しい出発点になったのが本書であるような気もしている」とある。胡桃の中のミクロコスモス（小宇宙）は密室と似ていなくもないが、世界の観測地点でもあり、旅の出発地点でもある。埃っぽい現実の風を避けて、書物世界の渉《しょう》猟《りょう》と引用の旅を愉しみはじめた澁澤龍彥は、実生活でも旅行をくりかえす。彼はすでに、いたるところに自然界との接点を見いだしていた。

北鎌倉の居間兼客間の空間に、旅先の各地で拾ったり買ったりしてきた美術作品や器具や玩具や自然物が集まり、小さな「驚異の部屋」の様相を呈しはじめたのはまさにこの時期である。だがしばらくののち、七八年に発表された「望遠鏡をさかさまに」という目立たない一文では、ある微妙な心境を告白している。『玩物草紙』のような新機軸のエッセー集で過去の追憶を博物誌に重ねる一方、八〇年代につながる重要な短篇集『唐草物語』を準備していた時期でもあるので、この文章は見おとすことのできないものだろう。

「ずばりと言えば、現在の私がしきりに求めているのは、何か具体的なものである。自己検証というより、物に対する感覚の飢餓だ。そのために、時には記憶をさかのぼるというような、過去追憶的な目を向けたりもするし、時には博物誌家のように、コレクションの真似事をしたりもする。

しかし具体的なものを求めれば求めるほど、ますます観念論者としての自分を深く意識しなければならなくなるのが、どうやら私という人間の宿命でもあるらしいので、この私の遠近法は、思わず知らず、具体的な個物の背後にイデアの影を透視する、あのプラトンの遠近法に近づいてしまうのではないか、と思っている。」(『太陽王と月の王』)

澁澤龍彦は迷っていた。個物と観念との、体験と引用との、発見と確認との、未知と既知とのあいだで迷い、そのことを「宿命」とさえ感じているようだが、それでも行く先に未知しかないことは自明だった。

人間自体は既知や引用や観念や確認であるはずがない。じつはこうした迷いこそが、さらに未知の自己をめざしてさまよう旅の物語を、まもなく試みるきっかけになったのではないか、と思われてくる。澁澤龍彦が一連の短篇小説集を仕上げたあとで、最後の長篇小説『高丘親王航海記』の執筆にとりかかるのは、一九八五年のことである。

その間に彼の美術世界も大きくひろがっていた。かつての「幻想の画廊」が「幻想美術館」の規模まで拡大されようとしていた、といってもよいだろう。晩年の連載エッセーだけを見ても、「イマジナリア」(『澁澤龍彦全集20』)や『フローラ逍遥』や『裸婦の中の裸婦』に、以前とは違う題材をすすんでとりあげながら、「体験」と「発見」の記述を盛りこんでいる。

たとえば、たびかさなる国内旅行と美術の渉猟をへて、日本の古典絵画にも視野をひろげていた澁澤龍彦が、八四年の連載「イマジナリア」の「マニエリスト抱一」の回に、つぎのような文章を書くにいたったのは感動的である。

「酒井抱一の『夏秋草図』屏風に、私はそれこそ溜息が出るほどの、繊細きわまりない日本のマニエリスムを感じて茫然となる。

宗達・光琳にはじまった京風琳派の初期には、まだバロック的エネルギーともいうべきものが絵の背後に濛々と渦巻いているのを感じさせたものだが、それから二百年をへて復活した江戸の琳派の創始者である抱一の画面には、もはやかつてのバロック的エネルギーは完全に骨抜きにされて、すでに跡かたもなく、ひたすら繊細、ひたすら優美な感覚の洗練のみが支配しているような気がするのだ。私のいうマニエリスムとは、そういう意味だと御承知おきねがいたい。」(『澁澤龍彦全集20』)

マニエリスムというヨーロッパ美術の概念を抱一にあてはめ、そこに常ならぬ感覚の洗練などの新しい「意味」をつけ加えている。けっしていわゆる日本回帰ではなく、多くの国・多くの文化・多くの時代をおなじ「望遠鏡」で見わたすという独自の方法がなお生きているのだが、それ以上に、抑えがたい実感を洩らしてしまっているところが新鮮で印象にのこる。「ああ、日本の自然とは、こうい

澁澤龍彦邸　書斎机の左手のガラス戸から庭をのぞむ　2017年　→p.26

左2点　澁澤龍彦のデッサン
「海ネコの王」下描き　1972年
澁澤龍彦は絵をかくのが好きだった。鉛筆やペンですばやく描きあげる線描で、どこか童画や漫画に通じる独特のユーモラスな味があった。上は「オール讀物」誌の1972年10月号の「絵入り随筆」欄に、「Les Roi des chats de mer」と題して発表されたデッサン（現存せず）の下描き。下もそのヴァリアントだろう。同欄に添えたエッセー「合歓の木と海ネコ」にはこうある。「挿絵として添えたのは、旅行以来、私の妄想の中に現われる海ネコの王である。糞真面目な人から投書がくると困るから、念のために書いておくが、フランス語で「海ネコ」というのは、海の猫 le chat de mer と書くわけではない。」（『澁澤龍彦全集12』解題に転載）

うものだったか、と私は目をひらかされるような思いをする」と。

すでに六〇年代の「あの澁澤龍彥」の自己演出がかった表情は薄れ、なにか流動する自然界に身をゆだねようとする旅人としての、新しい澁澤龍彥の素顔があらわになっているように見える。

★

さて、ふたたび北鎌倉の家の居間兼客間と書斎にもどろう。好みの美術作品やオブジェが時とともに堆積し、小さな「驚異の部屋」めいた光景を見せているこの空間に、じつは二、三の開口部があって、そこから外の景色がのぞまれたこともいっておかなければならない。書斎のガラス戸（前ページ写真）をあけてそのまま庭へ出れば、そよぐ風、生い茂る樹木、乱れ咲く花、鳥や虫や小動物、石や土や水にふれられるし、眼下には北鎌倉の自然界が見おろされる。家の主《あるじ》はそこから散策に出かけたり、さらに遠く外の世界へと旅立つこともあったのだ。

澁澤龍彥の美術世界はずっとその先までひろがっていた。かつて暗い地下の密室への誘いをかけ、いわゆる「異端」的な幻想とエロスを称揚していた「あの澁澤龍彥」の顔もまた、たしかに彼のものではあり、じゅうぶんに再評価されてしかるべき一面だったにしても、没後二十年を経て、人々の見る目も大きく変ってきている。

厖大な『澁澤龍彥全集』と『澁澤龍彥翻訳全集』がすでに完成し、すべての著作を読めるようになったいま、彼の生涯を逐一たどりながら、あらためてその美術世界をひろびろと見わたす機会が来ているだろう。

★

以下、本論にあたる七つの展示室のページでは、時代を追ってさまざまな美術作品や資料を見てゆくことになる。その行程は昭和のほぼ全時期にわたる長い長い旅のようなものだが、その上にもうひとつ、澁澤龍彥自身のはるかな旅が重ねられる。最後の書物となった小説『高丘親王航海記』もまたその過程にふくまれていたような、はてしもない幻想と驚異のジャーニーである。

これらの展示室のうち、第六室「旅・博物誌・ノスタルジア」以下ではとくにその点に留意し、晩年にあたる第七室は「高丘親王の航海」になぞらえている。じつのところ、ひとつの大規模な「幻想美術館」を仮設してゆくというこの類例のない作業のあいだに、私がしばしば思いうかべていたのは、幻のような海にただよう一隻の巨きな船のイメージだった。

二〇〇七年二月三日

II

マックス・エルンスト『百頭女』より 「毒の輪と呼ばれる車のなかで、制限のない出会いと揺ぎのない興奮。」 1929年刊

第一室　澁澤龍彦の出発

昭和の少年

「わたしの少年時代」という副題をもつ一九八三年の美しい回想エッセー集『狐のだんぶくろ』のなかで、澁澤龍彦はこう述べている。

「私のこれまでの人生は、昭和二十年以前と以後によって、はっきり二つに分けられていると称して差支えないだろう。昭和二十年以前は、いわば私の子ども時代、黄金時代である。昭和二十年以後は、いわば私がおとなになった時代、自我を確立した時代である。

たまたま十代の後半に、日本の政治的社会的文化的な大変動の時代に際会したばかりに、私の自我はそこでひとつのターニング・ポイントにぶつかり、私の人生はそこから明瞭に二つの部分に分けられてしまったらしいのである。〔……〕戦時下の生活がどんなに不自由かつ苦しいものだったとしても、昭和二十年以前、つまり私の黄金時代は、私にとって光りかがやいている。」

一九二八（昭和三）年五月八日に東京の芝区（現・港区）高輪に生まれ、埼玉の川越、ついで東京の駒込に近い滝野川区（現・北区）中里町で育った澁澤龍雄（本名）少年は、のちに述懐しているように、戦前の唱歌にある「昭和の子供」そのものだった。豊かに見えてどこかしら危うい昭和初期の文化や社会風俗は、この好奇心旺盛で「記憶力抜群」の少年の目と耳と心に、くっきりと焼きついていた。そんな「黄金時代」の汲めどもつきぬ記憶の泉こそが、のちの作家・澁澤龍彥（筆名）の一面をつくりあげたといってもよいほどである。

父・武は埼玉の名家・澁澤家の出であり、母・節子は高輪に住む実業家の娘で、龍雄は長男だった。のちに三人の妹（幸子、道子、万知子）が生まれている。

澁澤龍雄は早くから本を読むこと、絵を見たり描いたりすることを好んだ。最初の出会いは児童雑誌「コドモノクニ」などに載っていた武井武雄や初山滋の挿絵である。ついで田河水泡の「のらくろ」や阪本牙城の「タンク・タンクロー」のような漫画に熱中した。当時の童画や漫画のハイカラ趣味や軽い装飾性やのどかな幻想、くっきりとした線描やしゃれた台詞まわしなどへの愛着が、のちに懐かしく回顧されることになる。

家族でよく行った銀座、母方の祖母の住む鎌倉、上野の科学博物館、花電車、千葉大原の海、ベルリン・オリンピック放送、昆虫採集、双葉山の六十九連勝、映画「ハワイ・マレー沖海戦」のミニチュア・セット……だが十三歳のときに太平洋戦争が勃発して以来、社会の状況は急速に悪化していった。一九四五（昭和二十）年に旧制浦和高校に入学し、八月に深谷で終戦を迎えたとき、澁澤龍雄は十七歳になっていた。

はじめの引用文のつづきを見ておかなければならない。

「昭和二十年以後は、新生日本の発展とともに私自身も大いに自我を拡張した時代、つまり具体的にいえば文学的生活をしたり恋愛をしたり仕事をしたりした時代であるが、その色調はどう見ても暗澹としている。〔……〕すでに黄金時代は遠く失われていたのである。」

戦後の体験

一九四五年四月十三日夜、米軍のB29爆撃機百七十機が、それまで無傷に近かった東京山の手の北部を襲った。駒込・中里あたりも焔につつまれ、澁澤一家はトンネルに避難した。翌朝、いちめんの黒い焼跡に黒い死体のころがっている光景を見て、十六歳の少年は思ったという。「こういうことは生きているあいだに、そう何度もぶつかることではあるまい」（『狐のだんぶくろ』）と。

一家はまず鎌倉へ逃れてから、埼玉の澁澤一族の本拠・血洗島《ちあらいじま》へ疎開した。龍雄は旧制浦和高校の寮に入ったが、毎日の勤労動員で授業は夜しかなかった。八月六日には広島に、九日には長崎に原爆が投下され、十五日に大日本帝国は無条件降伏、終戦。少年はとくに驚きはしなかったという。

澁澤龍雄にとっての戦後はこんなふうにはじまる。ひとことでいえば「欠乏の時代」（同前）であり、同時に一種の解放感もあるような時代だった。翌年から家族と鎌倉の借家に移り住んで、以後の数年間にさまざまな体験をする。文学書の濫読。フランス語の習得。年長者との交流。恋愛。堀口大學の訳でジャン・コクトー（左ページ上）に惹かれ、原書でも読むようになる。四八年、東京大学の文学部を受験して落ち、浪人となって巷をさまよった。

二十歳になってすぐ、近所に住むフランス映画の字幕の翻訳家・秘田《ひめだ》余四郎の紹介で、築地の新太陽社にアルバイトの職を得ている。先輩編集者だった吉行淳之介と飲み歩き、著者の久生十蘭などと出会う機会を得た。二年後にようやく東大仏文科に合格したが、研究室のアカデミズムにはなじめず、ひとりコクトーの翻訳などにはげんだ。

そのころ、サド侯爵のテクストと紹介をふくむアンドレ・ブルトン（左ページ下）の『黒いユーモア選集』の原書を読んだのは運命的だった。「自作年譜」（『澁澤龍彥全集12』）の一九五一年（二十三歳）の項は、つぎの記述だけで占められている。

「シュルレアリスムに熱中し、やがてサドの大きさを知り、自分の進むべき方向がぼんやり見えてきたように思う。」

このころ鎌倉在住の小笠原豊樹（詩人・岩田宏）たちと、同人誌「新人評論」などの活動をはじめ

マン・レイ撮影
ジャン・コクトーの肖像　1923年

マン・レイ撮影（ソラリゼーション）
アンドレ・ブルトン　1930年ごろ

ていた。大学院進学後の五四年、小説の習作「サド侯爵の幻想」を書いたとき、はじめて「澁澤龍彦」という筆名を用いた。

美術についていていえば、この「欠乏の時代」には画集も展覧会も「欠乏」しており、美術家との交友が多少あったにしても、視野は限られていた。ただし、くりかえし読んだ前記の『黒いユーモア選集』のなかに、ピカビア、ピカソ、デュシャン、ダリ、キャリントン（カリントン）といったシュルレアリスム系の美術家たちの文章が収録されていたことは見のがせない。美術への澁澤龍彦の強い興味は、おそらくシュルレアリスムへの耽溺と並行して芽ばえたものである。

ともあれ、コクトーからブルトンとシュルレアリスムへ、そしてサド（左ページ）へと関心のひろがっていったこの時期こそ、「澁澤龍彦」のはじまりだった。

サド復活まで

澁澤龍彦の最初の著書は、一九五四年八月に出たコクトーの小説『大股びらき』の邦訳である。二十六歳の新進フランス文学者としてデビューしたが、それだけで生活できるわけでもなく、おなじころに岩波書店の自宅校正の職を得ている。新しい小説や翻訳や編著の構想をしきりに模索していた時期でもある。

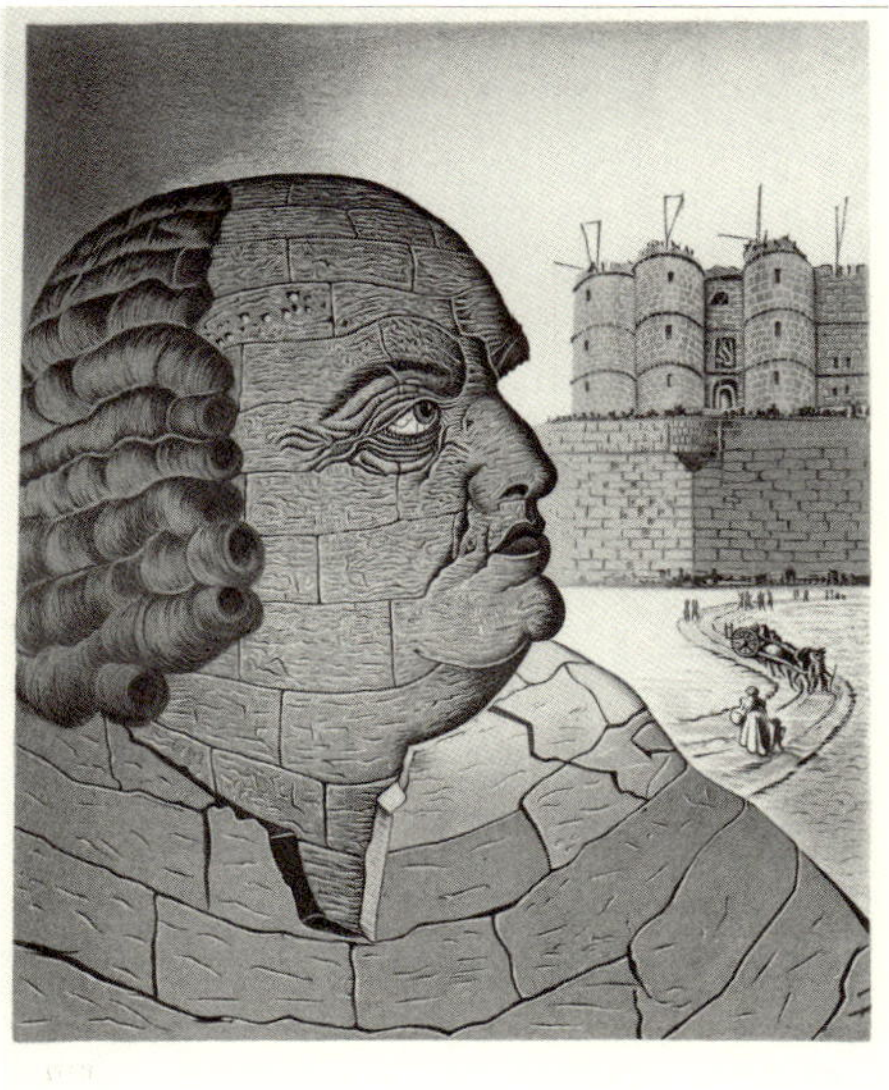

マン・レイ
サド侯爵の架空の肖像　1940年

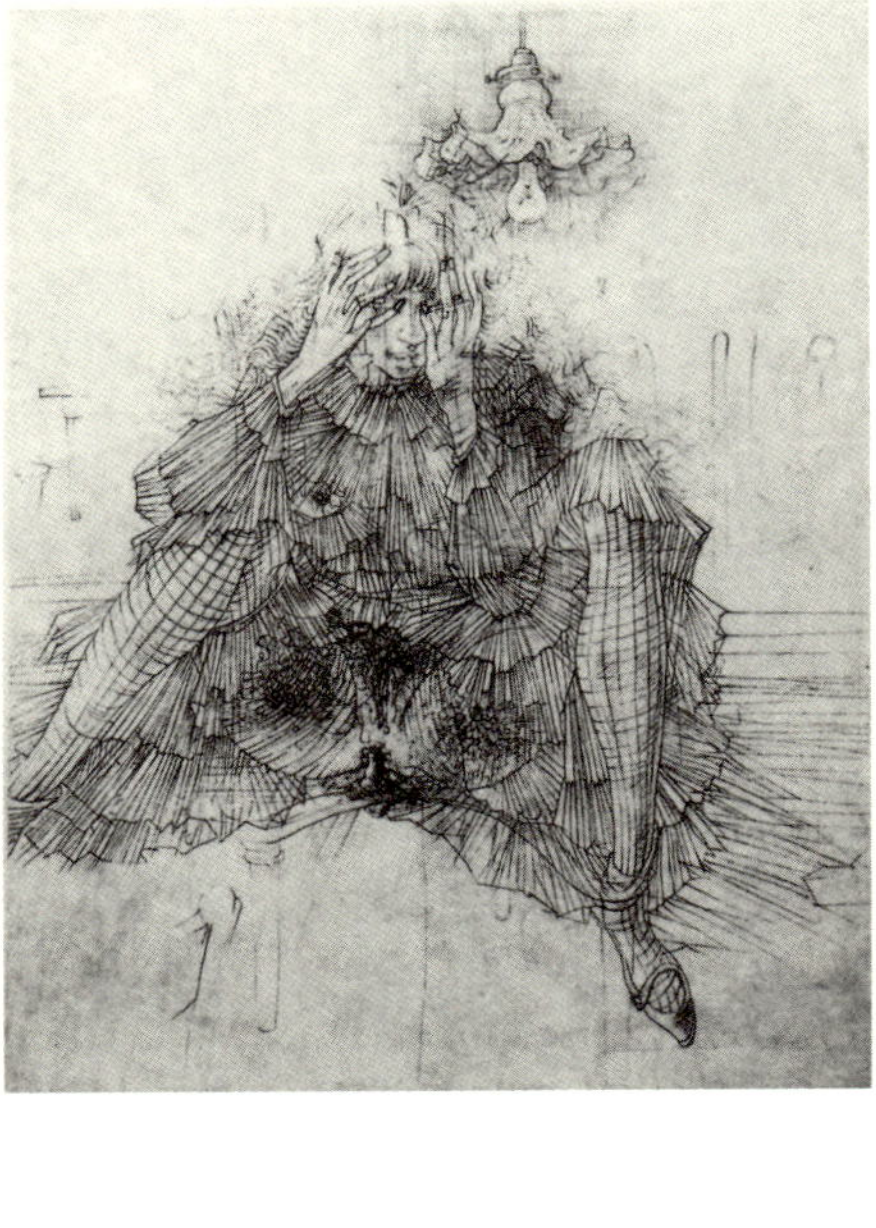

ハンス・ベルメール
ソドムの百二十日
（サド『道徳小論』より）　1968年
この版画は澁澤邸の居間兼客間の北側の壁に
飾られている。

翌五五年にその岩波書店の校正室で、二歳年下の矢川澄子に声をかけ、以来つきあう。最初のサドの訳書『恋の駈引』も出たし、処女短篇小説「撲滅の賦」を同人誌「ジャンル」に発表したが、この年には苦境に立ちいたっている。八月に肺結核が再発し、安静を命じられた。九月には父の武が急死し、母と三人の妹のいる長男の立場はきびしくなった。十一月に血洗島の澁澤家の屋敷が解体・移築されてしまったことも、一時代の終焉を象徴する出来事のように思えた。

それでも五六年には最初の『サド選集』全三巻の刊行がはじまる。編集者だった妹の幸子に依頼の電話をたのみ、まだ面識のない三島由紀夫からみごとな序文を得た。以来、すでに名声の高かったこの三歳年長の作家と親しく交友できたことは、若い澁澤龍彥にとって、公私にわたる大きな意味をもつことになる。

やがて病状好転。雑誌や新聞に大胆で明晰なサド論を発表しつづけ、日本最初の本格的なサド紹介者・研究者としての評価を得る。他方、ちょうど現代思潮社をおこして出版活動をはじめようとしていた石井恭二と出会い、サドの訳書の刊行継続を約束されたことが大きい。五九年一月には矢川澄子と結婚し、共稼ぎの生活になる。そして同年九月、ついに最初のエッセー集にしてラディカルな文学・思想の書『サド復活　自由と反抗思想の先駆者』を刊行し、一部の識者・読者から熱い支持を得るにいたった。

それまでの五年間の澁澤龍彥の活動は、サドの過激な作品と思想とを現代的見地から紹介・再評価し、文字どおり「復活」させようとする試みだった。果然、同年末に出たサド『悪徳の栄え（続）』

は翌年四月に「猥褻文書」として押収され、版元・石井恭二と訳者・澁澤龍雄（本名）のふたりは起訴されて、いわゆるサド裁判がはじまることになる。

その間、美術についての目立った発言はないが、小説やエッセーのなかに、ボッス、デューラー、カロ、ゴヤ、アンソール、エルンスト、ダリなどの名が引かれているし、古い細密銅版画などへの好みが窺われもする。すでに澁澤龍彥の目は、美術の領域にもひらかれつつあった。

実際、この一九五九年という重要な年を境にして、澁澤龍彥の関心の幅は大きくひろがり、文学や思想ばかりでなく、新しい日本の尖鋭な美術や舞台芸術を実地に見・称え・導く――という活動へと向っていったのである。

第二室　一九六〇年代の活動

美術家との出会い

一九五九年一月、銀座の栄画廊で加納光於の銅版画をはじめて見たときのことを、後年の澁澤龍彦はこう回顧している。

「「燐と花と」「焔と谺」「王のイメージ」などという作品が出品されていて、私はその痙攣的な美に息をのんだ。〔……〕あきらかに新しい加納光於独特の物質的想像力ともいうべき、金属の腐蝕から生まれた幼虫のようなイメージが画面に躍動しているのを見たからである。〔……〕とくに「微笑」や「谺」には文字どおり震撼させられた。」（『都心ノ病院ニテ幻覚ヲ見タルコト』）

現代美術との最初の本格的な出会いがこれだった。「こういうかたちの出会いは、まずお互いが若くなければ無理だろうし、たまたま両者の抱懐する芸術理念の一致という幸運な偶然がなければ、さらにむずかしかろう」（同前）ともいっているが、事実、一年半ほどあとで書かれた最初の美術エッセー「銅版画の天使・加納光於」（『神聖受胎』）には、ブルトンの「痙攣的な美」やガストン・バシュラールの「物質的想像力」に通じるその「共通の芸術理念」が示される。すでに自覚のあったミニアチュール（細密画）ふうの小さな作品への嗜好や、ミクロコスモス（小宇宙）への関心も、そこで明らかにされている。

こうして親密な交友がはじまり、澁澤龍彦は『サド復活』の装幀・飾画を加納光於にまかせた。出版の日にはこの画家に誘われて、はじめて瀧口修造の書斎を訪問する。この二十五歳年長の詩人・美術批評家と親交を結んだことも大きな出来事だった。

瀧口修造はすでに神田のタケミヤ画廊での個展企画を通じて、加納光於をはじめとする多くの新人を育てており、またパリでブルトンと会見したあとでもあったのだが、シュルレアリスムの新局面をひらく書物として『サド復活』を高く評価した。まもなくジャーナリズムから身をひき、自身も水彩やデカルコマニーなどの制作を試みはじめるこのシュルレアリスムの先人と、澁澤龍彦はその後もしばしば会い、敬意をいだきつづけることになる。

瀧口修造と澁澤龍彦とのあいだに、もうひとりの若い画家がいた。やはりタケミヤ画廊でデビューしていた野中ユリである。おなじ五九年の二月に、新橋の画廊ひろしで出会った彼女も、多くの著書の装幀や装画や、『狂王』のような豪華本の制作などによって、長く協力関係を保つことになる。数年後、澁澤龍彥は野中ユリの「デカルコマニー」にもミニアチュールを見いだし、つぎのように称えている。

「ひとたびミニアチュールの世界に入るや、イメージは膨張し、地平線はひろがり、極微なものと極大なものとは、かたみに呼び交わす。黄色いファントオムはふるえ出す。画面は広漠たる底なしの天空をふくんだ、一箇の小宇宙となり、新らしい未知の現実を開顕する。」(『ホモ・エロティクス』)

澁澤龍彥の六〇年代美術にかかわる精力的な活動は、この三人——加納光於、瀧口修造、野中ユリ——との出会いをきっかけにしてはじまった。

土方巽と暗黒舞踏

「おそらく私の六〇年代は、土方巽を抜きにしては語れないであろう」(『華やかな食物誌』)と、澁澤龍彥はのちに述べている。

秋田からあらわれた舞踏家と、東京出身の文筆家と。おなじ辰年の一九二八年生まれながら、風貌も人柄もほとんど共通点のないこの両者が「運命的な」出会いをしたのは、一九五九年夏のことだった。同年九月の「650 EXPERIENCEの会」以来、澁澤龍彥は土方巽の舞台を一度も欠かさずに見に

加納光於　王のイメージ　1957年
この作品は『サド復活』初版のカヴァー絵に
用いられた。　→p.40-41, 117

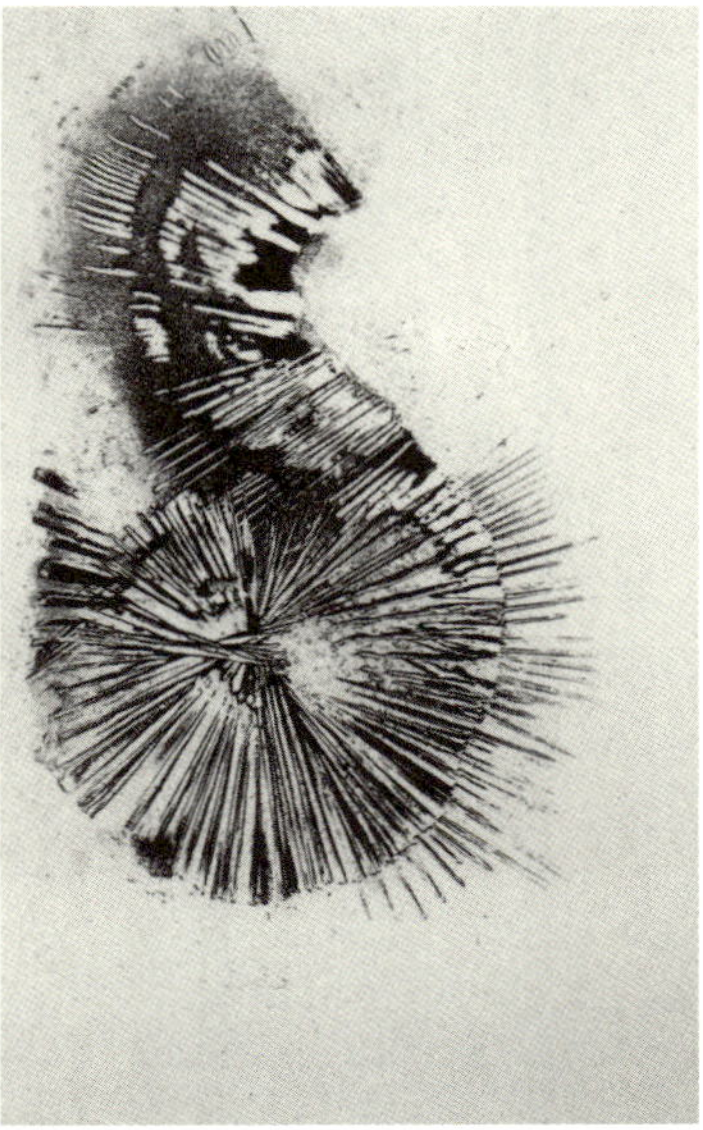

加納光於　谺　1960年　→p.40,117

野中ユリ
白い目測　マルキ・ド・サドの肖像　1958年
→p.41-42, 89

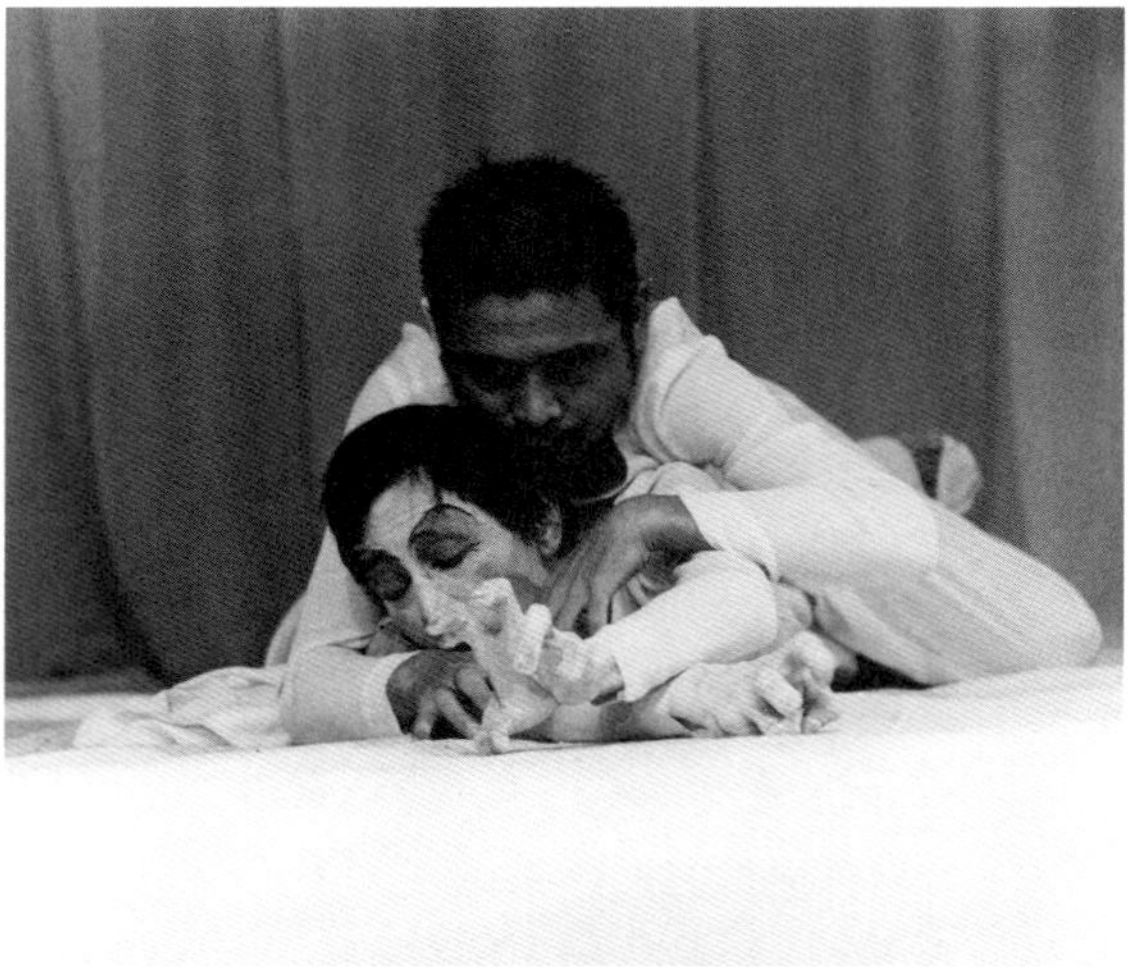

細江英公撮影　バラ色ダンス
（土方巽と大野一雄のデュエット）1965年

横尾忠則
暗黒舞踊派提携記念公演
「バラ色ダンス」ポスター　1965年　→p.46

行くことになる。
「それは、私たちが親しく目にしている私たち自身の日常的な動作、あるいは私たちが知りつくしている古典バレエのリズミカルな、様式的な動作への期待を完全に裏切る、今まで私たちが一度として想像したこともないような、奇怪な肉体行使の可能性を暗示した驚くべきダンスであった。」（同前）

いわば無目的の肉体行使——生産性社会への反抗をふくむ性・暴力・犯罪・祭儀などと底を通じていた初期の暗黒舞踏（もとは舞踊といった）の表現には、サド裁判の被告であった澁澤龍彥の思想を体現しているところがあり、また土方巽のほうも澁澤龍彥の著作と言動からたえず刺激を得ていたので、両者の交遊と対話は急速に深まり、やがて二人の周辺に、六〇年代芸術の新しい炉床がつくられていった。

暗黒舞踏はもともと美術との交流を特徴としていた。三島由紀夫のほかに瀧口修造という支持者をもち、加納光於や野中ユリも早くから協力していたが、六二年以後はネオ・ダダやハイレッドセンターの面々をはじめ、多くの前衛芸術家たちが舞踏の渦にまきこまれるようになる。

六五年十一月の公演「バラ色ダンス——À LA MAISON DE M. CIVEÇAWA」は、その点でひとつのピークだった。副題のとおり「澁澤さんの家の方へ」の傾きを示すこの舞台には、前年に刊行されたばかりの画期的な芸術書『夢の宇宙誌』などへの賛意が反映しており、土方巽と大野一雄の両性具有デュエット（右ページ上）に、若い大野慶人、石井満隆、笠井叡も共演。美術を中西夏之、加納光於、赤瀬川原平の三人が担当するという豪華版だった。

横尾忠則によるポスター（44ページ下）も忘れがたい。中西夏之の《ピンクと緑の習作》にもとづく二人の裸婦像と土方巽の顔写真を中心に、旭日旗、薔薇十字団の標章、波千鳥、新幹線、澁澤龍彦の写真などが、公演主ガルメラ商会（アスベスト館）のロゴと鮭罐《かん》の上に配されている。

前年に細江英公が秋田などで撮った土方巽の記念碑的な写真集『鎌鼬《かまいたち》』に、澁澤龍彦は「すぐれた写真家と舞踊家の合作による、ある生ま生ましい体験の記録」（『澁澤龍彦集成Ⅳ』）を見る。早くから三島由紀夫や土方巽を被写体として追っていたこの稀代の写真家は、澁澤龍彦の肖像写真にも独自の視角を示すことになる。

東京の目黒にあった土方巽のアスベスト館には、こうして多くの芸術家だけでなく、詩人や文学者たちも集まり、飲み、語り、稽古を見る夜々がくりひろげられた。六二年にはその館内にバー「ギボン」が開設され、パーティーの催されたこともある。そんなときには、いつも中心に澁澤龍彦がいるように見えた。

さまざまな交友

一九六〇年代は澁澤龍彦にとって、交友関係の大きくひろがった時期である。安保闘争と並行して

細江英公撮影　加藤郁乎の出版記念会に集まった人々（「知人の肖像」より）1971年
　下から二段目の中央に加藤郁乎。その左に亀山巖、澁澤龍彥（黒めがね）、土方巽。右に吉岡実、瀧口修造、松山俊太郎。うしろに白石かずこ、その上に矢川澄子、左に唐十郎、中井英夫、等々。当代の主要な友人たちがそろっているが、著者も松山俊太郎（和服）の下、澁澤龍子の左隣にいる。その右手前が四谷シモン、等々。　→p.49

細江英公撮影　細江英公が土方巽を写した写真集『鎌鼬』が芸術選奨文部大臣賞を受賞したことを記念するパーティー　1970年　前列左から澁澤龍彥、土方巽、瀧口修造（椅子）、細江英公、三好豊一郎。後列左から加藤郁乎、横尾忠則、高橋睦郎、田中一光、川仁宏、種村季弘。

サド裁判が進むにつれ、澁澤龍彥の名はひろく知られるようになり、しばしば「異端的」存在として語られた。著作も飛躍的にふえ、若い尖鋭な芸術家・文学者たちが周囲に集まってきた。

「〔……〕ややオーヴァーな言い方をすれば、私の六〇年代は、加藤郁乎をはじめとする何人かの友人との交遊によって明け暮れた、と言っても差支えないのだ。時あたかも安保騒動の二年後であったが、私たちの神話的交遊には、そうした埃っぽい現実の断片は侵入してくる余地がまったくなかった。」(『澁澤龍彥全集10』)

六三年四月、この俳人・加藤郁乎の作品をもとに堂本正樹の制作した「降霊館死学」の公演で、美術担当の池田満寿夫、富岡多恵子、白石かずこなどを知る。以来、鎌倉の澁澤家、目黒のアスベスト館、早稲田喜久井町の加藤家、世田谷松原の池田・富岡のアトリエなどを根城に、しばしば徹夜の酒宴がくりひろげられた。そこにはすでに親しかった松山俊太郎、加納光於、野中ユリ、土方巽などのほか、ときに瀧口修造の姿もあった。

池田満寿夫とは正反対の気質ながらウマが合い、澁澤龍彥はその作品の明るい日常的なエロティシズムを評価している。「もしかしたら彼は、アルタミラの洞窟に男根や女陰の形を刻んだ光栄ある種族の生まれ変りであるのかもしれない〔……〕」(『ホモ・エロティクス』)と。

土方巽を通じて知った中村宏に「今日の抽象絵画や純粋造形全盛の風潮」に抗する「文学的絵画」(『澁澤龍彥集成Ⅳ』)を見、『毒薬の手帖』の挿絵連載をたのんだ宇野亞喜良に「現在のデザイン界に最も欠如している〔……〕いささかアナクロニックな古風な装飾性と抒情性」(『ホモ・エロティクス』）を見る澁澤龍彦は、反時代的ともいうべき美術批評家だった。一方、雑誌掲載作品の縁で交友しはじめた谷川晃一には、シンメトリーや幻想動物誌への愛着を見いだし、自身の好む絵画の方向をそれに重ねて語った。

六六年に唐十郎がはじめて鎌倉の家を訪れたのも、土方巽の紹介だった。劇団状況劇場をひきいて疾風のようにあらわれ、激しく甘美な抒情の電流を走らせるその舞台を、澁澤龍彦は強く支持し、唐十郎のほうもこの先人の著作と言動から多くを得た。唐夫人の李礼仙（のちに麗仙）、美術担当の尖鋭なアーティスト合田佐和子との交友もはじまっていた。

サド裁判をともに闘う石井恭二に誘われて講師をつとめた「美學校」とその周辺にも、さまざまな交友の輪が生まれた。こうして六〇年代の芸術は、澁澤龍彦というひとつの核をもつことになったのである。

一九七一年秋、新宿の花園神社会館で催された加藤郁乎の出版記念会の折に、細江英公の撮った有名な記念写真がある（47ページ）。居ならぶ八十余名の多くが加藤・澁澤・土方の共通の友人であり、六〇年代の交友関係の大きな部分がここに写しこまれている。

第三室　もうひとつの西洋美術史

マニエリスムの系譜

澁澤龍彦が美術の好みをはじめて書きとめた文章は、一九六二年の「空間恐怖について」だろう。まず自分が「視覚型の人間」であると述べ、ただし色よりも形を好むとした上で、つぎのように説明している。

「〔……〕私の好きな絵にも一定の系列がある。印象派みたいに、形のはっきりしないもやもやした絵は大きらいで、一顧も与えない。ごてごてしたロココ趣味や、フォーヴィズムや、厚塗りのルオーなんかにも全く興味がない。古いところでは、中世のミニアチュール、北方フランドルの初期絵画、ドイツの銅版画などが私の気質にぴったりする。」(『澁澤龍彦全集3』)

先に見たミニアチュール(細密画)嗜好や、早くからのデューラー、ボッス、ブリューゲルなどへの偏愛が思いうかぶ。六二年にはまだ美術を語る機会は少なかったが、おなじころ、オカルトの系譜を扱う『黒魔術の手帖』や、マニエリスム文化論といってもよい「エロティシズム断章」(『澁澤龍彦全集3、4』)を連載していたことは忘れがたい。つまり美術を美術として賞玩するだけでなく、広い文化史的視野のもとで見る態勢ができていたのである。

六四年にはその連載をもとにした好著『夢の宇宙誌』が生まれ、かつて見ない「異端的」文化史を開陳した。玩具、自動人形、怪物、庭園、天使、両性具有、錬金術、地獄、終末図といったテーマを自由自在に論じて、非生産性と遊戯性の哲学を予告し、当時の読者たち・芸術家たちに大きな衝撃と影響を与えた。

この本では実際に美術作品を語ることは少なかったが、たとえばジュゼッペ・アルチンボルドをいちはやく登場させていたことは重要だろう。自然物や器具などを巧緻に複雑に組みあわせて奇妙な諷刺的人物像を構成し、プラハの神聖ローマ皇帝ルドルフ二世の「驚異の部屋(ヴンダーカマー)」を飾っていたこのマニエリスム芸術家の遊戯精神を、人間にとって本質的なものとみなし、現代シュルレアリスムの先駆と見ている。

当時は多くを画集や書物に頼っていたが、なかでもバタイユ、バルトルシャイティス、バシュラール、プラーツ、カイヨワ、エリアーデなどの著作からさまざまな着想を得ていた。とくに既出のホッケのマニエリスム美術論『迷宮としての世界』と、ブルトンのシュルレアリスム美術論『魔術的芸術』とにならい、従来の制度的美術史をくつがえす「もうひとつの西洋美術史」の構想をいだきつつあった。

そこには古典主義も写実主義も印象派も表現派もない。もっぱら個人的嗜好で選ばれ、だがどこか共通の傾向をもつ過去の作品群が、ある現代的な視野のもとに配置しなおされてゆく。当時の澁澤龍彦の西洋美術史は、中世の趣をのこす幻想的な銅版画から、十六世紀のマニエリスムやバロックへと直行する。パルミジャニーノとジャック・カロは必須である。さらに十八世紀、つまり博物誌とグランド・ツアーの時代へとジャンプして、ピラネージの廃墟図・牢獄図（左ページ上）やゴーティエ‐ダゴティの人体解剖図を通過する。

さらにサドと同時代の巨匠で、近代的自我の闇と黒いエロスと残酷を見通していたスペインの宮廷画家フランシスコ・デ・ゴヤ（左ページ下）へといたる。澁澤龍彦はそのゴヤについて、生涯に幾篇ものすぐれた論考を書くことになる。

十九世紀の黒い幻想

一九六三年の「ルドンの『聖アントワヌの誘惑』」（『澁澤龍彦全集3』）は、西洋美術をめぐる澁澤

ジョヴァンニ・バッティスタ・ピラネージ　ゴシック式アーチ（「牢獄」より）1760年代半ば-70年代初頭

フランシスコ・ホセ・デ・ゴヤ・イ・ルシエンテス　飛翔法（「妄」より）1819-23年ごろ（1864年刊）

龍彦の最初のエッセーである。ブリューゲルやカロの絵に触発されたという作家フローベールの同名の小説の幻想場面を、オディロン・ルドンが銅版画に描いている連作（左ページ上）についての解説だが、この画家の「つねに動・植・鉱物の中間的段階」に目を注ぐ傾向のことなど、澁澤龍彦らしい指摘が読みとれる。

その後「ルドンの黒」（『幻想の彼方へ』）では、禁欲的な黒のみによるその版画の魅力を「最も高貴に、最も豊潤に、最も神秘的に、最も効果的に発揮することのできた画家」としてルドンを称え、晩年にあらわれる極彩色の油彩やパステル画についても、「黒のなかに潜在的に含まれていたあらゆる色彩を、ただ解き放っただけ」なのだとしている。ルドンの魅力が「黒」に集約されているかのようである。

同時代のギュスターヴ・モロー（左ページ下）にも魅かれていたが、こちらはマリオ・プラーツのいわゆる「ビザンティンの薄明」の闇にうかぶ両性具有的な人物像に、世紀末デカダンスの徴候を見る。ルドンとモローは初期の澁澤龍彦にとって、十九世紀を代表する画家であった。

実際、澁澤龍彦の十九世紀美術史には新古典主義（アングルを除く）もロマン主義（ドイツのフリードリヒなどは別だが）もほとんどなく、写実主義や自然主義や印象主義はいっさいない。あとにはすぐ象徴主義と世紀末絵画が来てしまう。

マックス・クリンガーの連作「手袋」（57ページ上）には「強迫観念の絵解き」（『幻想の画廊から』）を見ている。ある青年が女物の手袋を拾うが、不安にかられてさまざまな幻覚を体験し、つい

オディロン・ルドン
XVIII　死：
お前を真剣にさせるのは私だ、抱き合おう
（「聖アントワーヌの誘惑　第3集」より）
1896年（1938年刊）

ギュスターヴ・モロー
出現　1901年

には怪物にその手袋を奪われてしまう奇妙な物語。シュルレアリスムを予告する繊細なモノクローム の画面には、近代の黒い性的妄想が隠されている。

一方、幻想画家の条件として、「その時代の画壇のあらゆる傾向や流派から超然として孤立しなが ら、自分一個の内面からあふれ出る幻想に思うさま深く沈潜するという、きわめて強い気質的要素」(『貝殻と頭蓋骨』)を挙げているが、生涯独身でベルギーのオステンドの自宅にこもり、仮面や骸骨の絵ばかり描いていたジェームズ・アンソールにもその資格があった。不吉で滑稽で嘲笑的なアンソールの仮面も、同時代のジャン・ロランの小説集『仮面物語』のそれと同様、澁澤龍彥になじみのモティーフになった。

世紀末美学の聖典ともいうべきユイスマンスの長篇小説『さかしま』を邦訳した澁澤龍彥が、その美学に殉じた夭折《ようせつ》の画家オーブリ・ビアズレーに執心していたのも当然だろう。その絵について語ることは少ないが、「絵画的世界をそのまま言語に置き換えた」(『洞窟の偶像』)一種のポルノ小説『美神の館』を邦訳し、解説エッセーも書いている。たしかにオスカー・ワイルドの『サロメ』の挿絵(左ページ下)にも見られる濃厚なエグゾティスムと繊細で癖の強い黒の描線には、「感覚の絶対的優先」(同前)という当の小説の特徴がそなわっている。

澁澤龍彥には当時まだ、パリのオルセー河岸の十九世紀美術館はほとんど必要がなかった。好みの幻想画家たちの「超然として孤立しながら」立てこもる個別の密室があれば、それだけでじゅうぶんだったのだろう。

マックス・クリンガー　横奪（「手袋」より）1880年

オーブリ・ビアズレー　ダンサーへの報酬（「サロメ」より）1907年

第四室　シュルレアリスム再発見

エルンストにはじまる

一九六七年の美術エッセー集『幻想の画廊から』の前半は、シュルレアリスムの画家たちで占められていた。それは二十世紀の「幻想」美術がこの系列にほぼ代表されるという見方のためでもあり、学生時代からシュルレアリスムになじんできた澁澤龍彦にとってはしごく当然だった。サド全集の版元ジャン=ジャック・ポーヴェールなどが関連の画集をよく出していたこともあって、彼はシュルレアリスムの動向にかなり通じていた。

早くから魅かれていたのはマックス・エルンストである。それもまず書物の形をとった『博物誌』

マックス・エルンスト
振子の起源（『博物誌』より） 1926年

マックス・エルンスト
「百頭女がおごそかな袖をひろげる。」
（『百頭女』より） 1929年刊

（前ページ左）や『百頭女』（同・右、29ページ）。前者『博物誌』は石や木や葉などに紙をのせて鉛筆でこすり、不思議な形象をうかびあがらせる「フロッタージュ」から生まれた連作で、題名のとおり、澁澤龍彦の好む博物的イメージとミニアチュールの要素を兼ねそなえている。

後者『百頭女』は大衆文学の挿絵や商品カタログや学術書の図版から切りとった既成の絵柄の、たがいに無縁なもの同士を貼りあわせてつくる「コラージュ」に、それぞれ詩のような文章を対応させて構成した一種の長篇物語で、『幻想の画廊から』によれば「二十世紀の奇書」「現代の最も独創的な暗黒小説」である。最初の著書『サド復活』の章扉にはその一場面が借用されていた。

ブルトンによる序文のついたこの『百頭女』は「コラージュ・ロマン」と呼ばれ、その後『カルメル修道会に入ろうとしたある少女の夢』（一九三〇年）『慈善週間　または七大元素』（一九三四年）に引きつがれて三部作となる。澁澤龍彦はとくにそれらの「暗黒小説」ふうの相貌を好んでいたように思われる。

六〇年に瀧口修造編の画集『エルンスト』が出たとき、その書評でも「廃都の亡霊や怪異な森の生物どもの跳梁するエルンスト的心象風景」（『澁澤龍彦全集2』）を、十六世紀の魔術哲学に重ねて称えている。そのような見方は終生かわらず、この画家についてはとくに多くの論考を書き、六九年にはみずから画集『エルンスト』を出すにいたるが、七六年のエルンスト追悼エッセーでも、あらためて「今世紀最大の幻想画家」「汎ヨーロッパ的な巨人」（『洞窟の偶像』）と賞賛している。

サルバドール・ダリの絵とのつきあいも古い。学生時代に耽読していたブルトンの『黒いユーモア選集』が興味のきっかけだろう。卒業論文「サドの現代性」でも、サドに関連してダリの「偏執狂的・批判的方法」に言及している。幾度かダリ展を見て、この超絶技巧と幼児的性格と露出趣味をそなえた稀有《けう》の画家に、現代人の危うい「症例」を見ていた気味もある。

シュルレアリスム絵画といっても、澁澤龍彦はその基本にあるオートマティスム（自動的な手の作業）にはほとんど注目しなかった。ミロやアルプなどにはあまり関心がなく、その点で先人・瀧口修造とは方向を異にする。つまり意外なオブジェ同士の遭遇を写実的に描くジョルジョ・デ・キリコ、それを受けつぐルネ・マグリットのデペイズマン（異質な対象の併置）のほうを好んでいた。

シュルレアリスムと接触のあったピカソやクレーについても書きはしたが、むしろ頭脳的なマルセル・デュシャン、そしてとくに謎めいたイヴ・タンギーには強い関心があった。『幻想の画廊から』では、タンギーの絵のなかで徐々に進化してゆく地球外の光景や、マグリットの絵のなかで静止しつづける不思議世界のありさまを、両者の特異な物体感・虚無感・終末感とともに称揚している。

傍系シュルレアリストたち

「傍系シュルレアリスト」とは澁澤龍彦独特の表現である。たとえばエルンストのようにこの運動のほぼ中心にあって、オートマティスムやデペイズマンを駆使しつつ普遍的幻想を描いた「正系」とは違い、周辺で密室にこもって個人的幻想に固執しつづけていた、いわゆるマイナーな芸術家たちのことである。

彼らは絵画空間の刷新を目ざしたりなどせず、伝統的画法にとどまりながらも各自の個性をつらぬき、現代人の欲望や不安をひそかに描いていた。そんな彼らを澁澤龍彥は好んで紹介しつづけ、一九六〇年代以後の日本に知らしめたのだった。

まずポール・デルヴォー(左ページ上)とハンス・ベルメール(同・下)。『幻想の画廊から』で両者をつづけて紹介したときに、澁澤龍彥はブルトンの言葉「つねに心の広大な地域を支配している女の王国」を借りて、「デルヴォーの絵を見つめていると、わたしは、自分の夢もまた、いつもこんな風に奇妙な静寂が支配していて、いつもこんな風に裸の女たちが無表情に歩きまわっている世界ではなかったろうか、という気がしてくる」と述べている。

ベルメールにはいっそう強く魅かれていたようで、その後もしばしば賛辞をささげている。細くて鋭い線描によるエロティックな版画ももちろんだが、とくに『人形の遊び』という蠱惑的な写真集。『幻想の彼方へ』では「肉体の迷宮を踏み迷うベルメールの執念には、人類が遠い過去の闇のなかに忘れてきた、あの呪術に似た願望がひそんでいる」と考察した。

ヴィクトル・ブローネルやバルテュスやレオノール・フィニやクロヴィス・トルイユをとりあげるときもそうだが、単に好みを語るのではなく、芸術の呪術性や現代人の性的傾向に敷衍《ふえん》してみせるというのが澁澤流だった。読者は著者の気質や性向を知るだけでなく、自身のうちにも共通のものを見

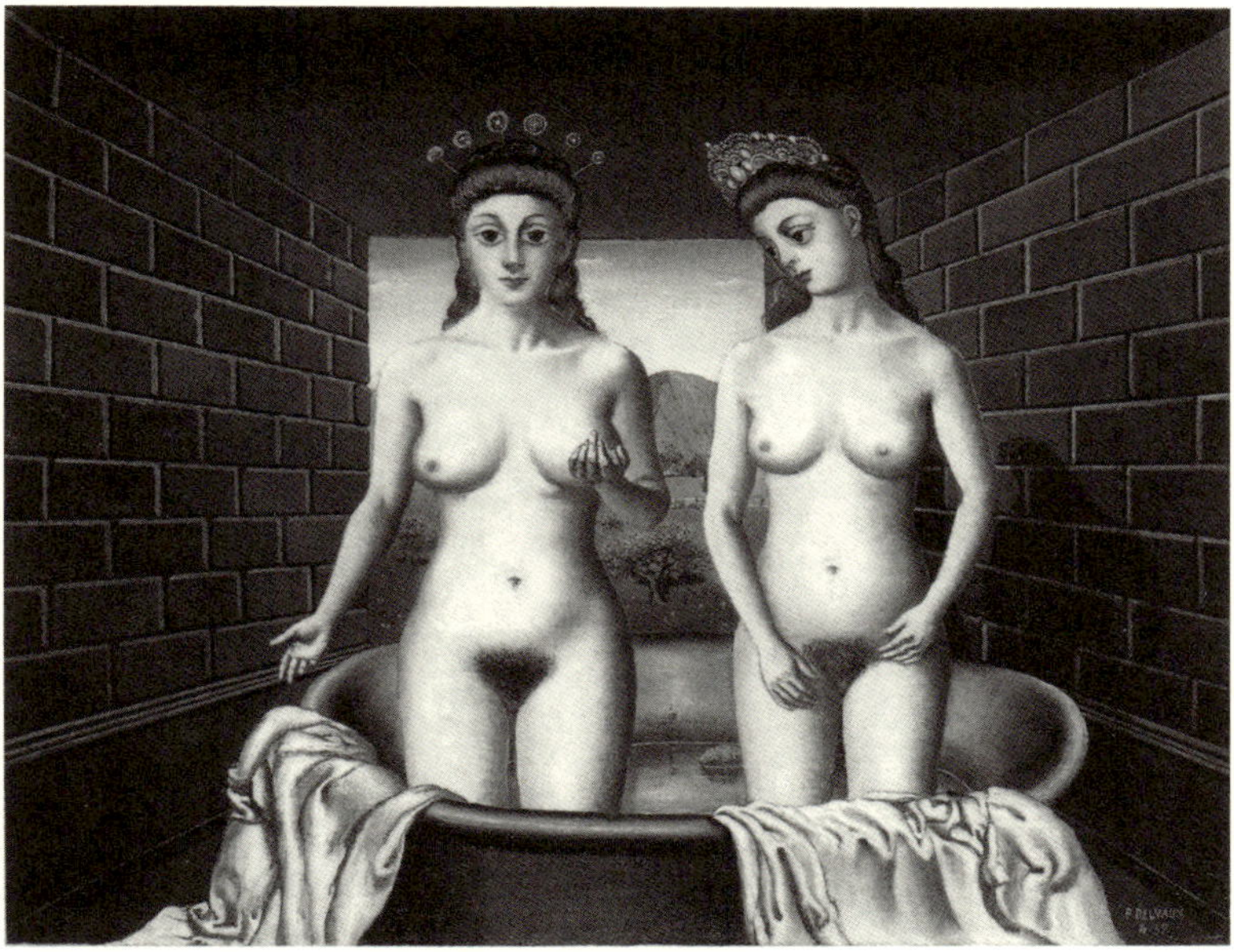

ポール・デルヴォー　ヴィーナスの誕生　1937年

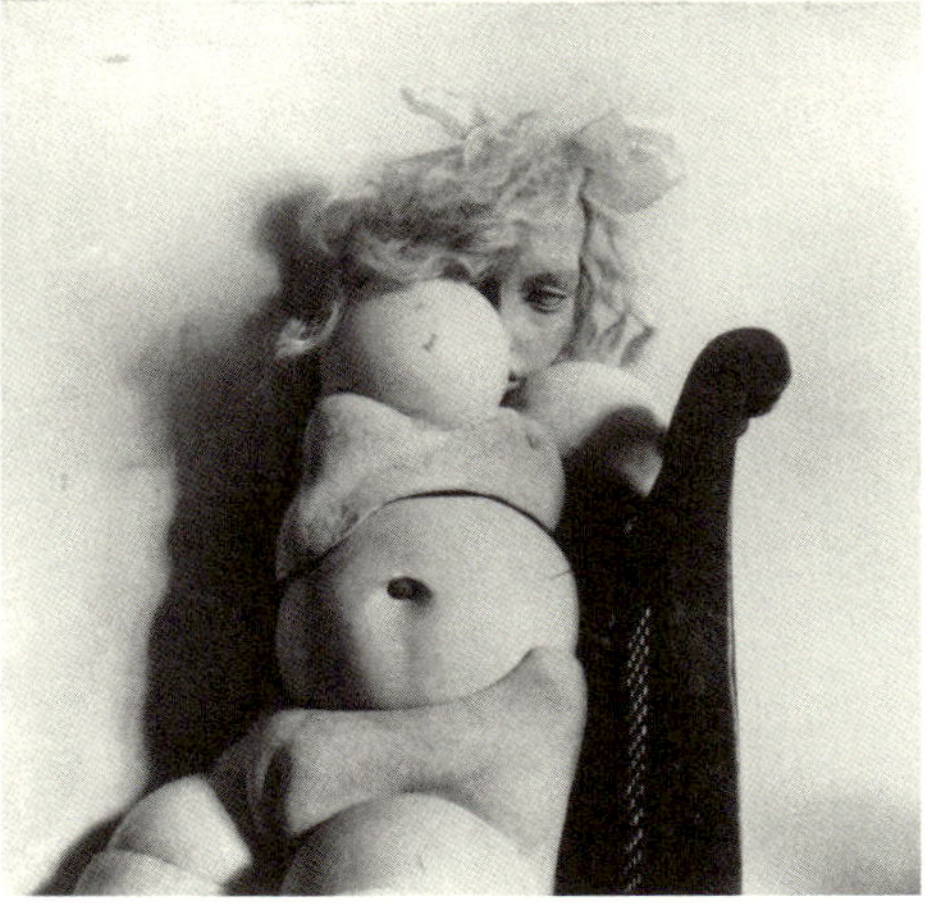

ハンス・ベルメール
『人形の遊び』より　1949年刊
人形制作1936-38年　写真撮影1937-38年

いだすことになる。

なかでも澁澤龍彦がとくに偏愛し、讃美の言葉を惜しまなかったのは、さほど広く知られていないスウェーデンの画家、マックス・ワルター・スワーンベリ（スワンベルク、左ページ上）だった。その作品を見ていると「否応なしに幸福と不安の混り合ったエクスタシーの状態に誘いこまれてしまう」（同前）というのは、高貴さと淫らさの隣りあうエロティシズム、肉感のない童話風の様式化、きらめく冷たいマティエールといった特徴からである。ただしそれもまた原始芸術や精神病者の絵、子どもの絵などに関連して語られていたことが興味ぶかい。

そのほか、淫夢と女装ゲームのはてに高齢で自殺したピエール・モリニエにしろ、道化・予言者・精神病者だったフリードリヒ・シュレーダー・ゾンネンシュターン（左ページ下）にしろ、作品も人格も異例であるからこそ、かえって本質的・普遍的なものを見いだせるというような画家も多い。澁澤龍彦はさらにシュルレアリスムの枠をこえて、幾何学的迷宮の探究者マウリッツ・コルネリス・エッシャー、愛の女祭司ボナ・ド・マンディアルグ、黒いユーモアの漫画家ロラン・トポールなどもとりあげた。現代の綺想的マニエリスムこそシュルレアリスムだとするジョルジュ・バタイユの見方は、そのまま澁澤龍彦のものだった。

ところで以上のうち幾人かは、こんにちの日本では傍系どころか巨匠の列に加えられていたりする。それもひとつには澁澤龍彦の真摯かつ巧妙な紹介文のせいだった――といえば、故人ははたして不満に思うだろうか。

マックス・ワルター・スワーンベリ
アルチュール・ランボー
『イリュミナシオン』より　1957年

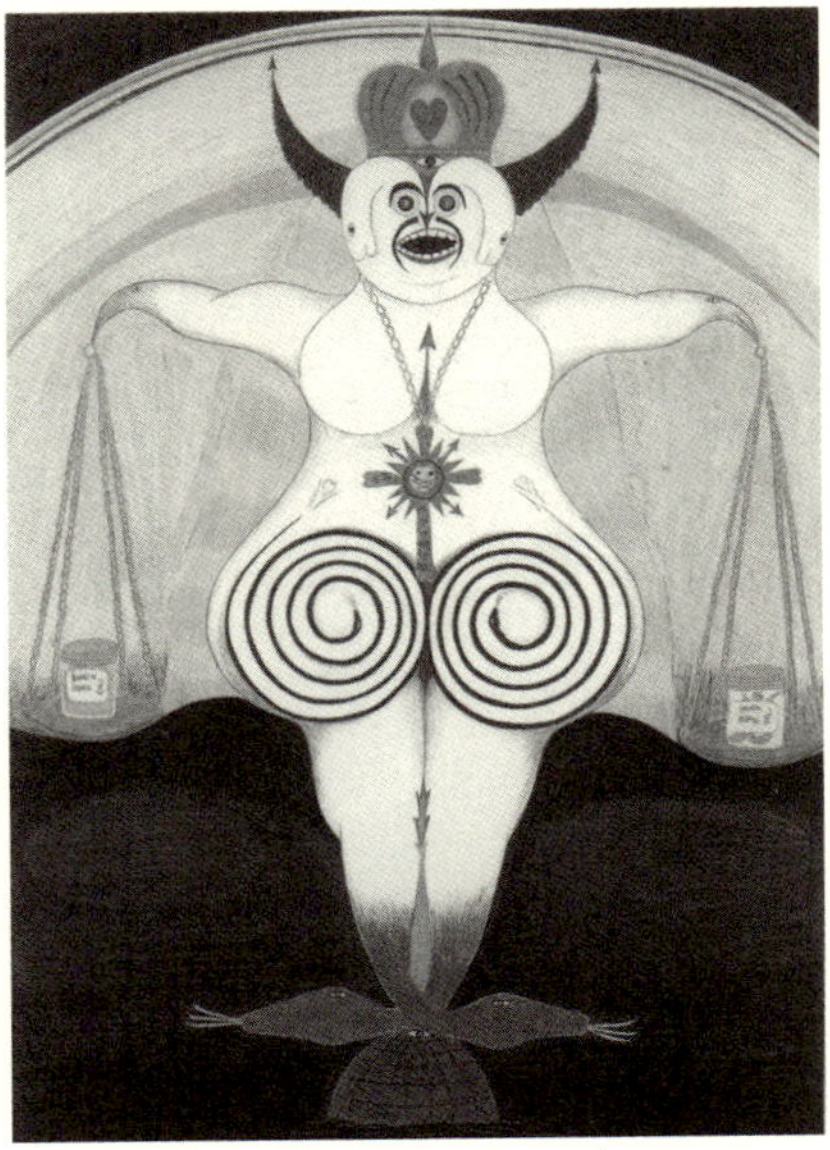

フリートリヒ・シュレーダー・ゾンネンシュターン
世界裁判の裁きの秤を持てる
デーモン・ユスティツィンホノーレ　1957年

第五室　日本のエロスと幻想

血と薔薇のころ

一九六六年八月、澁澤龍彥は北鎌倉の新居に移った。はじめての持ち家で、好みの瀟洒な木造の洋館に、好みの家具や道具類をそなえた理想の書斎があり、仕事の環境はととのった。前年の『快楽主義の哲学』がベストセラーになるなど、ようやく経済的な安定の得られた時期だが、六八年には離婚し、しばらく母とふたり住まいになった。

その六八年に「血と薔薇」という雑誌が企画され、澁澤龍彥は生涯にただ一度の責任編集を引きうけた。十一月に鳴物入りで創刊、大好評。隔月で三号まで出したが、ゆえあって身をひいた。それでも本気で「遊ぶ」姿勢で編集にあたり、内容にも意匠にも独特のラディカルな姿勢をつらぬいていたから、三冊だけでもかなりの反響があった。

友人の堀内誠一にアート・ディレクションをまかせ、絵や写真を贅沢に使っている「血と薔薇」には、特異な美術雑誌の趣もあった。創刊号の巻頭には三島由紀夫の要望によって写真特集「男の死」を掲げ、篠山紀信撮影の聖セバスティアヌスを三島自身が、奈良原一高撮影の「サルダナパルスの死」を澁澤龍彥が演じている。

第二号の表紙には、土井典（ドイ・ノリコ）の模作した「貞操帯」を暗黒舞踏派のダンサー・芦川羊子が装着している写真。「血と薔薇コレクション」と題する連載もあり、「傍系シュルレアリストのデルヴォー、トルイユ、モリニエの絵を紹介。澁澤龍彥自身が解説文を添えていた。

特集だけでも吸血鬼あり拷問ありオナニー機械あり、フェティシズムあり愛の思想ありの「血と薔薇」は、全体としてエロティシズムをテーマとする雑誌だった。『血と薔薇』宣言」には「人間活動としてのエロティシズムの領域に関する一切の事象を偏見なしに正面から取り上げることを目的とした雑誌」（『澁澤龍彥集成Ⅲ』）とある。さらに「衛生無害な教養主義」や「テクノロジー崇拝の未来信仰」を批判しつつ、偏見をこえて「あらゆる倒錯者の快楽追求を是認し、インファンティリズム（退行的幼児性）を讃美する」（同前）と謳《うた》い、サド裁判と大学闘争や大阪万博前の騒動を背景に、当時の澁澤龍彥の芸術的・政治的位置を示している。

事実「血と薔薇」のころには、反抗の拠点としてのエロティシズムを扱う文章が多い。日本の美術については、三島由紀夫を介して交流のあった藤野一友を「密室の画家」（『澁澤龍彥集成Ⅳ』）でとりあげ、「責め絵の画家・伊藤晴雨」（同前）を論じ、若い春画絵師・佐伯俊男のために推薦文（『澁澤龍彥全集9』）を草している。

六九年十月にサド裁判の最高裁判決がくだり、澁澤龍彥と石井恭二は有罪となった。一か月後、新潮社の編集者だった前川龍子と結婚。おなじ辰年のひとまわり若い妻を迎えて、澁澤龍彥は新境地をめざしていたように見える。

年末に書かれた一文「私の一九六九年」（『澁澤龍彥集成Ⅶ』）はこう結ばれていた。「いずれにせよ、観念こそ武器だと思っていた私たちの六〇年代は、いま、ようやく終ろうとしている」と。

青木画廊とその後

銀座の青木画廊は一九六一年の開設である。いまも当時の雰囲気をとどめている小さな画廊で、はじめは瀧口修造が顧問格になっていたが、やがて澁澤龍彥も顔を出すようになり、ときに助言役を引きうけたりした。

六〇年代後半の澁澤龍彥は、「血と薔薇」の編集会議やサド裁判や現代思潮社の仕事で東京へ出むくことが多く、画廊めぐりもよくしていた。既出の「密室の画家」に見るように、気質に溺れて個人

金子國義
花咲く乙女たち 4　1966年　→p.70
この油彩連作のうち、「1」は澁澤家の居間
兼客間（p.13）に掛けられている。

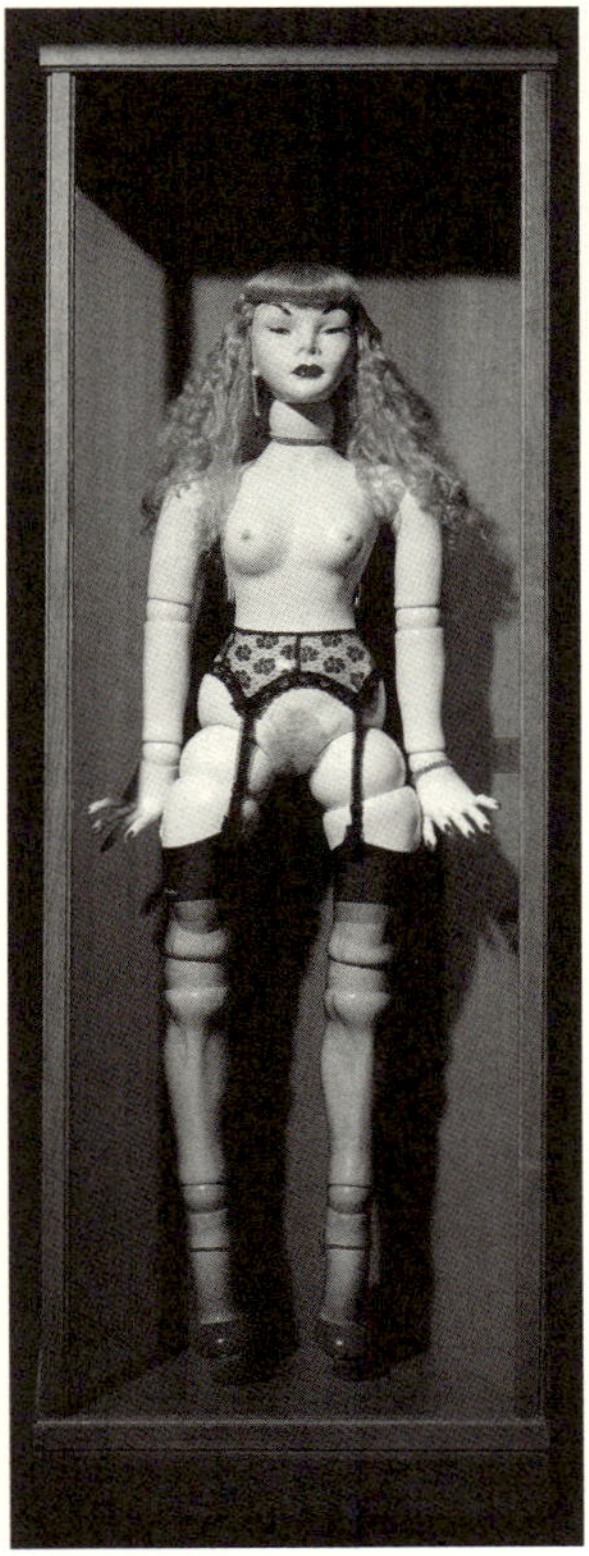

四谷シモン
未来と過去のイブ 8　1973年
撮影：篠山紀信
青木画廊での初個展に展示された作品。　→p.71
なお四谷シモンの人形の写真は、p.17, 89にもある。

的幻想をつむぐ画家たちの孤独な作業を支持し、テクノロジー信仰への積極的反抗として評価していたから、周囲にはいわゆる幻想画家たちがつぎつぎとあらわれ、その主要拠点のひとつが青木画廊になった。

「密室の画家」では、同年生まれの横尾龍彦に「天国と地獄とが境を接する薄明の混沌のあいだから、ミスティックな体験が凝り固まって生じた真珠のごとき、ふしぎな底光りのする球体」を見、青木画廊での初個展に序文を贈っている。

金子國義との交友はとくに重要だ。澁澤龍彦との出会いを真の出発点としたこの画家の作品（前ページ右）は、澁澤龍彦自身にとっても特別であり、新居の居間には油彩連作「花咲く乙女たち」のうち代表的な一点が飾られた。青木画廊での同タイトルの初個展の序文にいわく、「金子國義氏が眺めているのは、遠い記憶のなかにじっと静止したまま浮かんでいる、幼年時代の失われた王国である。あのプルーストやカフカが追いかけた幻影と同じい、エディプス的な禁断の快楽原則の幻影が、彼の稚拙な（幸いなるかな！）タブロオに定着されている」と。

いっそう若い高松潤一郎の初個展には、「北方の森の博物誌」「動物と植物とが混淆して、ふしぎな生物を現出させる世界」（『澁澤龍彦集成Ⅳ』）を見ている。城景都や川井昭一も青木画廊の常連だったが、前者の独特の罅《ひび》割れの表現を「永遠の幼児性」（『華やかな食物誌』）のあらわれとみなし、後者を「自分の好きな対象だけしか描くまいという、頑ななまでの信念をもって自分の城に閉じこもった画家」（『澁澤龍彦全集13』）と評価している。

なかでも大きな出来事は、四谷シモンとその人形作品（69ページ左）との出会いだった。七三年の初個展「未来と過去のイヴ」以後、幾度かの個展に序文を贈り、晩年には大型の作品写真集『四谷シモン　人形愛』の監修まで引きうけているが、そこには作者と作品を等しく愛《め》でる視線が感じられる。『幻想の画廊から』を連載していた「新婦人」誌上のハンス・ベルメールの人形写真と出会って啓示をうけ、真の人形師をめざしたというこの若者との出会いに、澁澤龍彥もまた運命的なものを感じたようで、その人形作品をいつも書斎に置いていた（17ページ）。

のちに青木画廊で回顧されることになる故・秋吉巒《らん》の油彩にも、関西の卓抜な「密室の画家」山本六三《むつみ》の銅版画にも賛辞を呈しているが、とくに意外に感じられるのは日本画の大家・加山又造との関係だろう。『玩物草紙』の挿絵の縁もあって交遊を重ね、その裸体画にも昆虫図（81ページ下）と同様、「純粋な様式感覚の結晶」（『華やかな食物誌』）を見ていた。「卵のように内部に宇宙空間を蔵した裸女の外面」という形容にも、その共感のありかが窺われる。

第六室　旅・博物誌・ノスタルジア

ヨーロッパ旅行

一九七〇年は象徴的な年になった。澁澤龍彥はそれまでの仕事を『澁澤龍彥集成』全七巻にまとめてから、生涯はじめてのヨーロッパ旅行を試みた。

八月末から十一月七日までつづく長旅で、羽田空港へ友人たちが見送りに来たが、なかに楯の会の制服を着こんだ三島由紀夫もいた。何かがおわって何かがはじまるという、変り目の年の予感がすでにあった。

ヨーロッパの北から南へ、十か国をめぐる大旅行のあいだに、それまで書物で親しんでいた町や建物や美術品の「確認」をしただけでなく、予想外のさまざまな「発見」もした。とくにスペインやイタリアで、はじめて南の風土にふれたことは大きかった。

この旅から得られた美術的視野の拡大と変化は、のちの紀行エッセー集『ヨーロッパの乳房』にまず窺われる。たとえばボマルツォの「怪物庭園」をはじめ、いままでは書物の知識だけで紹介していた場所を、新しい視点から、実感にもとづいて語りなおしはじめている。

翌年に出た川田喜久治の美しい写真集『聖なる世界』への序文（同前）で、意外にもバロック建築にはうんざりしたと書いている。といっても、ボマルツォ（75ページ上）やイゾラ・ベッラ（5ページ）やティヴォリのエステ荘（75ページ下）などとなると、むしろマニエリスムの綺想庭園と訂正すべきだろう。実見してやや失望したらしいルートヴィヒ二世のノイシュヴァンシュタイン城や、行けずにおわった郵便屋シュヴァルの理想宮など、いわゆる幻想建築への情熱は多少うすれたにしろ、庭園への視野はひろがっていった。同書では事実、スペイン南部のイスラーム式パティオ（中庭）の快楽を語る章などがすばらしい。

そんな実感にめぐりあえた長旅をおえて、帰国後すぐ、三島由紀夫の自刃というニュースに接している。公私の恩人の死は、澁澤龍彦にとって一時代の終焉を意味した。そこからはじまるのは、もうひとつのエポック――旅と博物誌の季節である。

ヨーロッパ旅行の二回目は七四年、三回目は七七年、四回目は八一年だった。二回目にはイタリアでシエナ派の壁画やシチリアの中世モザイクを実見したし、三回目にはフランスでラコストのサド侯爵の城の廃墟（159ページ）に感動、スペインでダリの本拠地やバルセロナのガウディ建築も体験した。澁澤龍彥は帰国後に、細江英公の記念碑的写真集『ガウディの宇宙』を称えている。

四回目はまずギリシア各地を見、クレタ島にも遠出をし、イタリアでヴェネツィアの島々やブレンタ運河も訪れた。地中海世界の動・植・鉱物や海や風や土が、しだいに澁澤龍彥の博物誌にとりこまれていった時期である。

そのころにはもう「旅の仲間」がいた。龍子夫人だけではない。パリを拠点に旅をくりかえす朋友・堀内誠一とのあいだに、親密な文通がつづいていた。この稀代のイラストレーターの絵入りの手紙（139ページ）から、澁澤龍彥はときにエッセーや小説のヒントまで得ていたのだった。

博物誌への愛

一九七四年に出たエッセー集『胡桃の中の世界』について、澁澤龍彥は「リヴレスクな博物誌」だといい、これこそが「七〇年代以後の私の仕事の、新しい出発点になった」（文庫版あとがき）書物だと述べている。

以来、三年後の『思考の紋章学』から『幻想博物誌』『ドラコニア綺譚集』などを経て、晩年の『私のプリニウス』『フローラ逍遙』にいたるまで、つぎつぎと独特の博物誌風の作品を書き、自身の

川田喜久治　地獄の入口　イタリア、ヴィテルヴォ　ボマルツォ　1966年

ジョヴァンニ・バッティスタ・ピラネージ　ティヴォリのエステ荘　1774年

文学の本領のひとつにしていった。

リヴレスク（英語でブッキッシュ）とは書物偏重の姿勢をいうが、一方、ヨーロッパ旅行以後の澁澤家には、実際に自然三界（動・植・鉱物）のオブジェたちが集まり、小規模な私設博物展示室の趣を呈しはじめていた。

居間の飾り棚には、パドヴァの石屋で求めた「絵のある石」や、クレタ島で拾ってきた松ぼっくりや、結晶や化石や貝殻や昆虫標本や、さらには模造頭蓋骨が並び、壁にもカブトガニの剥製、マニエリスム風の凸面鏡、バグダッドで買った天文観測機《アストロラーブ》、不思議な博物画、等々の並んでいるありさまに、ひとつの小さな「驚異の部屋」を思わせるものがあった。

家のなかばかりではない。書斎から出られる瀟洒な庭にも、鎌倉の寺や山や海にも、博物のミクロコスモス（小宇宙）が見いだされた。ヨーロッパ旅行や中近東取材だけでなく、日本各地への小旅行の機会が増すにつれて、澁澤龍彥の自然三界のリストは豊かになっていった。

晩年の小説にも、架空の動物・植物・鉱物にかぎらず、各地で出会ったさまざまな自然物があらわれる。東西の花々の図譜を配した晩年の美しい書物『フローラ逍遙』では、むしろ身近に出会う花々のことが語られている。

庭もミクロコスモスの一種だろう。ペレールやヴァトーやピラネージ（75ページ下）の園景図から、ホイベルツの不気味な花束のような「死物展示品」（左ページ下）を経て、サドと同時代の分類学の所産である『フローラの神殿』の花譜（同・上）まで、写実が植物界《フローラ》をそのまま不思議の国のように

ライナグル
ブルー・パッションフラワー
（時計草、ソーントン
『フローラの神殿
リンネの雌雄蕊分類法』より） 1800年

コルネリス・ホイベルツ
死物展示品
（フレデリク・ルイシュ『解剖学宝函』より）
1701-17年刊

見せてしまう十七―十八世紀の版画の数々も、この驚異の部屋の展示品にふさわしいだろう。

澁澤龍彦の博物エッセーでは、くっきりした不思議な形のもの、螺旋のような求心構造のもの、硬くて乾いたものがとくに好まれる。動物なら、まず昆虫や鳥や魚、象や犀《さい》や大蟻喰、それに神話・伝説の幻獣。昆虫好きの加山又造の「玉虫」「かみきり」「鍬《くわ》がた」（81ページ下）や、池田満寿夫を介しての友人・野田弘志による乾いた美しい自然物の図「澁澤龍彦頌」や、小説集『唐草物語』の連載挿絵を担当した島谷晃の梟《ふくろう》を描く「自転車」も、驚異の部屋に飾られてよいものだろう。

澁澤龍彦に蒐集の趣味はなかった。だがおのずと集まってくるオブジェや作品を眺めながら、その先に広大な自然三界を、そして宇宙を、静かに夢みていたようだった。

日本美術を見る目

澁澤龍彦は肩書がまずフランス文学者だったにしても、日本の文学や美術に疎《うと》かったというわけではない。一九七〇年代には日本と東洋の古典文学や説話を渉猟しながら、しばしば国内旅行も試み、各地の町や風土や美術に親しむようになっていた。

ヨーロッパ旅行以来フットワークが軽くなっていたし、龍子夫人の旅行好き・運転好きという事情もある。一方では取材旅行の機会がふえた。七三年から七四年にかけては毎年、『地獄絵』『旅のモザイク』『城』などのために関西・沖縄・九州・東北・北海道をめぐっており、やがて小説の取材旅行もはじめたから、出不精どころではない、かなりの旅行家に変貌したようだった。

その間に各地で接したのは町や人や歴史や風土や自然、美術館や劇場や寺社や城や古跡であり、絵画・彫刻や玩具・骨董などのオブジェだった。日本と東洋の古典研究が進むにつれ、美術への視野もひろがっていった。

注文の機会が限られていたせいもあり、日本美術について書いた文章は少ないが、二、三を見ただけでも傾向はわかる。とくに好んだのは琳派である。八二年の「私と琳派」（『華やかな食物誌』）では、この派の先人・俵屋宗達を「日本のバロック」と称え、尾形光琳の「インターナショナルな性格」を指摘している。

だが、それ以上の出会いは後年の江戸琳派の祖・酒井抱一だったようで、「イマジナリア」（『全集』22）では最大級の賛辞をささげている。「私はそれこそ溜息がでるほどの、繊細きわまりない日本のマニエリスムを感じて茫然となる」という。シモーネ・マルティーニからスワーンベリにいたる最愛の画家たちの作品を前にしてさえ、ここまで手ばなしの表現を用いたことはめずらしい。

「日本の四季の草花がこんなに美しいものか、こんなに悲しいほど美しく透明であってよいものか、といった理不尽な思いに私たちを誘いこむばかりの魅惑にみちている。」（同前）

いわゆる日本回帰がはじまったということか。だがこの「空前の植物画家」を称える際にも、「日本のマニエリスム」といい、ヨーロッパとの類似を暗示しているのが特徴だろう。澁澤龍彦はサド侯爵の生きた西欧の十八世紀という博物誌的な時代を、日本の江戸時代、とくに文化文政の「デカダンス」期に重ねて見ようとしている。

インターナショナルな共通性を見ぬくアナロジー（類似・類比）も、澁澤龍彥の方法のひとつだった。伊藤若冲や河鍋暁斎、そして葛飾北斎（左ページ上）の怪異・諧謔《かいぎゃく》も、澁澤龍彥にとってはヨーロッパの同時代に連続して見えていたはずである。

こうしたアナロジーの発見こそが、澁澤龍彥の全方位的な美術観を支えていた。「もうひとつの西洋美術史」はこうして「西洋」をとりさられ、より広い「もうひとつの世界美術史」へと生長しつつあるかに見えた。

ノスタルジア

「ノスタルジアとは、まことに阿片のようなものだ。それは言おうようもなく甘美で、しかも物悲しく、ひとを酔わせる働きをもっている。〔……〕もしかしたら、ノスタルジアこそ、あらゆる芸術の源泉なのである。もしかしたら、あらゆる芸術が過去を向いているのである。」（『記憶の遠近法』）

一九七四年に桑原甲子雄《きねお》の写真集『東京昭和十一年』を見て、澁澤龍彥はこう書いた。おそらく郷愁という訳語におさまりきらないこの広義のノスタルジアは、なにかしら「無機物」を介してあらわ

葛飾北斎　『北斎漫画二編』より　1815年刊

加山又造　鍬がた　1970年　→p.78

れる。デ・キリコやマン・レイやエルンストの作品にもそれがあるという。

これは新しい方向の予兆でもあったろう。澁澤龍彥はやがて、幼少期の思い出をエッセーに書くようになる。とくに七八年の『玩物草紙』などは、玩物という「無機物」を通して語られるノスタルジアの書である。

映画の見方にもその傾向がおよんでいた。もともと映画も好きで、ブニュエルやヴィスコンティやフェリーニなどのものはかならず見、批評ではなにかと特徴的なオブジェに目を向けていたものだったが、八一年にはシュレンドルフの『ブリキの太鼓』に涙を誘われている。ナチの時代に玩物のブリキの太鼓を手ばなさず、自分の意志で永遠に成長を拒否してしまう主人公の少年に、いくぶんかわが身を重ねて見たのだろう。

老いたマルレーネ・ディートリヒ（左ページ上）の来日公演でも、ノスタルジアに駆られて涙ぐんだ。カトリーヌ・ドゥヌーヴへの偏愛ぶりからもわかるが、女優もまた玩物に近い。晩年のマン・レイの撮った美しい肖像写真のなかのドゥヌーヴのイヤリングは、写真家自身の旧作をコピーした螺旋形のブリキの玩物だった。澁澤龍彥が見たら何を思っただろうか。

八六年には最後の美術エッセーの連載として、好みのヌード像をめぐる対話篇『裸婦の中の裸婦』を書きはじめ、ヘルムート・ニュートン撮影のシャーロット・ランプリングをとりあげた。かつてナチの軍帽をかぶって踊ったこの女優にも、美しい玩物を見たのだろう。

ノスタルジアにかかわる美術作品として、川田喜久治の撮ったクラーナハ（クラナッハ、左ページ

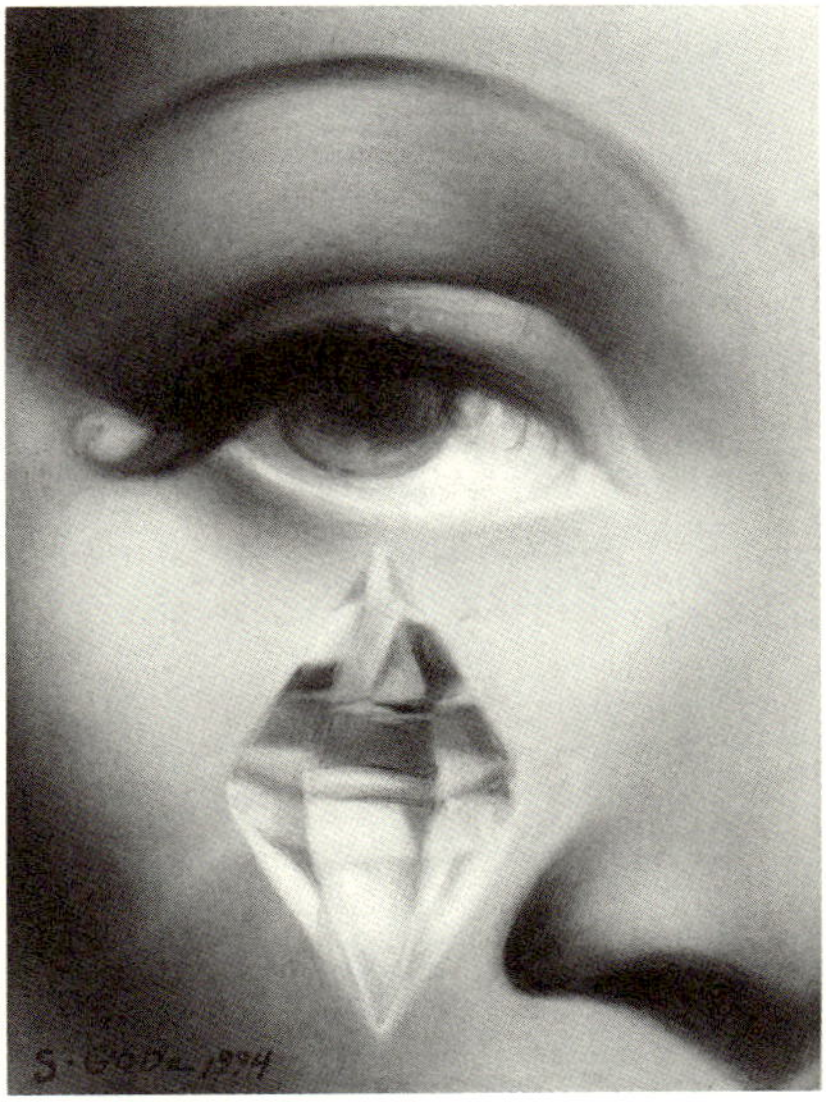

合田佐和子
クリスタルの涙（ディートリヒ）
1994年

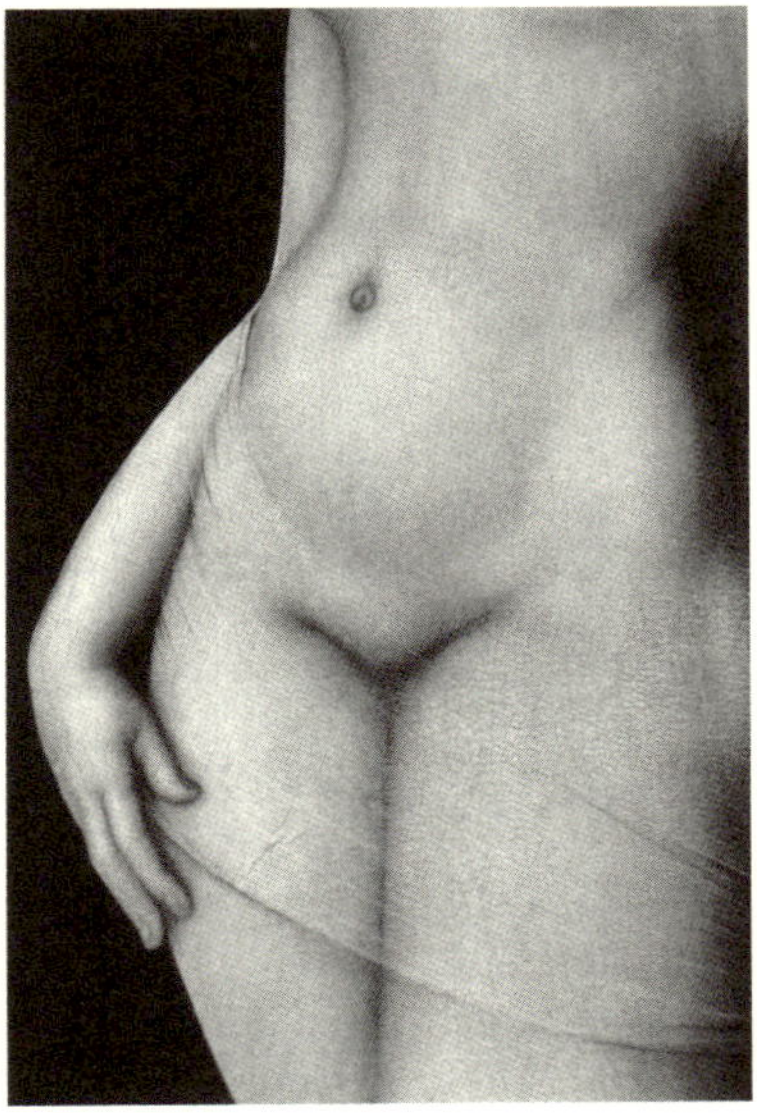

川田喜久治
ルーカス・クラナッハ
（『川田喜久治オリジナルプリントNude』より）
1984年

下）の裸婦像もある。意外なことにアンドリュー・ワイエスの絵に注目していたのも、ノスタルジアが契機だろう。アメリカ美術には無関心だった澁澤龍彦だが、この反動的なリアリズム画家の作品には「目に見えるノスタルジア」（『澁澤龍彦全集20』）を感じていた。

ベルナール・フォーコンのマネキン人形を演出した写真には、大人を締めだした少年たちの遊びの王国の、ノスタルジアにみちた「永遠につづく夏休み」（同前）を見ている。

このころにはすでに体の変調に気づいていたが、それでも展覧会などへ足を運んでいた。あるとき密教美術展で法具などのオブジェを見てから、帰りにたまたま目をとめたのが小林健二の「鉱石ラジオ」である。石や金属やガラスによるその不思議なオブジェ連作の一点はのちに澁澤家へ運ばれ、いまも驚異の部屋の展示品になっている。

第七室　高丘親王の航海

ひそやかな晩年

一九八〇年代の澁澤龍彦は、小説を書くことに集中していた。短篇集『ねむり姫』や『うつろ舟』は雑誌に間をおいて掲載する形式だったので、締切までは二週間ほど書斎に閉じこもり、下調べと執筆のために昼夜逆転、ほとんど人と会わず、電話にも出ずに没頭していた。

おわるとしばらくのんびりし、人を招いたりほかのエッセー原稿を書いたり、鎌倉近辺や東京を歩いたり、夫人や友人たちと旅行をしたりしていたが、概してひそやかな生活だった。

一九八六年一月に朋友・土方巽を失い、葬儀委員長として弔辞を述べたときには、声がかすれ、喉に病のあることは明らかだった。二年前から異状を感じていたのに、近くの病院では原因をつきとめられずにいた。

当時の作品は晴朗で自在で豊かだった。はじめての長篇小説『高丘親王航海記』の連載はすでに評価を得はじめていたが、『裸婦の中の裸婦』のような美術エッセーの連載でも、ゆったりとした筆の運びに新境地が感じとれた。

八月には数十年ぶりで中里・駒込を訪れ、幼少年期をすごした思い出の地を散策した。同行した写真家・高梨豊の撮影による連作「中里にて1986.8.15」は、最後の本格的な肖像写真集になった。変貌した町並に一抹のノスタルジアが漂い、そのなかを五十八歳の澁澤龍彥が歩いている。

その三週間後、はじめて慈恵医大病院で診察をうけ、入院を命じられた。気管支切開手術で声帯を失い、もう声を発することができなくなった。下咽頭癌である。連載中の『裸婦の中の裸婦』は残りの執筆を若い友人の巖谷國士にゆだね、『高丘親王航海記』のほうは様子を見ながら続行する。こうしたすべてが筆談で伝えられた。

十一月十一日、癌切除の十五時間におよぶ大手術を、三十七キロまで痩せてしまった体で耐え、目がさめたときには「なんだか遠い遠い国から帰ってきたような」(『都会ノ病院ニテ幻覚ヲ見タルコト』)気分だったという。

鏡を手にすると、自分とは似ても似つかぬ顔がうつり、思わず放りだしたともいう。投薬で幻覚を見たあと、幼時に父のカフスボタンを呑みこんだ出来事の記憶が喉の痛みに結びつき、「呑珠庵《どんじゅあん》」と

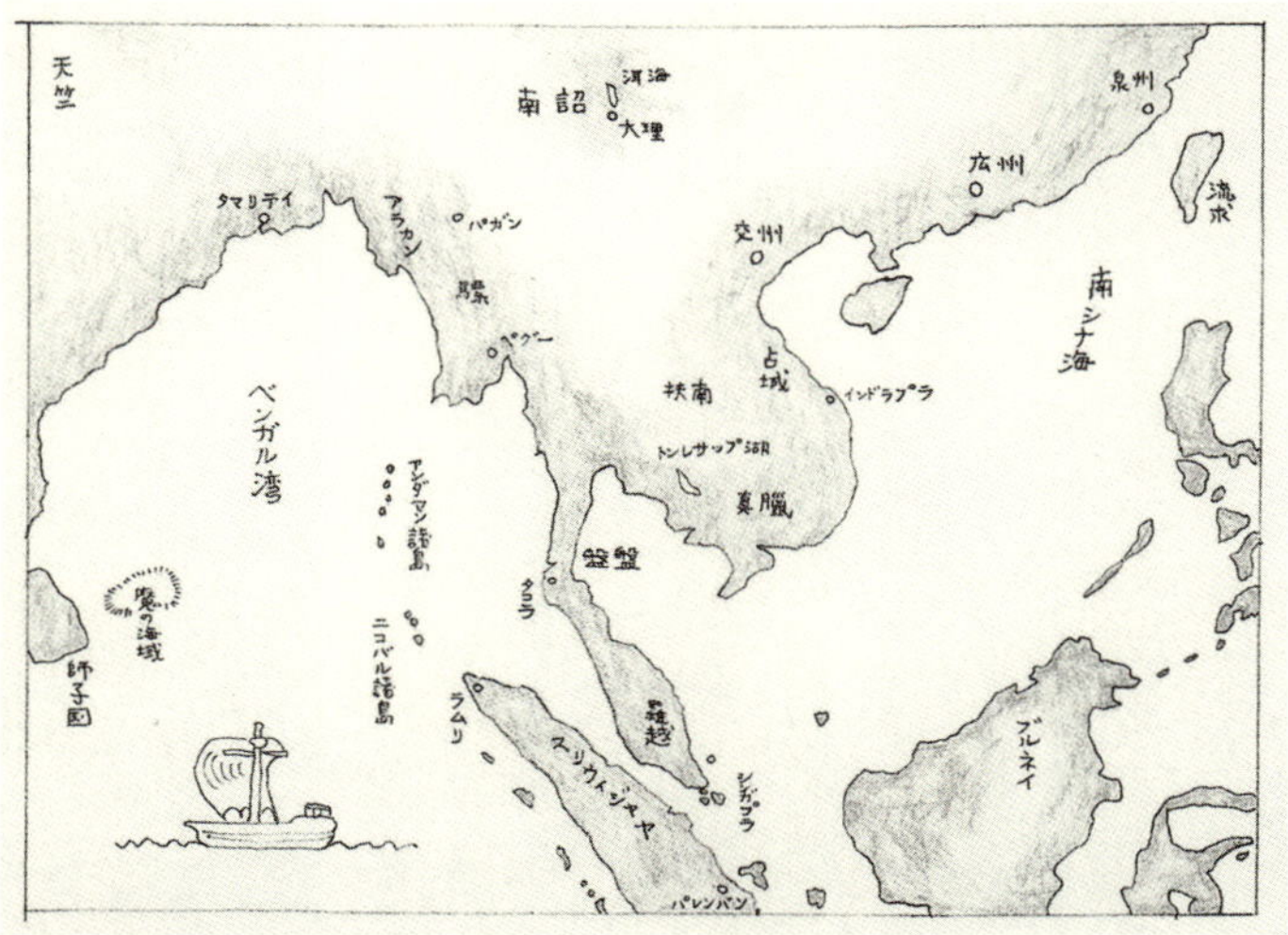

澁澤龍彦 『高丘親王航海記』地図 1986-87年 →p.88

アタナシウス・キルヒャー 『シナ図説』より 1667年刊 →p.88

いう雅号を思いついた。

暮れに退院して『高丘親王航海記』の執筆を再開。第六章「真珠」のはじめには「湖のおもてをのぞきこんで、もしそこに顔がうつっていなければ、そのひとは一年以内に死ぬといういいつたえ」が示される。死を意識した高丘親王は、真珠を呑みこんで喉の痛みにおそわれる。

その章の完成後に内科に入院。だがまた退院し、四月八日には自宅で恒例の花見をした。庭の牡丹桜の満開は遠かったが、ものいわぬ澁澤龍彦の表情は穏やかで明るかった。

『高丘親王航海記』の最終章はその二週間後に完成したが、予定されている単行本の装画はアタナシウス・キルヒャーの『シナ図説』を考えていた。見返しに入れる東南アジアの地図は、澁澤龍彦が自分で描くことになった（87ページ）。

最後の旅

一九八七年五月二日に澁澤龍彦は再入院し、八日に癌の再発を告げられた。ちょうど五十九歳の誕生日だった。

放射線治療がはじまったが、その間にも病室で仕事をつづけた。『高丘親王航海記』の単行本のための決定稿が完成したのは、六月二十三日のことである。

野中ユリ　心月輪の澁澤龍彦　その1
(「愛する芸術家たちの肖像」より)　1997年　→P.91

四谷シモン　天使――澁澤龍彦に捧ぐ　1988年
撮影：篠山紀信　→P.91

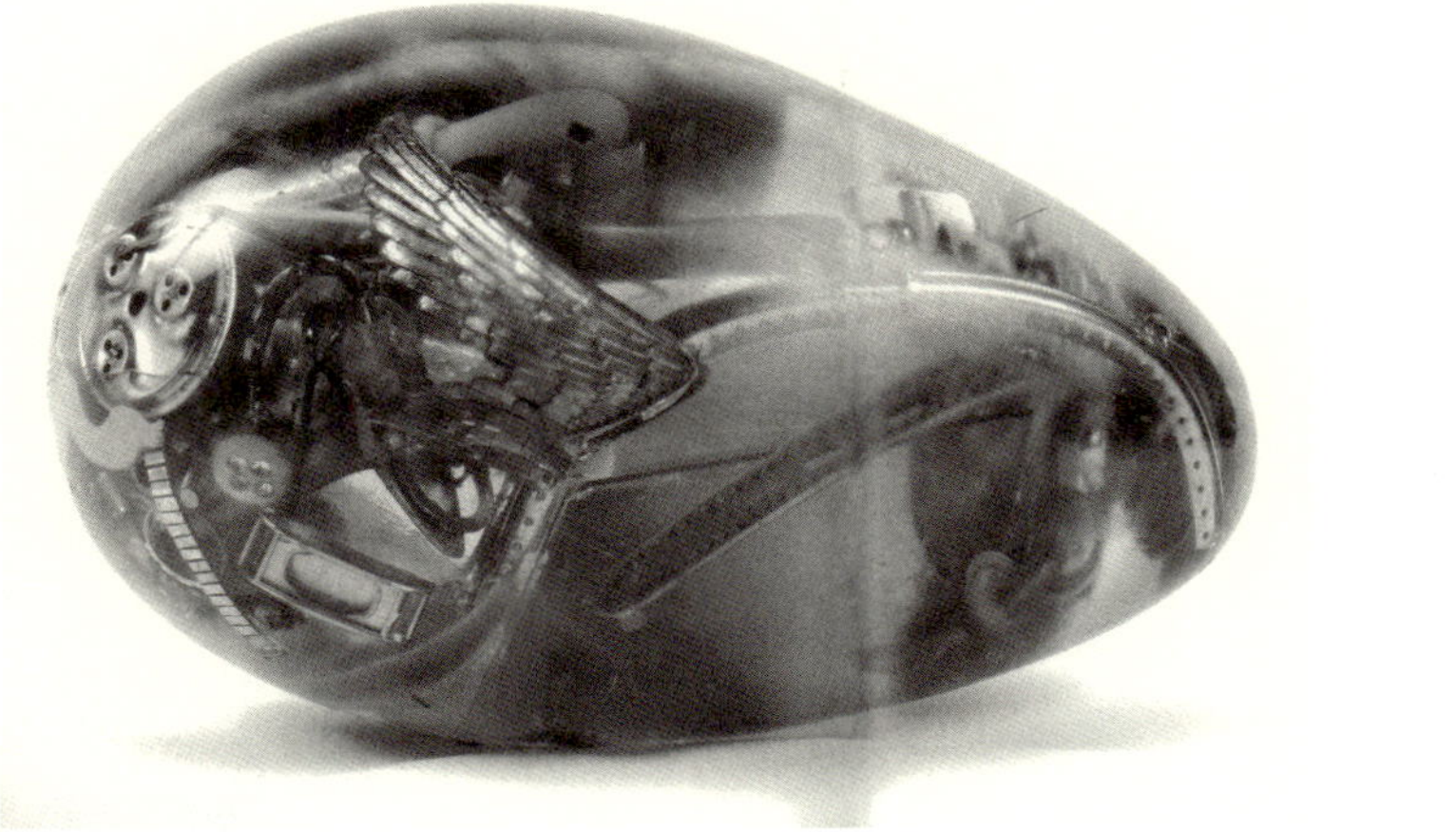

中西夏之　コンパクト・オブジェ　1968年　→P.91

真珠を呑んで喉に病を生じ、すでに死を予感していた親王は、天竺への旅の途上、みずから虎に食われることを選ぶ。死の場面は描かれていない。骨が発見されるだけだ。決定稿にはこうある。「モダンな親王にふさわしく、プラスチックのように薄くて軽い骨だった。」

九世紀に実在した人物を「モダンな」と形容するところが澁澤龍彦らしい。「プラスチックのように」もそうだが、この種のアナクロニズム（時代錯誤）は以前からの方法で、美術についてならすでにおなじみである。澁澤龍彦は古いシエナ派や琳派などの絵画を、しばしば「モダンな」と形容していた。とたんにその作品は身近になって「現代性」を帯び、彼自身の鏡にもなる。咽頭癌を告知されて以来、高丘親王とその航海が、いよいよ澁澤龍彦とその生活に似てきたようだった。

七月十五日の再手術でも癌は除去しきれず、八月に入って頸動脈瘤を生じた。それでも元気に書きものをしたり、資料を読んだりしていたという。

八月五日、病室で読書中に頸動脈が破裂して、死去。

友人たちが駆けつけて夫人とともに遺体を自宅へ運んだ。六日に通夜、七日に葬儀。十一月八日に鎌倉浄智寺で納骨。澁澤家の書斎につづく庭からは、その墓を見はるかすことができる。

書斎は生前のままにのこされた。古風でモダンな仕事机の上には、いまも署名入りの原稿用紙や、鉛筆や鉛筆削り、刀の鍔《つば》の文鎮、三角定規、ペーパーナイフ、眼鏡、パイプ、地球儀などが置かれている（17ページ）。奈良原一高がフォトグラム連作「スター・レクイエム―シブサハ」に写しとったオブジェたちは、すべてこうした愛用の品である。

居間兼客間もそのままだ。飾り棚にひそむ中西夏之の「コンパクト・オブジェ」(89ページ下)は、いわば「磁気を帯びた眠り」の状態で蘇生を待っている錬金術の卵である。生前と違うのは遺影があることだけだ。白いカスミ草のヴェールを通して細江英公がそれを撮っている。

多くの友人がオマージュ作品をささげたが、加納光於の光輝をたたえた油彩は没後すぐの制作である。翌年に完成した四谷シモンの人形「天使――澁澤龍彦に捧ぐ」(89ページ上右)は、死者にふさわしい翼をもった純白の両性具有者である。

野中ユリはのちにコラージュ作品「心月輪《しんがちりん》の澁澤龍彥」(89ページ上左)をささげた。澁澤龍雄少年のたたずむそのノスタルジックな画面の左端には、原稿の一片が貼りこまれている。澁澤龍彥の手書きした『高丘親王航海記』の結びの一行である。

「ずいぶん多くの国多くの海をへめぐったような気がするが、広州を出発してから一年にも満たない旅だった。」

二〇〇七年一月五日

澁澤龍彦と「旅」の仲間

I

出会い・手紙・旅

コリントス（ギリシア）のとある中庭

シュルレアリスト・澁澤龍彦

澁澤龍彦の没後二十周年とあって、あちこちで美術展、文学展、博物オブジェ展などが企画されている。なかでも最大のものは「澁澤龍彦　幻想美術館」展であり、これは春に埼玉県立近代美術館で開催したが、夏には札幌芸術の森美術館へ、秋には横須賀美術館へと巡回する。図録は同題名の単行本（平凡社刊）として出ており、書店でも手に入れることができる。

この大規模な美術展と図録の監修・構成・執筆を二年前に依頼されたとき、私がまず思いうかべたのは、いわゆる「幻想美術」の展覧会などではなく、澁澤龍彦が生涯にわたって好み、書き、称えた古今東西の美術作品や、交友した現代の美術家とその作品を、数多く一堂に集めたところに出現するような、ひとつの「幻想的な美術館」の光景だった。主著の一冊に『幻想の画廊から』というのがあるけれども、その「画廊」を文字どおり「美術館」の規模まで拡大して、故人にこちらからプレゼントしてみよう――と思ったのである。

それにはまず、澁澤龍彦の美意識や美術史観の変遷の跡をたどれるように、年代順の構成をとる必要があった。七つの展示室を設けるプランを立て、第一室は誕生から最初の著書まで（一九二八―五九年）、第二～第五室は一九六〇年代の活動の諸相――というふうにまず考えていったのだが、その間にひとつ気になるところが出てきた。この作家のシュルレアリスムとの関係をどのように見せたらよいか、ということである。

澁澤龍彦がシュルレアリスムの美術の賛美者・紹介者であったことは周知だろう。最初の本格的な美術書だった前記の『幻想の画廊から』の大半はシュルレアリスムの傍系を扱っているが、それが出たのは一九六七年なので、順番では第四室あたりになる。実際、そこにシュルレアリスムだけの部屋を設けることにしたのだが、どう呼んだらよいか。いくらか迷った末に、私は「シュルレアリスム再発見」というタイトルをつけた。

なぜ「再発見」なのか。澁澤龍彦の生涯をふりかえると、実際にはシュルレアリスムとのつきあいはずっと古く、東大の仏文科に入った一九五〇年ごろからである。終戦直後、旧制浦和高校時代にフランス文学に目ざめ、ジャン・コクトーなどの書物に熱中していたが、ちょうどその年に出たアンドレ・ブルトンの大著『黒いユーモア選集』の増補版に出会い、衝撃をうけた。「澁澤龍彦自作年譜」（『澁澤龍彦全集12』）の一九五一年の項は、つぎの文章だけで占められている。

「シュルレアリスムに熱中し、やがてサドの存在の大きさを知り、自分の進むべき方向がぼんやり見えてきたように思う。」

ブルトンのその『選集』は十八世紀以後の特異な作家・芸術家四十五名の文章をおさめたアンソロジーで、それぞれをシュルレアリスムの先駆として位置づけるような四十五の序文がついているのだが、なかでもサドは重要な項目である。澁澤龍彦はまさにこの本によってサドの存在を教えられ、やがて「進むべき方向」を知るにいたったからである。

五二年末に提出した卒業論文は、題して「サドの現代性」。文献が乏しかった時期でもあり、歴史的実証にはほど遠い論文だったが、もっぱら現代の目でサドの意義を探り、シュルレアリスムにいたる後継者たちの系譜を跡づけているところなど、ブルトンの影響は明白すぎるほどだった。

一九五四年にコクトー『大股びらき』の邦訳の出版によってデビューしたが、以後しばらくはサドの邦訳にはげんでいる。五七年には『サド選集』全三巻（彰考書院版）を完結させ、日本初のサド文学の専門家として認められた。五九年末、これもサドの訳書『悪徳の栄え・続』（現代思潮新社）が発禁処分をうけ、やがてサド裁判がはじまる。

ただしその間、サドの研究と翻訳のみに専心していたわけではなく、シュルレアリスムへの「熱中」もずっとつづいていた。学生時代から用いていた年度ごとの手帳（未公開）を覗くと、興味ぶかい記述が見つかる。たとえば仕事のプラン。サドの翻訳と並行して、さまざまなアンソロジーを計画している。十八世紀幻想小説から小ロマン派、世紀末文学を経て、シュルレアリスムまで。のちのアンソロジー癖——いや、ある意味では彼の本のほとんどが既存のもののアンソロジーだったともいえる——を考えると、この事実は大いに示唆的である。

一九五九年に出た短篇集『世界恐怖小説全集9』(フランス篇、青柳瑞穂共訳)が最初の成果だったと見てよいが、その種のアンソロジーの編み方も、ブルトンの方法と思想を受けついでいたのだ。もはや単なる影響ではない。この先人は澁澤龍彦のうちに、いわば「アンソロジー的な自我」を目ざめさせたのである。

では美術への興味はどうだったか。一九五〇年代には美術についての言及が意外に少ないが、シュルレアリスムの絵画に関心がなかったわけではない。そもそも『黒いユーモア選集』で画家たちの文章に出会っていたし、シュルレアリスムの美術書を集めはじめてもいた。もっとも重要なものは、五二年に出たマックス・エルンストのコラージュ・ロマン『百頭女』(ブルトンの序文が入っている)の再版と、五七年に出たブルトンの『魔術的芸術』(ジェラール・ルグランとの共著)だろう。とくに後者は『選集』の美術版ともいえるアンソロジー的な大著だった。

海外美術展がまだあまりなかったころだから、作品を実際に見る機会は少なかったろう。ただ友人には若い画家もいて、個展や展覧会には足を運んでいた。目をひかれるのは、一九五四年の手帳の住所録の欄に、タケミヤ画廊のアドレスが書きこまれていることだ。周知のように、神田駿河台下にあったこの画材屋のギャラリーでは、五一年から六年間、瀧口修造が無償で企画・運営を引きうけ、計二百八十回におよぶ若い画家たちの個展・グループ展を催していたのである。

ともあれ、このように深くシュルレアリスムとつきあうようになり、ブルトンの方法を共有しようとしていた若き澁澤龍彥は、この先人に導かれて魔術や隠秘学にも踏みこみながら、サドについてさまざまな文章を書き、一九五九年には処女エッセー集『サド復活　自由と反抗思想の先駆者』にまとめることになる。題名のとおりサドが中心を占める書物なのだが、同時に自己流のシュルレアリスム序説でもあった。巻頭の力篇「暗黒のユーモアあるいは文学的テロル」は、じつはブルトンの『選集』の要約に近い。『サド復活』にはめずらしく索引がついていて、そこでもサドについでブルトンの項がとくに長い。

一方、五〇年代後半といえば日本でシュルレアリスムへの関心が高まっていた時期であり、たとえば五六年ごろには、若い詩人・美術批評家たちによる「シュルレアリスム研究会」なるものが発足して、飯島耕一、江原順、大岡信、清岡卓行、東野芳明、針生一郎といった人々がその討議を公表していた。ほぼ同世代の彼らの活動を横目で見ながらも、澁澤龍彥はただひとり、独自にシュルレアリスムを追っていたことになる。しかも、研究よりも継承といったほうがよい活動だ。なぜなら、彼の関心はなによりもブルトンの人格と思想にあり、その魔術的・弁証法的な側面を拡大しながら、自力で先駆者の系譜をつくろうとしていたからである。

ところでくだんの「研究会」の記録をいま読みなおしてみると、奇妙なことに気づく。ブルトンの名があまり出てこないのだ。たまに出てきても自動記述やオブジェの理論家としてであり、第二次大戦後の活動や、先の『黒いユーモア選集』や『魔術的芸術』のような大著については触れられていない。戦前からのシュルレアリスト瀧口修造がゲストとして招ばれた際に、最近のシュルレアリスムの動向について示唆を与えている程度である。「研究会」の関心はむしろ、一時代前のアポリネールや、共産党に移っていたエリュアール、あるいはプレヴェールなどに向いていたことがわかる。美術の面についても、当時大流行のアンフォルメル運動との関係において語られがちだった。

一般に「日本のシュルレアリスム」が云々されるときに、この「研究会」の活動は重視されているけれども、同時期の澁澤龍彥に言及されることはほとんどない。だが実際には、ブルトンの著作を最近のものまで読みこんで、着実に吸収していたのは澁澤龍彥のほうだった。これもまた奇妙なことだが、瀧口修造その人を除いて、当時そんな方向を選ぶ者はごく少なかったのだ。

瀧口修造自身、「研究会」にゲスト参加していたころには、「日本のシュルレアリスム」の行方を懸念していたようである。タケミヤ画廊の運営も行きづまり、アンフォルメル運動との連携に悩んでいたこの日本のシュルレアリストは、だが一九五八年にはじめてヨーロッパへ旅立ち、ブルトンと対面している。「私の生を変えた」というこの人物の晩年の生き方にも共鳴したとき、瀧口修造にはある確信が訪れた。初心に返るというのでもない。こんにちの現実のなかでなお「超現実」の可能性を、新しい「出会い」の可能性を信じつつ、いわば宙づりの生を引きうけようとしたのだった。

澁澤龍彥が現代日本の美術とはじめて向きあったのも、ほぼおなじころである。五九年一月、銀座の画廊で加納光於の銅版画展を見て、衝撃をうけた。自身の芸術理念に合致する魅惑的な作品にめぐりあい、その印象を書きとめた翌年の「加納光於の世界」(のちに「銅版画の天使・加納光於」として『神聖受胎』に収録)が、美術批評界へのデビュー作になる。

こうして朋友となった加納光於に、澁澤龍彦は『サド復活』の装丁と挿画を頼んだ。同年の九月にはもうひとつの新しい出会いが生まれている。この最初の本が刊行された日、澁澤龍彦は加納光於に誘われて、瀧口修造の家を訪れたのである。

誰かとの出会いをいつも待っていた瀧口修造が、ブルトンの繙読《はんどく》から出発していた青年とその最初の著書とを、あたたかく迎えなかったはずはない。事実、翌年の「みづゑ」八月号では、「本書はサドのみならずシュルレアリスムの最も重要な局面を解明した貴重な労作である」と絶賛しているし、「日本のシュルレアリスム」への不満の意をふくむ五年後の「読売新聞」の記事でも、つぎのように記している。

「最後に忘れてならないのはシュルレアリスムのもうひとつの角度であって、サドの研究者であり『黒魔術の手帖』（桃源社）などを書いた澁澤龍彦氏の近年の開拓を見落としてはなるまい。そこにはまだ暗黒に閉ざされた人間の鉱脈にいどむ不屈の姿勢がある。」

このころにはサド裁判がもうはじまっていたが、瀧口修造はその第一回公判から傍聴席に姿をあらわし、被告席の澁澤龍彦に合図を送った。それればかりではない。加納光於や野中ユリの個展会場、土方巽の暗黒舞踏公演、唐十郎の状況劇場の芝居など、六〇年代の地下を穿《うが》つさまざまな活動の場で、ふたりはたびたび顔をあわせるようになっていった。

澁澤龍彦がシュルレアリスムの美術について書きはじめるのは、六〇年代もなかばになってからのことである。「澁澤龍彦　幻想美術館」展ではその第四室を、「シュルレアリスム再発見」と呼ぶ。澁澤龍彦が美術を通してシュルレアリスムを「再発見」したという意味で。同時に、瀧口修造のすでに発見していたシュルレアリスムを、澁澤龍彦が自己流に「再発見」したという意味で。

二〇〇七年六月二十四日

澁澤龍彥と加納光於、そして瀧口修造

澁澤龍彥は美術を好み、美術について書くことを好んだ。画集や美術作品をいつも身近に置き、画廊や美術館をしばしば訪れ、多くのアーティストたちと親しく交友していたばかりでなく、みずから「視覚型の人間」と称して、著作のなかでも実生活のなかでも、特有の美意識と眼識を保ちつづけていた。といっても、美術史家ではなく、美術批評家ですらなく、もっぱら個人的な「好み」で作品を選び、それを好む自分自身の性向や気質を分析し敷衍することによって、普遍的な何かを見通そうとする独特の美術エッセーの書き手だった。生涯にわたってこころみた古今東西の美術の渉猟は、澁澤龍彥にとって、同時に、自分自身を追いもとめる旅でもあったように思われる。

それにしても、そうしたある種の美術に対する「好み」はいつ、どのようにして自覚されはじめたのか。じつは意外にも思える事実なのだが、澁澤龍彥が美術について語るようになったのはかなり晩く、三十歳をすぎてからのことである。

著述家・翻訳家としては早熟なほうで、一九五四年八月、二十六歳のときにジャン・コクトーの『大胯びらき』の邦訳を出し、翌年にはサドの『恋の駆引』を、さらに一九五六年から五七年にかけては『マルキ・ド・サド選集』全三巻を訳出刊行しており、併行してエッセーや短篇小説なども発表していたのだが、その後一九六〇年にいたるまで、美術についてはほとんど触れたことがなかった。かろうじて五九年の「異端者の美学」（雑誌「短歌」六月号、『澁澤龍彥全集1』補遺）に、マックス・エルンスト、ジャック・カロ、パオロ・ウッチェッロといった画家の名前を（名前だけを）挙げている程度である。

もちろん、だからといって美術への関心が薄かったわけではなく、没後にのこされた学生時代の手帳では、一九五二年（二十四歳）版にサルバドール・ダリの「偏執狂に関する本」についてのメモが見える（その本の内容が同年末に提出した卒業論文「サドの現代性」にも反映している）し、五三年のはじめには、当時はまだ京橋にあった国立近代美術館へ「近代洋画の歩み（西洋と日本）」展を見に行き、ルドン、クレー、タンギー、ミロ、等々の作品に接したことなどがわかる。ジャン・コクトーの書物に没頭しはじめたのはまだ旧制高校生だった四七年ごろからで、コクトーは画家でもあったわけだが、その絵画作品にはかならずしも惹かれていない。

だが一方、一九五〇年にめぐりあったアンドレ・ブルトンの『黒いユーモア選集』を通じて、ダリの「偏執狂的―批評的」方法だけでなく、シュルレアリスムの美術全般への興味が芽ばえていたことはたしかである。五〇年代なかば以後、鎌倉の小町にあった澁澤家の二階の書斎兼居室には、シュルレアリスム関係の画集や美術書がすこしずつ堆積するようになっていった。

すでに触れたとおり、一九五四年版の手帳の住所録のページには、タケミヤ画廊のアドレスが書きこまれている。神田駿河台にあったこの画材屋を兼ねる画廊では、五一年から五七年にかけて、瀧口修造が無償で企画・運営を引きうけ、計二百八十回におよぶ日本現代美術の展覧会をつづけていた。澁澤龍彦が実際にこの画廊にかよっていたかどうかは定かでないにしても、その後の推移を考えあわせるとき、この記述は象徴的なものに思えてくる。

ともあれフランス文学者・エッセイストとしてデビューしてからのほぼ五年間、澁澤龍彦が美術について、とくに日本の現代美術について言及した文章はほぼ皆無に近い。それにもかかわらず――いや、むしろそれだからこそ、一九六〇年代にはじまる澁澤龍彦の美術論・美術エッセーは、新鮮なもの、衝撃的なものに受けとられたのである。

★

ざっとそのようなわけで、澁澤龍彦の美術との――少なくとも日本の現代美術との最初の直接的な出会いは、一九五六年一月、銀座の栄画廊でふいに訪れたのだと見ることができる。この件については、晩年の一九八五年一月に発表されたエッセー、「加納光於　痙攣的な美」(『都心ノ病院ニテ幻覚ヲ見タルコト』)の冒頭を引用する以外にはないだろう。

「栄画廊という銀座の小さな画廊で、加納光於の作品に初めてお目にかかったのは、たしか昭和三十四年（一九五九）一月のことではなかったかと思う。雨の日だったのをおぼえている。「燐と花と」「焰と谺」「王のイメージ」などという作品のシリーズが出品されていて、私はその痙攣的な美に息をのんだ。ルドンでもなく、エルンストでもなく、駒井哲郎でもなく、あきらかに新しい加納光於独特の物質的想像力ともいうべき、金属の腐蝕から生まれた幼虫のようなイメージが画面に躍動しているのを見たからである。」

三十年近く前のことを回想していながら、「雨の日……」以下、表現がすこぶる具体的である。ひとつひとつ、記憶をたぐるように作品の題名を挙げ、それらとの出会いの衝撃を記しはじめる。「痙攣的な美」という言葉はブルトンから、「物質的想像力」という言葉はガストン・バシュラールから引いていて、当時の澁澤龍彥の文学上の関心との対応を窺わせる。ルドン、エルンスト、駒井哲郎というくだりは、そのころすでに惹かれていた画家たちの列挙だろう。ひとりのアーティストとその作品にめぐりあった日の回想として、これは澁澤龍彥にめずらしく臨場感をたたえた文章である。

このとき澁澤龍彥は三十歳、加納光於は二十五歳だった。おなじエッセーの後半で、「こういうかたちの出会いは、まずお互いが若くなければ無理だろうし、たまたま両者の抱懐する芸術理念の一致という幸運な偶然がなければ、さらにむずかしかろう。こういう千載一遇の機会に巡り会ったことを、今にして私は嬉しく思うものだ」といっているように、これは澁澤龍彥にとって、生涯の一転機といってもいい大きな出来事だった。結果として「私たちは一時、きわめて親密に交際した」と書かれてもいる。

その一月ほどあとに、新橋の画廊ひろしで野中ユリとも出会っており、それもまたひとつの出来事であったはずなのだが、そちらの事情についてはは他の機会にゆずろう。ここで興味ぶかいのは、加納光於が（野中ユリもまた）かつて瀧口修造に見いだされ、ほかならぬタケミヤ画廊でデビューした銅版画家だったということである。

瀧口修造はすでにその一年前の一九五八年、「美術手帖」誌の三月号に「加納光於「紋章のある風景」」（『コレクション瀧口修造4』）というエッセーを発表していたので、澁澤龍彥はそれを読んでいたかもしれない。そもそもタケミヤ画廊の活動への関心——またとくにブルトンやシュルレアリスムへの関心から、澁澤龍彥は瀧口修造の存在を意識していたにちがいないが、いま加納光於を仲介者として、この二十五歳年長の詩人・美術批評家・シュルレアリストとはじめて交流する幸運を得た。「千載一遇の機会」は、もうひとつの出会いをよびおこしたのである。

★

おなじ一九五九年の九月に、澁澤龍彥の最初のエッセー集『サド復活——自由と反抗思想の先駆者』が刊行される。弘文堂の「現代芸術論叢書」の五冊目だったこの書物は、一見「現代芸術論」とは無縁な文学的・思想的な内容のものだが、装幀（この章の末尾の追記1を参照）と装画を、ほかならぬ加納光於が担当している。カヴァーには前出の「王のイメージ」。本文の各所に挿まれたアート紙のページには「焔と谺」「雲の仲間たち」「燐と花と」をはじめとする銅版画作品を配し、計二十三点、十四ページにもわたる加納光於の「飾画」ギャラリーの観を呈していた。

「ド・サドの像」「ロートレアモン」「フォルヌレの肖像」「ド・クインシー」のような過去の文学者たちへのオマージュ作品も多い。まず第一の章で、サドのみならず「黒いユーモアあるいは文学的テロル」の先駆者たちをつぎつぎ称揚し、ブルトン直伝の過激な文学論を展開してみせているこの処女エッセー集は、いわば加納光於の装幀・装画によってはじめて、「現代芸術論叢書」の一冊になりおおせていたかに見える。

版元でこの本を受けとった九月十五日に、澁澤龍彦は加納光於につれられて、西落合にある瀧口修造の家を初訪問した。このはじめての出会いの場(追記2を参照)で、『サド復活』を献呈したという事実は意味ぶかい。一九七九年七月一日に瀧口修造が亡くなったあと、「ユリイカ」誌の八月号に発表した追悼文「美しい笑顔　瀧口修造さんを悼む」(『城と牢獄』)のなかで、澁澤龍彦はそのときのことをこう回顧している。

「瀧口さんは本をぱらぱらめくると、
「なぜこの本は、こんなにたくさん絵がはいっているのか、さっぱり分らないひとがいるかもしれませんね。」
といって、おかしそうに笑った。
それから以後、私はいろいろな場所で瀧口さんと顔を合わせるようになった。私の交際の範囲はせまく、ごく限られていたにもかかわらず、ふしぎにも瀧口さんと顔を合わせる機会は多かった。それは加納光於や野中ユリの展覧会の会場であったり、土方巽のダンスの稽古場であったり、状況劇場のテントの中であったり、あるいはまた、それらの会が終ってから二次会として繰りこんだ、新宿あたりの小料理屋やバーの一隅であったりした。〔……〕」

西落合の家のあの書斎で、瀧口修造は『サド復活』をぱらぱらとめくっただけではなかった。その後に熟読玩味しただろうことは想像にかたくない。書評の注文はなかったにしても、翌一九六〇年の「みづゑ」誌の八月号に載せたエッセー「サド侯爵の遺言執行式」（パリのシュルレアリスム国際展における特異なイヴェントについての記事――『瀧口修造コレクション9』）では、サドの遺言状を紹介したあとに、「澁澤龍彦氏著『サド復活』（弘文堂版）から氏の訳を引用させていただいた。本書はサドのみならずシュルレアリスムのもっとも重要な局面を解明した貴重な労作である」と付記したのである。

それればかりではなかった。瀧口修造は翌一九六一年の八月一日、澁澤龍彦を被告のひとりとするあのサド裁判の第一回公判を傍聴しに行っているし、一九六四年三月一日の「読売新聞」紙上に発表した「日本のシュルレアリスム」（同前）の末尾でも、つぎのような最大の賛辞を呈している。

「最後に忘れてならないのはシュルレアリスムのもうひとつの角度であって、サドの研究家であり『黒魔術の手帖』（桃源社）などを書いた澁澤龍彦の近年の開拓を見落としてはなるまい。そこにはまだ暗黒に閉ざされた人間の巨大な鉱脈にいどむ不屈の姿勢がある。」

今日まで、澁澤龍彦と瀧口修造との関係については、軽視されすぎていたように思われる。澁澤龍彦の一九五〇年代後半にはじまった年長者たちとの交流のなかで、二、三年先んじていた三島由紀夫とのそれ（妹の澁澤幸子を通じての依頼で、前述の『マルキ・ド・サド選集』第一巻の序文をもらったのが一九五六年、目黒区緑ヶ丘に新築された三島由紀夫邸を初訪問したのは一九五七年二月である――追記3を参照）ばかりがしばしば強調されているようだ。他方、同年生まれの土方巽と出会ったのは一九五九年八月、小町の澁澤家にこの舞踏家の夫妻がとつぜん来訪したときが最初（追記4を参照）であり、それは加納光於との出会いの八か月ほどあと、瀧口修造との出会いの一か月ほど前のことだった。その後の一九六〇年代の澁澤龍彦と土方巽をめぐる昂揚と喧噪の場に、しばしば瀧口修造がいたことは先の引用からも知られるとおりである。

少なくとも、そんな日々を支えることになる澁澤龍彦の美意識と眼識の生成過程を通じて、ほかならぬ加納光於を介してめぐりあった先人・瀧口修造との交流は、一般に思われている以上に大きかったのである。

★

はたして、右に引いた瀧口修造からの賛辞にこたえるかのように、「みづゑ」誌の一九六〇年十月号には、澁澤龍彦による瀧口修造編『エルンスト』（みすず書房刊）の書評（『澁澤龍彦全集2』）が載っている。いうまでもなくマックス・エルンストは、澁澤龍彦がそのコラージュ・ロマン『百頭女』（前掲の『サド復活』のアート紙ページには加納光於の銅版画のほかに、このコラージュ集のうち一点が配されていた）やフロッタージュ集『博物誌』などを通じて、もっとも親しみ好んでいた画家のひとりだった。

書評の形をとっていたにしても、「十六世紀の大魔術哲学者コルネリウス・アグリッパの著作」への言及にはじまり、「瀧口修造氏のすぐれた解説文」を称えているこの書評は、澁澤龍彦がそんなエルンストについて――しかも、ヨーロッパの画家について――論じた最初のものだった。

ところで加納光於もまた、そのしばらくあとの一九六二年二月、「美術手帖」に発表した初期のエッセー「麦畠の中に――幻視者の遍歴」（『夢のパピルス』所収）で、「占星家コルネリウス・アグリッパと同じケルンの近くで生まれ、「一番好きなことは、見ること」と答えるのが常であった少年エルンスト」への共感を語り、さらに一九六四年十二月の同誌に載った「エルンストの黒いユーモア――『博物誌』によせて」では、「マックス・エルンスト、その名のこだまする幻視の花園」に向けて、オマージュをささげることになる。

エルンストをめぐって、また瀧口修造編・解説の画集『エルンスト』をめぐって、すでに澁澤龍彦と加納光於とのあいだに、ある暗黙の了解が成り立っていたかのようではあるまいか。

★

澁澤龍彦が美術家とその美術作品について書いた最初のエッセーは何だったか。もはや当然のように思えてくるが、それは加納光於論だった。一九六〇年五月、日本橋の南画廊でひらかれた加納光於の個展をめぐって、「みづゑ」誌の七月号に発表した「加納光於の世界」（『澁澤龍彦全集2』）――のちに「銅版画の天使・加納光於」と改題して一九六二年刊の第二エッセー集『神聖受胎』に収録されたが、この本もまた加納光於の装幀になるもので、カヴァーには銅版画シリーズ「翼・予感」の一点を用いている――追記5を参照）がそれである。

すでにサンパウロの国際展やリュブリャーナの国際版画展に出品し、後者では受賞してもいた加納光於のこの個展は、瀧口修造による序文（「宿命的な透視術……」『瀧口修造コレクション4』）を得た重要なもので、ひろく注目を集めることになった。瀧口修造はもうひとつ、「芸術新潮」誌の五月号にもエッセー「加納光於」（同前）を発表しており、澁澤龍彦は右記の「銅版画の天使・加納光於」（以後、この改題後のタイトルを用いる）を書く前に、当然それらの文章を読んでいたものと思われる。ついでにいえば「みづゑ」誌のすぐ前の号にも、瀧口修造は「日本の超現実主義絵画の展開」（同前）という文章を載せており、そこでは「銅版画によって独自な超現実の世界をひらいた最初の画家」として加納光於を紹介していた。

「銅版画の天使・加納光於」のほうは、澁澤龍彦の最初の美術論にふさわしく、すこぶる力のこもったエッセーだった。まず「若いエッチャー加納光於の面貌は、アルブレヒト・デューラーの有名な「メランコリア」と題された銅版画のなかの、羽のはえた天使によく似ている」としたあとで、「加納光於の密室におけるきびしい操作」には「この天使によってあらわされた中世細密画家の孤独な決意に相通ずるものがある」というふうに展開する第一段には、同年五月七日、南画廊での個展の前に、下高井戸にあった加納光於宅をはじめて訪問し、さらに都立大学近くの銅版画教室（加納光於は駒井哲郎のあとを引きついでそこで教えていた）へ赴き、エッチング制作の見学と試作をしたという体験が生きていただろう。そのうえで第二段に移り、つぎのように昂揚した密度の高い文章をくりひろげる。

「そもそも、加納光於が植物学の探索から出発したということが、私にとっては決して偶然とは考えられない。なぜなら、ルーペを手にした少年植物学者は、つねに観察者であるというよりも、一個のミニアチュールについての思弁にふける形而上学者であることが実にしばしばだからだ。進化の歴史の遡行。化石の博物館。奇蹟の発芽。自由な転身。カタコンベの花。降りそそぐ胞子。騒然たる沈黙。ふくれあがる小宇宙と凝縮する大宇宙。これらが、ひとたびミニアチュールの世界に踏みこんだ想像力の、あらゆる現実的なダイメイション上の束縛をまぬかれた、想像力自体の自立的な運動の標識であって、それは同時に加納光於の先天的に体得した詩の標識でもあるのである。」

加納光於が少年期に家出をして、植物学者の助手になっていたことがあり、しかも一九五五年に二十二歳で『植物』と題する銅版画集を発表しているという事実は、すでに瀧口修造の「加納光於」にほのめかされていた。「こうした『植物』のシリーズは、笑顔のうつくしい少年のような姿をして現われた」というその表現も、「銅版画の天使」の喩えにいくらか反響しているかもしれない。

だが澁澤龍彥のほうは、ここで「少年植物学者」のイメージを、ただちに「ミニアチュールの世界」へと展開する。「加納光於の世界をミニアチュールの世界と呼ぶことには、不審の念をいだくひともあろうが、私はこの言葉を厳密な現象学的概念規定において用いているので、さように御承知ねがいたい」としたうえで、さらにつぎのような論旨にいたる。

「拡大をのぞく人間は、世界をまったく新らしい所与として認識する。日常的な世界をしめ出して、ふしぎなオブジェの前に新鮮な眼ざしを獲得する。植物学者のルーペは、再発見された少年時代の表象であり、ルーペを通して眺められたある極微の物体は、一つの世界をひらく「哲学の卵」「賢者の石」である。極微なものは必ず、一つの新らしい世界、そのなかに極大なものの属性をふくむ一つの世界の表象たり得るのだ。したがって、極大なものの属性をふくまないミニアチュールはあり得ない、と逆説的に結論することも可能であろう。」

極小から極大へと想像力を生動させる契機としてのミニアチュール――この論点と語り口とを見るとき、加納光於の初版銅版画の細微にして鮮烈な画面が思いうかんでくるだけでなく、澁澤龍彦自身の当時の文学上の関心事のひとつと、その後のエッセー集の展開ぶりにも思いあたる。ここでバシュラールの「物質的想像力」をめぐる「現象学的」な方法、とくに『空間の詩学』のそれが下敷きにされていることは明らかだろう。

一九六四年の『夢の宇宙誌』にはじまり、一九七四年の『胡桃の中の世界』(標題そのものが「ミニアチュール」に通じているだろう)ではっきりと自覚される澁澤龍彦独自の「視覚的」エッセーの方法は、すでにここで予告されていたのである。

「銅版画の天使・加納光於」ではさらに、「王のイメージ」（本書43ページ上左）「風・予感」「谺」（同・上右）「微笑」「イプノス」……というふうに具体的な題名を挙げながら、加納光於の作品に「世界の求心的な運動の結果、相対的に拡大された」イメージの系列と、「逆に世界の遠心的な運動の結果、相対的に縮小された」イメージの系列とがあることを指摘したあとで、もうひとつのテーマ——「愛」が語られる。

★

「ちょうど空想社会主義者が階級制度の完全に廃棄されたユートピアを描いてみせるように、想像力の自立的な運動は、植物界と動物界、有機物界と無機物界のあいだに設けられた冷たい禁止の一線を、融通自在に侵犯するのである。この奇蹟の浸透作用を、私は広義のエロティック、すなわち普遍的な、抽象的な、無差別の愛と名づける。」

瀧口修造による前述の加納光於展の序文にも、「愛の裂傷」「有機物と無機物の婚姻の子」という言葉があったことに留意しよう。「痙攣し、顫動し、炸裂する愛の叫びが、白熱的な沈黙の構図のなかから響いてくるかのごとくである」といった澁澤龍彥の表現は、すでに『サド復活』で称揚していたサドの性愛思想のみならず、「空想社会主義者」シャルル・フーリエの「情念引力」説や、普遍的アナロジーによって個体間の境界をこえる「愛の新世界」の構想を思わせる。澁澤龍彥はこのとき、自分自身のエッセーのもうひとつの方法を予見していたかもしれない。

そればかりではなかった。ふたたび、この画期的な加納光於論があらわれてから二年近くたったとき、加納光於自身もまた「愛」を語りはじめるのだ。一九六三年五月十八日の「読売新聞」に掲載される「「かたち」について」(『夢のパピルス』所収)と、さらに同年十月の「美術手帖」誌上の「強い水《オー・フォルト》――銅版画」(オー・フォルトはフランス語で腐食銅版画法、つまりエッチングを意味する――同前)では、自身のエッチングの営みそのものを、まさに「愛」と結びつけて表現している。

「私の内面的コスモロジーは、意識の自由さにおいて、際限なく続くはるかな〝かたち〟への変身願望に収斂される。地上的なものを捨て、時空において離れているものを「愛」の破壊運動によって結合させようとする象徴的な行為なのであり、〝空白〟の荘重さに身をゆだねること。この次元で初めて「かたち」は喚起され、息づくのである。」(「「かたち」について」)

「時空をこえて離れているものを結合させようとする、自己消滅志向をもった「愛」の破壊運動は、合言葉のように世界はひとつの空白だと考え、その鋳型を満たそうとする構築家の手続きとは、異質のものであるのだ。」(「強い水《オー・フォルト》――銅版画」)

「愛」という一語をめぐって、瀧口修造と澁澤龍彦と加納光於とのあいだに、ある相互浸透がおこっている。

それはかつて瀧口修造が戦前の決定的な詩論「詩と実在」(一九三一年)のなかでよびおこし、澁澤龍彦が問題の加納光於論のなかでふたたび想起することになった、エドガー・アラン・ポーのいう「精神の化学」(瀧口修造訳では「知性の化学」)にも近いだろう。だが「裂傷」といい、「炸裂」といい、「破壊」といい、加納光於のエッチングに見る三者の「愛」の観念には、等しく断絶の要素もまたつきまとっている。

しかもその点こそ、「銅版画の天使・加納光於」の末尾にいう「加納光於の、アンジェリック（天使的）な、そしてまたどこか残酷な、希望と絶望の隣り合わせになった創作衝動の秘密」をまのあたりにした瀧口修造が、澁澤龍彦が、さらに加納光於自身が、たがいに誘いあうかのように、「愛」という合言葉にいたった所以なのだろう。

★

要するところ、澁澤龍彦は加納光於の銅版画を前にして、いわゆる印象批評をくりひろげたわけでもなければ、既知のコンテクストに頼ろうとしたわけでもなかった。むしろそれらの作品を一種の「鏡」にして、自分自身の思想と方法の理想型を映しだし、さらに先へ進もうと身がまえていたのである。すでに引いた晩年のエッセー「加納光於　痙攣的な美」にいう「両者の抱懐する芸術理念の一致という幸運な偶然」とは、そのような局面を指す回想だったのである。

私はかつて『澁澤龍彦考』や『澁澤龍彦の時空』のなかで、美術作品が澁澤龍彦にとって一種の「鏡」であり、なにかしら開かれた自己をもとめて旅をするための契機にもなった――というようなことを指摘している。個人の「好み」について書くことが恣意的な展開にはいたらず、ある普遍的な素質の提示につながるという方法の出発点は、まさにこの「銅版画の天使・加納光於」のうちにあった――と、いまにしていうことができるだろう。

じつは加納光於自身が、一九八七年の十二月、同年八月五日に亡くなった澁澤龍彥への追悼エッセーのなかで、この最初の加納光於論を回顧しつつ、そうした事情をみごとにとらえている。そこでは原題のまま、「加納光於の世界」として引かれていることもまた興味ぶかい。

「一九六〇年、精神の自由な運動を、自然的に展開したものであろう最初の美術論「加納光於の世界」は、彼の、光彩陸離の自在な文章術を思う迄もなく、二重映しの若き自画像でもあった。事実、「たまたま両者の抱懐する芸術理念の一致という幸運」と後年澁澤さんは書いている。」(「高原にて――オマージュ澁澤龍彥」、『夢のパピルス』所収)

★

一九六〇年にいたるまでのあいだ、いくらか固い抽象的・形而上学的な思弁にふける傾向もあった文学者・澁澤龍彥は、このようにして美術と出会い、はじめて大っぴらに美術への愛を語るようになった。ひとつの転機を画する「視覚型」のエッセー集『夢の宇宙誌』の原形になった「エロティシズム断章」が「白夜評論」誌に連載されはじめたのは一九六二年六月、最初の美術エッセー集『幻想の画廊から』(『澁澤龍彥全集8』)に収録される同名の連載が「新婦人」誌上ではじまったのは一九六五年一月のことである。

だがそれより前、のちにどのエッセー集にも収録されなかった目立たない文章のひとつに、「空間恐怖について」(「東京新聞」一九六二年十月十日、『澁澤龍彥全集3』)というのがある。彼の「視覚型」についての自覚は、このときはじめて語られたものである。

「人間のタイプを視覚型、聴覚型に分けるとすれば、さしずめ私なんぞは、明らかに視覚型に属する人間だ。物の形がはっきりしていないと、気がすまない。色よりも形の方に、より多く注意を惹かれる。このことは文章を書く上にも影響しているにちがいない。

私は美術が好きで、画集などを集めているが、私の好きな絵にも一定の系列がある。印象派みたいに、形のはっきりしないもやもやした絵は大きらいで、一顧も与えない。ごてごてしたロココ趣味や、フォービズムや、厚塗りのルオーなんかにも全く興味がない。古いところでは、中世のミニアチュール、北方フランドルの初期絵画、ドイツの銅版画などが私の気質にぴったりする。」

こうして堰を切ったように、「好み」の画家たちの名を列挙されはじめる。現代ならまずエルンスト、さらにタンギー、フィニ、スワーンベリ、ブローネル、ベルメール、バルテュス……このような系譜の最後には、おそらく加納光於の作品を思いうかべていたことだろう。

いやむしろ、最初に――というべきだろうか。加納光於こそは、そうしたすべてのきっかけを与えた画家だからである。

一九七〇年代をすぎてからは「交際」もいくらか疎になっていったが、作品そのものとのつきあいはつづいた。一九六六年八月に完成し、終《つい》の住家となった北鎌倉の新居の居間兼客間の階段上の壁(本書13ページ下)には、加納光於の初期のモノクローム版画数点が――そしてのちにはじまる色彩版画のひとつ「金色のラベルをつけた葡萄の葉」（一九六六年）のような作品も——飾られ、それらの位置も、晩年にはほとんど変らなかった。その間の事情については、「加納光於　痙攣的な美」で語られているとおりである。

「ここに書いた「王のイメージ」「微笑」それに一九六二年度の「火山の花」（追記6を参照）という銅版画作品を、私は今でも部屋の壁にかけて、日夜、飽かずに眺めている。これらは加納光於の作品にはちがいないが、同時にまた、いささか不遜な言辞を弄するならば、私自身の芸術理念の出発点に位置する作品でもあるような気がしてならないのである。」

★

すでに紙数も尽きてきているので、このラフ・スケッチのような文章をひとまず切りあげるとしよう。その後の澁澤龍彦については前掲の『澁澤龍彦考』や『澁澤龍彦の時空』、また加納光於と、そして瀧口修造については、『封印された星　瀧口修造と日本のアーティストたち』のような拙著を参照していただきたい。それに、来年の四月から埼玉県立近代美術館ではじまり、いくつかの美術館を巡回する予定の「澁澤龍彦　空想美術館」展の展示構成、およびそのカタログをも。

没後二十年を機にひらかれ、澁澤龍彦の生涯とその美術上の「好み」——アーティストたちとの交友、東西の美術史への遡行、さらに一九五〇年代後半以後の日本の文化におよんだ影響——等々を跡づけようとするこの大規模な展覧会では、「美術家との出会い」というコーナーのまず最初に、「王のイメージ」をはじめとする加納光於の初期作品の数々が展示されることになる。

追記

1　『サド復活』の装幀と装画の一部には、野中曜子・野中ユリの母子も協力していたという。『澁澤龍彦全集1』の解題を参照。なお一九五九年の初版本のカヴァー・デザインには、加納光於によるもののほかに、「現代芸術論叢書」に共通する二色刷の簡易なものもあった。さらに一九六五年に出た新装本では、カヴァー絵が他の作品にかわり、挿画ページから加納光於の作品が消えている。この件は『全集』同巻の解題には記されていないので、ここに明記しておく。

2　たまたま最近、加納光於氏自身から伺ったところによると、澁澤龍彦は瀧口修造の家を訪問するにあたって、いつものパイプ片手のポーズはまずいと思った（？）のかどうか、あらかじめ紙巻のタバコを買いもとめ、瀧口修造の前ではそちらを吸っていた。だが帰りにはのこりのタバコを捨てて、またもとのパイプ姿にもどったという。

3　三島由紀夫宅に招待されたのは当時の澁澤龍彦夫妻だけでなく、奥野健男夫妻、藤野一友夫妻もいっしょだったという。澁澤龍彦はその後、藤野一友の絵について本格的に書く機会をもたなかったが、画家との出会いという点では加納光於とのそれに先立っており、特記にあたいするかもしれない。藤野一友もまた瀧口修造とすでに出会っており、一九五四年四月にはタケミヤ画廊で個展をひらいたという事実がある。なお、この時期の藤野一友の夫人は、瀧口修造に見いだされたあの稀有なコラージュの作家、岡上淑子だったはずである。

4　澁澤龍彦自身によると、土方巽とはじめて出会ったのは一九五七年九月五日、有楽町の第一ホールにおけるダンス公演「65 EXPERIENCEの会」の楽屋で、三島由紀夫に紹介されたときだという。だがそれは記憶ちがいのようで、当時の夫人だった矢川澄子の証言によると、それに先立つ鎌倉の自宅への突然の来訪こそが最初の出会いだったことになる。土方巽自身の回想風のエッセー「闇の中の電流――澁澤龍彦」(『美貌の青空』所収)の記述もまた、その事実を裏づけているように見える。

5　一九六〇年七月二十六日、瀧口修造から加納光於に送られた葉書には、つぎのことが記されていた。「先般、土方巽氏の舞踏の会で渋沢氏夫妻におめにかかりました。みづゑのあなたについての文章感動しました。」もちろんこれは澁澤龍彦の最初の美術批評「加納光於の世界」を指している。その後一九六三年七月十六日のものには、「この間渋沢さんへ手紙を書き、例のオランダのシュルレアリスム展へ送るサド事件の原稿をたのみました」云々ともある。以上、「みすず」誌の二〇〇五年十一月号、岩崎美弥子編「瀧口修造　加納光於書簡2」による。

6　加納光於の初期作品に、「火山の花」と題するものはおそらく存在しない。澁澤龍彦の記憶ちがいか、あるいは自分でそう呼んでいたものかもしれない。澁澤家の階段上の壁にいまもそろって飾られている加納光於の作品のなかでは、「星・反芻学」シリーズの一点(一九六二年)がそれにあたるものと想定できる。

二〇〇六年四月二十七日

澁澤龍彦と瀧口修造

瀧口修造が亡くなったのは一九七九年七月一日のことだが、あのとき私は妻とパリに住んでいたので、通夜にも葬儀にも出られなかった。東京へもどって西落合のお宅を訪ねたとき、綾子夫人から遺品（というべきか）の入った包みを手わたされ、「これはあなたに……」といわれた。その後も何度かおなじような機会があり、故人の遺志なのか夫人の要望なのかわからないまま、私のところに幾点かの書物、原稿、資料がのこされることになった。

一九六六年八月二十八日、澁澤龍彦から瀧口修造に送られた一通の手紙（127ページ参照）が、いつどのようにして私の手もとへやってきたのか、記憶は定かでない。一九九〇年代に、すでに小田原に移っていた瀧口綾子夫人から、二度ほどダンボール箱入りの資料の届いたことがあったので、そこにまじっていたのかもしれない。そのときも「これはあなたに……」というようなメモがあっただけで、電話でたずねても事情はよくわからなかった。

その手紙をいま、はじめて公表するという機会に、あらためて読みかえしてみた。私の見なれていた澁澤さんの手紙とはだいぶ感じが違い、文字にも文章にも多少かしこまったところの見える、敬意のこもった手紙である。当時三十八歳の澁澤龍彥は、二十五歳年長の日本のシュルレアリストから著書『余白に書く Marginalia』を贈られて、こんな礼状をしたためていたのだった。そういえば副題の「Marginalia」（マルジナリア）はエドガー・アラン・ポーの断片集に通じる言葉だが、のちに澁澤龍彥もこれを自著（一九八三年）のタイトルに用いることになる。

瀧口修造の『余白に書く』は一九六六年の五月三十日にみすず書房から出た、自装による特殊な判型の書物で、極端な縦長の白い紙装の表紙にサム・フランシスの青い飛沫のひろがるカヴァーをかぶせ、さらに瀟洒な紙箱に収めてある。一五〇〇部限定出版で番号入り。本文は横組の日本語・フランス語・英語による詩や短文の集成だが、澁澤龍彥はまずその美しい装幀を称えている。

さらに内容に立ち入って、「沈黙の詩人が、沈黙の余白で沈黙を表現するとは」以下、こちらも誘われたかのように、めずらしく詩的な賛辞をつらねている。「意外に東洋詩人としての」以下のちょっとした逡巡も意味深長だろう。

末尾に「北鎌倉の円覚寺の裏山に、居を移しました」云々とあるとおり、澁澤龍彥は同年八月のはじめに、鎌倉市小町の借家からこの同市山ノ内の新しい持ち家へ転居したばかりだった。本の刊行日の三か月ほどあとになってからこの礼状が送られたというのは、なにかの事情で贈呈が遅れたのでな

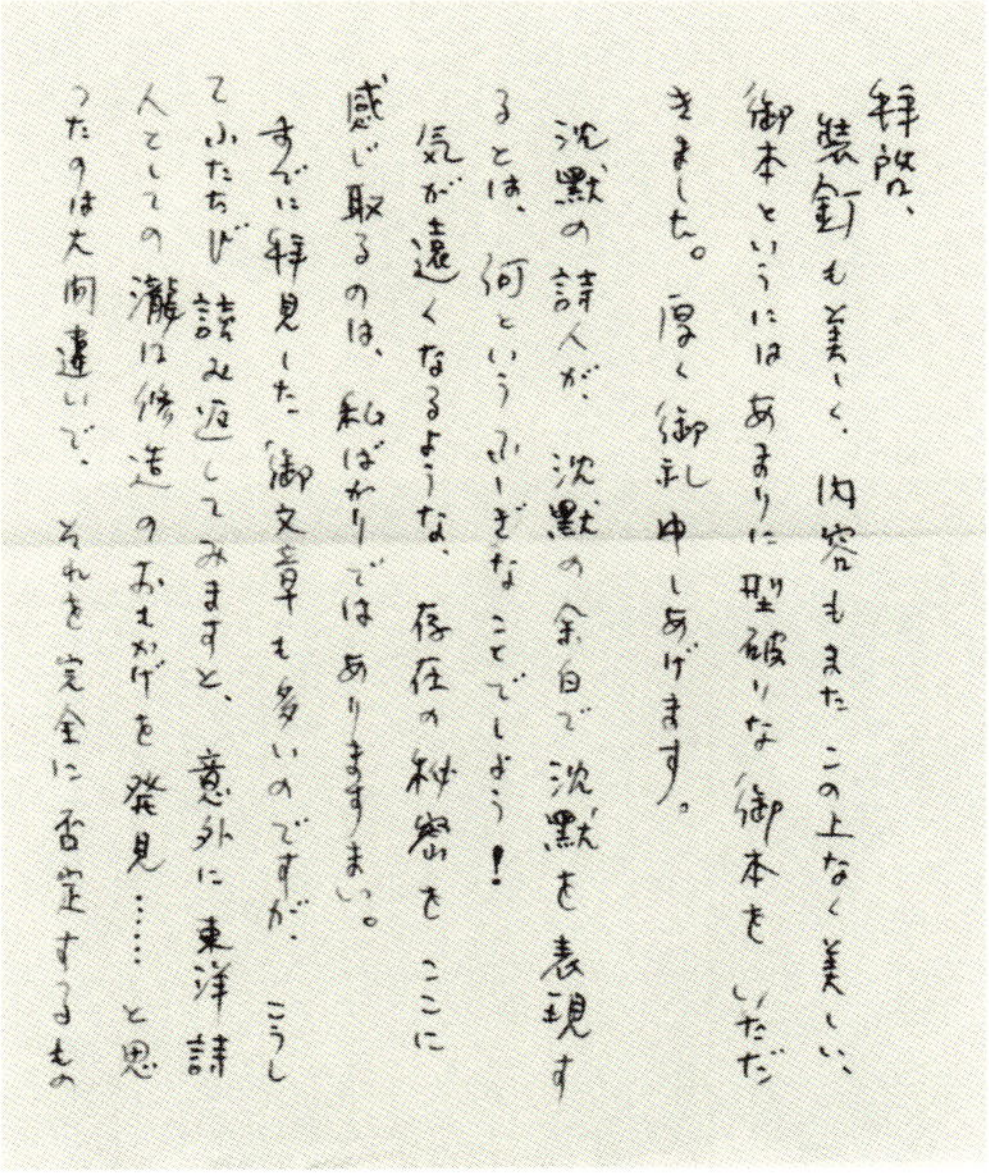
拝啓、
装釘も美しく、内容もまたこの上なく美しい、
御本というにはあまりに型破りな御本をいただ
きました。厚く御礼申しあげます。
沈黙の詩人が、沈黙の余白で沈黙を表現す
るとは、何というふしぎなことでしょう！
気が遠くなるような、存在の秘密をここに
感じ取るのは、私ばかりではありますまい。
すでに拝見した御文章も多いのですが、こうし
てふたたび読み返してみますと、意外に東洋詩
人としての瀧口修造のおもかげを発見……と思
ったのは大間違いで、それを完全に否定するもの

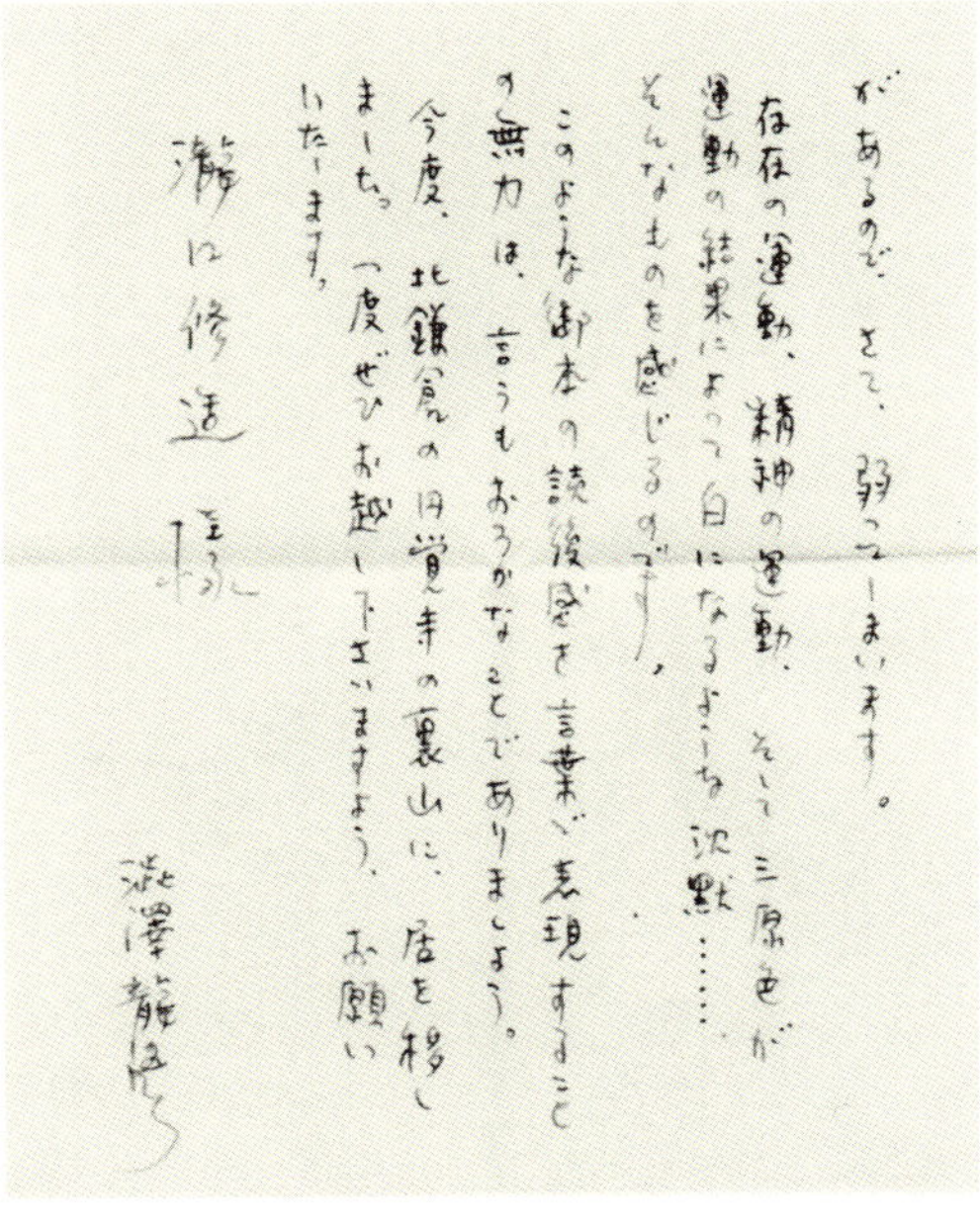
があるので、さて、弱ってしまいます。
存在の運動、精神の運動、そして三原色が
運動の結果によって白になるような沈黙……
そんなものを感じるのです、
このような御本の読後感を言葉で表現するこ
との無力は、言うもおろかなることでありましょう。
今度、北鎌倉の円覚寺の裏山に、居を移し
ました。一度ぜひお越し下さいますよう、お願い
いたします。
瀧口修造様
澁澤龍彦

一九六六年八月二十八日付　澁澤龍彦から瀧口修造への手紙

ければ、その間、建築工事や引越のあれこれで忙殺されていたせいかもしれない。

澁澤龍彥が瀧口修造とはじめて会ったのは一九五九年のことだった。同年の一月、銀座の画廊で加納光於と知りあい、最初の著書『サド復活』の装幀・挿画をこの若い銅版画家にまかせることになった澁澤龍彥は、九月十五日、二人で版元の弘文堂へ行って何冊か受けとり、その足で西落合の瀧口修造家を訪れたのである。すでに五年前に瀧口修造に見いだされ、タケミヤ画廊でデビューしていた加納光於に誘われたらしい。このとき澁澤龍彥は愛用のパイプをあらかじめ隠し、瀧口家では紙巻タバコを吸っていたが、帰りにはまたパイプにもどったという。

このあたりの事情はすでに書いたことだが、ある緊張感をもって瀧口修造との初対面にのぞんだことを想像できる。澁澤龍彥は当時三十一歳。学生時代にアンドレ・ブルトンの『黒いユーモア選集』増補版を通じてサド侯爵を知って以来、長くシュルレアリスムに熱中していたから、日本のシュルレアリスト瀧口修造の存在は当然、ひとりの先駆者として目にうつっていたはずだ。のちに追悼文「美しい笑顔　瀧口修造さんを悼む」(『偏愛的作家論』)に回想するところでは、瀧口修造は『サド復活』をぱらぱらめくって、「なぜこの本は、こんなにたくさん絵がはいっているのか、さっぱり分らないひとがいるかもしれませんね」といっていたという。

この処女エッセー集は題名のとおり、サド論を中心とするものだったが、同時に十八世紀以来のシュルレアリスムの先駆者の系譜を明らかにしようとした書物でもあり、とくに巻頭の力作「暗黒のユーモアまたは文学的テロル」などは、ブルトンの前掲書の要約に近かった。本文には美術への言及などほとんどないこの文学と思想の書に、架空のサド像、ロートレアモン像などをふくむ加納光於の銅版画（そしてマックス・エルンストのコラージュ）が収録されていることの意味を、瀧口修造は一目で見ぬいたにちがいない。

実際、翌年八月の「みづゑ」誌に載ったパリのシュルレアリスム国際展のイヴェントの紹介記事「サド侯爵の遺言執行」のなかで、瀧口修造は「本書（『サド復活』）はサドのみならずシュルレアリスムのもっとも重要な局面を解明した労作である」と書く。さらに、翌年にはじまったサド裁判の第一回公判を傍聴しに行き、この裁判をシュルレアリスムにかかわる事件ととらえていたことも知られる。澁澤龍彦のほうも、六〇年十月の『みづゑ』誌で瀧口修造編の画集『エルンスト』（みすず書房）を称えるなど、両者の間に一種のエール交換がおこなわれるようになった。

そのころまでの澁澤龍彦は、美術について書くことがほとんどなかった。だが加納光於や野中ユリ、そして瀧口修造と出会って以後、生来の「視覚型」の気質を自覚しはじめ、美術エッセーを著作の一領域とするようになる。その最初の試みこそ、六〇年七月の『みづゑ』に発表された「加納光於の世界」（「銅版画の天使・加納光於」と改題して『神聖受胎』に収録）であった。

澁澤龍彦がそのころから、土方巽やその周辺の画家たちとの交友を深め、新しい芸術の先導者・煽動者になっていったことは周知だろうが、暗黒舞踊や状況劇場の公演でも、南画廊や青木画廊での個展でも、しばしば瀧口修造と出会っていたことはいうまでもない。そのことは前掲の追悼文にも語られているとおりである。

★

さて、その後十数年を経た一九七九年七月末のこと、パリで妻とくらしていた私のところへ、澁澤龍彦から一通の手紙（左ページ）がとどいた。七月二十三日の消印をもつこの手紙は、同月一日に亡くなったほかならぬ瀧口修造の通夜の模様を伝えているので、帰国の叶わなかった私にとっては忘れがたいものになった。

瀧口家のオリーヴの木の茂る小さな庭にテントが張られて、東野芳明が悲しみのあまり騒いでいたというその夜のありさまを、パリにいた私は知るよしもないのに、なにやら「俗事」が入りこんだとかで、もし「貴兄」がいたら「きっと腹の立つこともあるでしょう」と書いたりしているのは、つまり、澁澤龍彦自身がその場で腹を立てていた（？）ということかもしれない。

ここにはたぶん、澁澤龍彦の瀧口修造への一貫した思いも反映しているはずで、「ユリイカ」誌の同年八月号に載った前記の美しい追悼文を見れば、その思いが読みとれる。そんなわけで、通夜の席を辞してから、麻布へ行って騒いだということなのだろう。

そのあとで不意に、「何か書いたら送って下さい」とあるのは、瀧口修造への追悼文のことだろうが、私自身は「みづゑ」誌からの電報ですでに注文をうけ、書いて送っていたように思う。『封印された星　瀧口修造と日本のアーティストたち』（平凡社）の巻頭に入っている文章がそれであり、私は以来、多くの瀧口修造論を書くことになったのである。

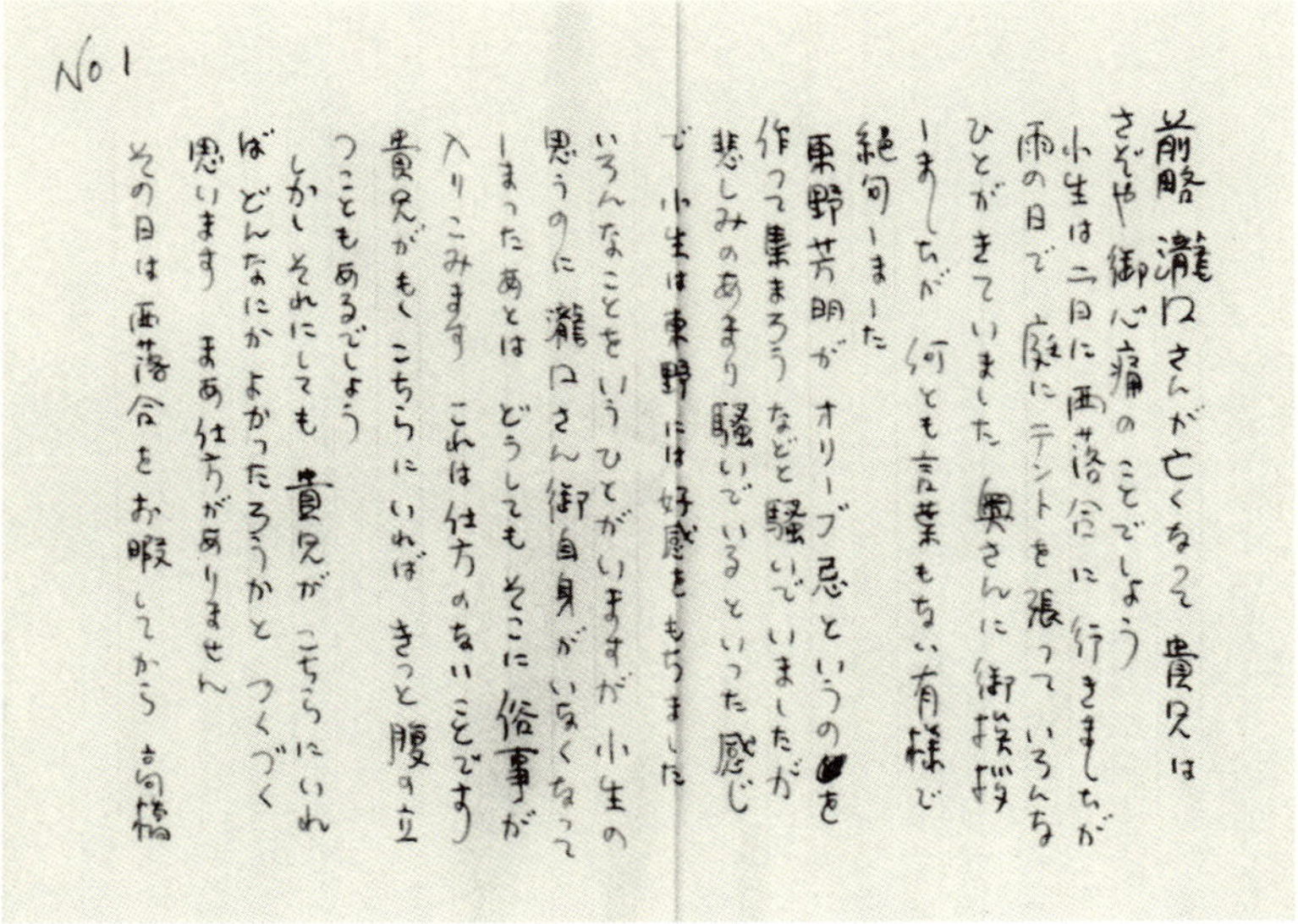

No1

前略 瀧口さんが亡くなって 貴兄は
さぞや御心痛のことでしょう
小生は二日に西落合に行きましたが
雨の日で 庭にテントを張って いろんな
ひとがきていました 奥さんに御挨拶
しましたが 何とも言葉もない有様で
絶句しました
東野芳明が オリーブ忌というのを
作って集まろうなどと騒いでいましたが
悲しみのあまり騒いでいるといった感じ
で 小生は東野には好感をもちました
いろんなことをいうひとがいますが 小生の
思うのに 瀧口さん御自身がいなくなって
しまったあとは どうしても そこに 俗事が
入りこみます これは仕方のないことです
貴兄がもし こちらに いれば きっと腹の立
つこともあるでしょう
しかし それにしても 貴兄が こちらにいれ
ば どんなにか よかったろうかと つくづく
思います まあ 仕方がありません
その日は 西落合をお暇してから 高橋

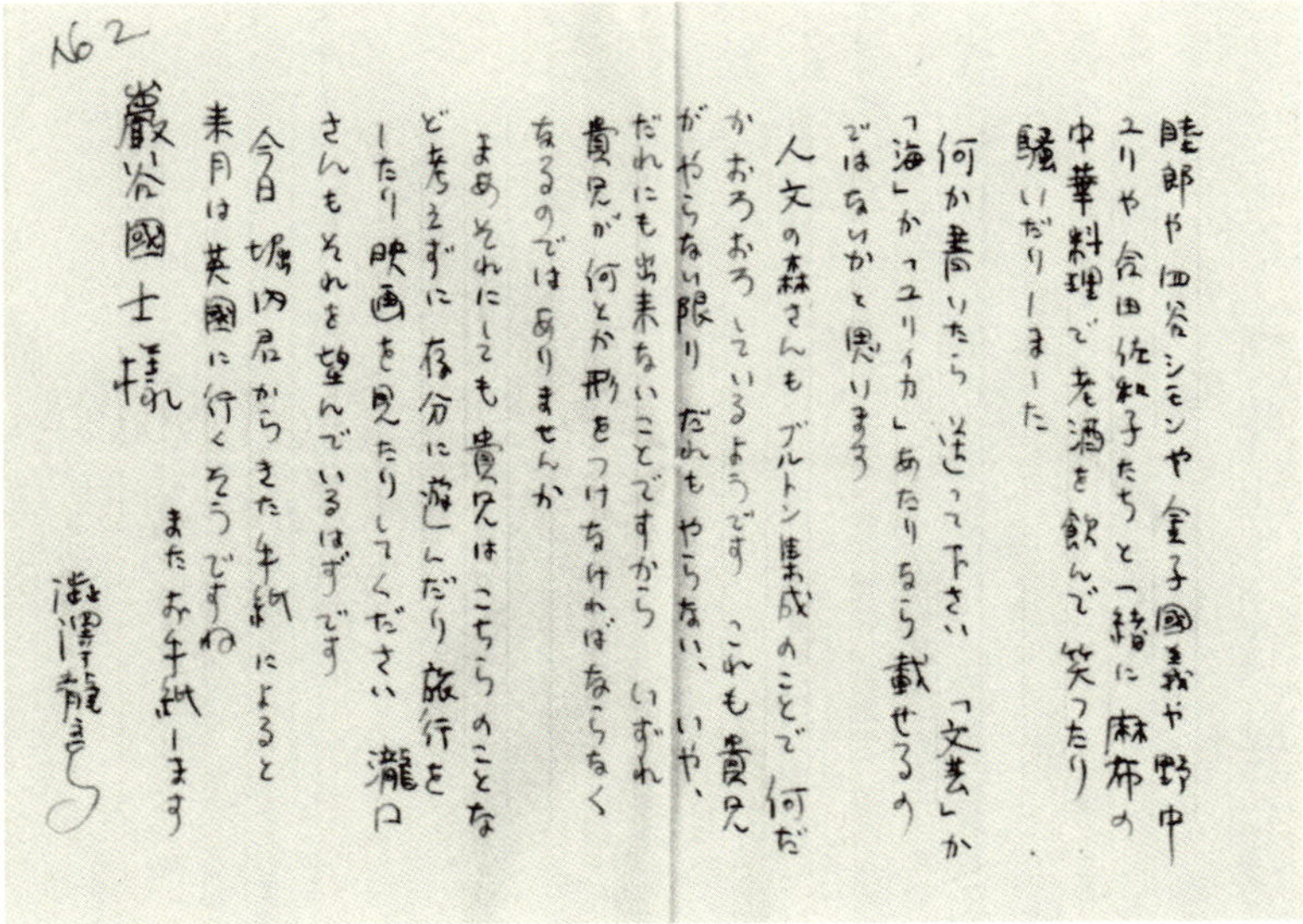

No2

睦郎や 四谷シモンや 金子國義や 野中
ユリや 合田佐和子たちと一緒に麻布の
中華料理で 老酒を飲んで 笑ったり
騒いだりしました
何か書いたら 送って下さい 「文芸」か
「海」か 「ユリイカ」あたりなら 載せるの
ではないかと 思います
人文の森さんも ブルトン集成のことで 何だ
か おろおろしているようです これも 貴兄
がやらない限り だれもやらない いや、
だれにも出来ないことですから いずれ
貴兄が何とか形をつけなければならなく
なるのではありませんか
まあ それにしても 貴兄は こちらのことな
ど考えずに 存分に遊んだり 旅行を
したり 映画を見たりしてください 瀧口
さんも それを望んでいるはずです
今日 堀内君からきた手紙によると
来月は 英国に行くそうですね
また お手紙します
澁澤龍彦
巖谷國士様

一九七九年七月二十三日付 澁澤龍彦から巖谷國士への手紙

つぎに「人文の森さん」とあるのは、人文書院の名編集者・森和さんのこと。十年前にはじまった同社の企画『アンドレ・ブルトン集成』が六冊まで出て先がつづかなくなっていたところへ、監修者の瀧口修造が亡くなったのだから、森さんが「おろおろ」していたのも当然である。第二巻の前半に収録するべき作品のひとつがあまりに難解すぎた(?)のか、訳者が投げだしてしまったために、他の訳者までが仕事をしなくなったという事情もあった。

私自身は担当分の『ナジャ』と『失われた足跡』を早くに刊行しおえていたが、澁澤さん自身はまだ翻訳をはじめていなかった。『黒いユーモア選集』と『魔術的芸術』の序論(本論は私が訳す予定だった)である。そのことを棚にあげて(?)、「これも貴君がやらない限りだれもやらない、いや、だれにも出来ない〔……〕」といっているのが、なんだかおかしくもある。

澁澤さんの担当分はともかくとして、最大の問題は瀧口さんのライフワークともいえる一九二八年版『シュルレアリスムと絵画』の改訳だった。没後に綾子夫人から私に手わたされた訳稿は冒頭の十三枚のみ。それをもとに、このブルトンの名著をふくむ一九六五年の厖大な増補版の完訳を人文書院から刊行することができたのは、だいぶたってからのことである。澁澤さんのやりのこした『魔術的芸術』の完訳も、のちに河出書房新社から出版できたので、それで「形をつけ」たということになるだろうか。この手紙の真意はもっと大きなことなのかもしれないが。

そんな要望あるいは挑発をしておいたあとで、「存分に遊んだり旅行をしたり映画を見たりしてください　瀧口さんもそれを望んでいるはずです」というのは矛盾しているようだけれど、澁澤さんらしい優しさとも感じられる。私は英国ばかりかヨーロッパ各地をめぐり、「存分に」遊んだり映画を見たりしていたもので、そんな旅は帰国後にもつづくかに思われた。

一九六三年、二十歳のときに、私は瀧口修造とたまたま出会い、ついで澁澤龍彦とたまたま出会った。この二つの偶然の出会いによって、私の「旅」の方向がある程度きまったことはたしかである。瀧口さんは四十歳年上、澁澤さんは十五歳年上だったのだが、どちらも没後数十年をへて、いっそうつきあいが深まってきたような気さえする。瀧口さんには数年前に『封印された星』や絵本『扉の国のチコ』（ポプラ社）といくつかの講演を、澁澤さんには『澁澤龍彦考』『澁澤龍彦の時空』につづいてごく最近、『澁澤龍彦　幻想美術館』（平凡社）といくつかの展覧会・講演をささげたが、それで終ったわけではないだろう。

今年の夏には札幌芸術の森美術館へ、秋には横須賀美術館へと巡回する「澁澤龍彦　幻想美術館」展や、また初秋に仙台ではじまる「澁澤龍彦　幻想文学館」展を構成してゆく過程で、監修者である私は、これまでにない新しい視点をいくつか示してゆくことにしたが、そのひとつは瀧口修造と澁澤龍彦との関係だった。あまり知られていないことのようだが、この二人の出会いと交友の結果として、私たちはどれだけ多くのものを得ているか知れないのである。

二〇〇七年七月七日

澁澤龍彦と堀内誠一

二〇〇七年の六月二十五日から七月二十八日まで、名古屋のCスクエアで、「旅の仲間　澁澤龍彦・堀内誠一」と題する展覧会をひらいた。二十年前の八月五日と十七日に、下咽頭癌というおなじ病気で亡くなったこの友人同士の、計八十数通におよぶ往復書簡を、さまざまな絵画・写真・資料とともに見せるという新形式の展覧会である。とくに堀内誠一の手紙には、ほとんど例外なく旅先の美しい絵が描かれており、関連する絵画・写真作品も数多くのこっているので、これは一種の美術展として見てもよい催しになった。

稀代のフランス文学者・作家・エッセイストと、稀代のグラフィックデザイナー・絵本作家・イラストレーターとが、長く親しい関係にあったという事実には、意外の感をもたれる向きがあるかもしれない。だが澁澤龍彦とばかりでなく、その紹介で堀内誠一とも知りあい、パリに住んだ一九七九年からずっと家族づきあいをしてきた私には、いうにいわれない彼らの交友のツボがわかるような気もする。

二人を「旅の仲間」と呼ぶことにしたのは私自身だが、この言葉には二通りの意味がふくまれる。ひとつには、両者の亡くなる年に出た雑誌「國文學」七月号の澁澤龍彥特集に、堀内誠一の書いていた「旅のお仲間」（トールキン『指輪物語』の瀬田貞二訳から借りた言葉）が頭にあった。つまりそこに回想されているように、二人は一九七七年初夏に南フランスとカタルーニャへの旅を、一九八一年夏にギリシアと北イタリアへの旅をともに愉しんだ、文字どおりの「旅の仲間」だったということである。

だがこの「旅」には、単なるトラヴェル（旅行）ばかりでなく、ジャーニー（人生の旅）のニュアンスも加わる。年は四歳はなれていても、おなじ東京のさほど遠くない山の手と下町に育ち、おなじものを見たり聞いたりしてきたという一種の連帯感が、ほかならぬこの往復書簡を通じて、しだいに深まってゆくように見える。武井武雄の絵、漫画「のらくろ」、ヒトラー・ユーゲント、戦時のアニメーション映画、疎開、焼け跡、フランス映画にシャンソン……まさに「昭和の子供」でもあった両者は、やがて戦後の一時期に知りあい、ともに遊び、ともに仕事をし、最後にはおなじ病に冒されて、ともに旅立っていったのである。

堀内誠一は一九七四年から八一年までのあいだ、家族とともにパリ南郊のアントニーに住み、ヨーロッパとその周辺への旅をくりかえした。当時の澁澤龍彥への手紙には、その見聞が独特の観察眼をもって語られ、絵にも描かれている。おたがいの仕事、古今の文学・芸術や人物についてのコメントも率直そのもので、しばしば鋭い批評精神をあらわにしている。

澁澤龍彦の手紙のほうはやや数が少なく、もちろん絵を描いてはいないし、どちらかといえば受身に見えるけれども、自著についての報告と述懐、身辺の出来事や自然のありさま、時代と社会の状況、内外の旅の思い出などを生き生きと綴り、ときには著作にもあらわれていない、思いがけぬ事実や心境を打ちあけている。

とくに興味ぶかいのは、澁澤龍彦がパリからの情報や所見を丹念に読み、そのまま自分の著作に紹介したり借用したりしていることである。たとえば一九七六年にマックス・エルンストが亡くなったとき、追悼文のなかに記している「汎ヨーロッパ的な巨人」という賛辞は、堀内誠一の言葉にほかならなかった。

その他もろもろ――堀内誠一から澁澤龍彦へ、澁澤龍彦から堀内誠一へ、あるときは共謀の目くばせをしながら、あるときはおたがいに知らんぷりをしながら、伝えたり受けとったりしている報告や感想の数々はじつにおもしろい。これらすべての手紙は、おなじく『旅の仲間　澁澤龍彦・堀内誠一往復書簡』という題名の書物にして、近く晶文社から刊行することになっているので、その本文を詳しい解説や注とともに参照することができる。

さて、ここではそのうちの三通を紹介するにすぎないが、それだけでもじゅうぶんに興味ぶかく、思いがけない事実に触れることになるだろう。

はじめの手紙（次ページ）は一九七七年七月十六日、澁澤龍彦から堀内誠一・路子夫妻に宛てたものだ。南フランス・カタルーニャ旅行をともにしたあと、五月六日にパリを発った澁澤龍彦は、フランクフルト経由で帰国し、しばらくしてこの礼状をしたためた。「夢見心地」が抜けないまま、「あんなに楽しかったことはめったになく、生涯の思い出になるでしょう」と書いているのが心を打つ。一見あまり澁澤龍彦らしくない「生涯の思い出になる」という言葉は、はじめて用いられたものではなかった。じつは六月八日、南仏ラコストにあるサドの城の廃墟を訪ねたあとで、澁澤龍彦はすでにこの言葉を記していた（『滞欧日記』）。

当然のように話題はまずラコストについて。白水社の「新劇」誌に連載したあと、同社から単行本として出す予定の紀行書『城』への抱負。それから日本の猛暑、映画『鬼火』、親しい友人のひとり池田満寿夫の芥川賞受賞、フランクフルト市立美術館の印象にふれて終っている。

つぎの手紙（139ページ）は堀内誠一からのもので、おなじ七月十六日の消印がある。ということは前の手紙への返信ではなく、パリを去る澁澤龍彦を空港で見送ったあと、さらにヴェネツィアとブダペストへの旅を終えて、アントニーの自宅で書いた。旧知の平凡出版（現マガジンハウス）社長・清水夫妻と堀内夫妻の乗ったハンガリー航空機が大雷雨に遭ったこと。ヴェネツィアのカルパッチョの絵と、ブラーノ島から帰る船での体験。さらにブダペストとその近郊での見聞に触れてから、ここでもラコストの件が出てくる。

最後の一段は裏面になるので読めないが、パリの日本人のためのリーフレット誌「いりふね・で

前略

今度のパリ滞在は、まことに楽しき限りでした。帰ってからもう二週間近くも経つのに、まだ夢見心地が抜けなくて、何にも仕事が手につかない状態です。

ともかく貴兄ならびに路子さんにはすっかりお世話になってしまって、あらたまって言うのも何ですが、心から御礼を申し述べます。

とくに十日間の南仏とバルセロナへの旅行は、あんなに楽しかったことはめったになく、生涯の思い出になるでしょう。

これから「城」のテーマで雑誌に連載を書かなければならないので、サドのラコストの城をどんなふうに料理しようかと、今、いろいろ頭を悩ませています。さいわいにして、写真も全部よく撮れました。

梅雨が明けて、こちらは猛暑です。クーラー嫌いの僕も、たまらずクーラーを入れているほどです。

帰ってから、一度だけ東京へ出かけました。古い映画ですが、ルイ・マルの『鬼火』の試写会を見に行ったのです。『死刑台のエレベーター』や『恋人たち』と同じ頃の作品で、モーリス・ロネが出ていましたが、期待したほどのものではありませんでした。

貴兄はおそらく興味のないことでしょうが、ちょうど今、日本では池田満寿夫が芥川賞をもらって、ちょっとしたニュースになっています。いろんな週刊誌から、僕のところへ電話がかかってきたりして、いささかうんざりしています。貴兄のお好きな永井龍男は大反対したらしいですが、吉行、遠藤などの意見に押し切られてしまったようです。僕も、あんまりいいとは思っていないので、呆気にとられているというのが正直のところですね。

そうそう、帰りにフランクフルトで一日を過ごしたとき、この町の美術館へ行ったら、グリューネワルトだのデューラーだのクラナッハだの、クレーだのムンクだのフェルメールだのヴァン・デル・ヴァイデンだの、傑作が目白押しに並んでいるので、びっくりしました。思わぬ拾いものをしたような気分でした。

ではまた、お便りします。

七月十六日　　澁澤龍彦

堀内誠一様
路子様

一九七七年七月十六日　澁澤龍彥から堀内誠一への手紙　↓前ページ

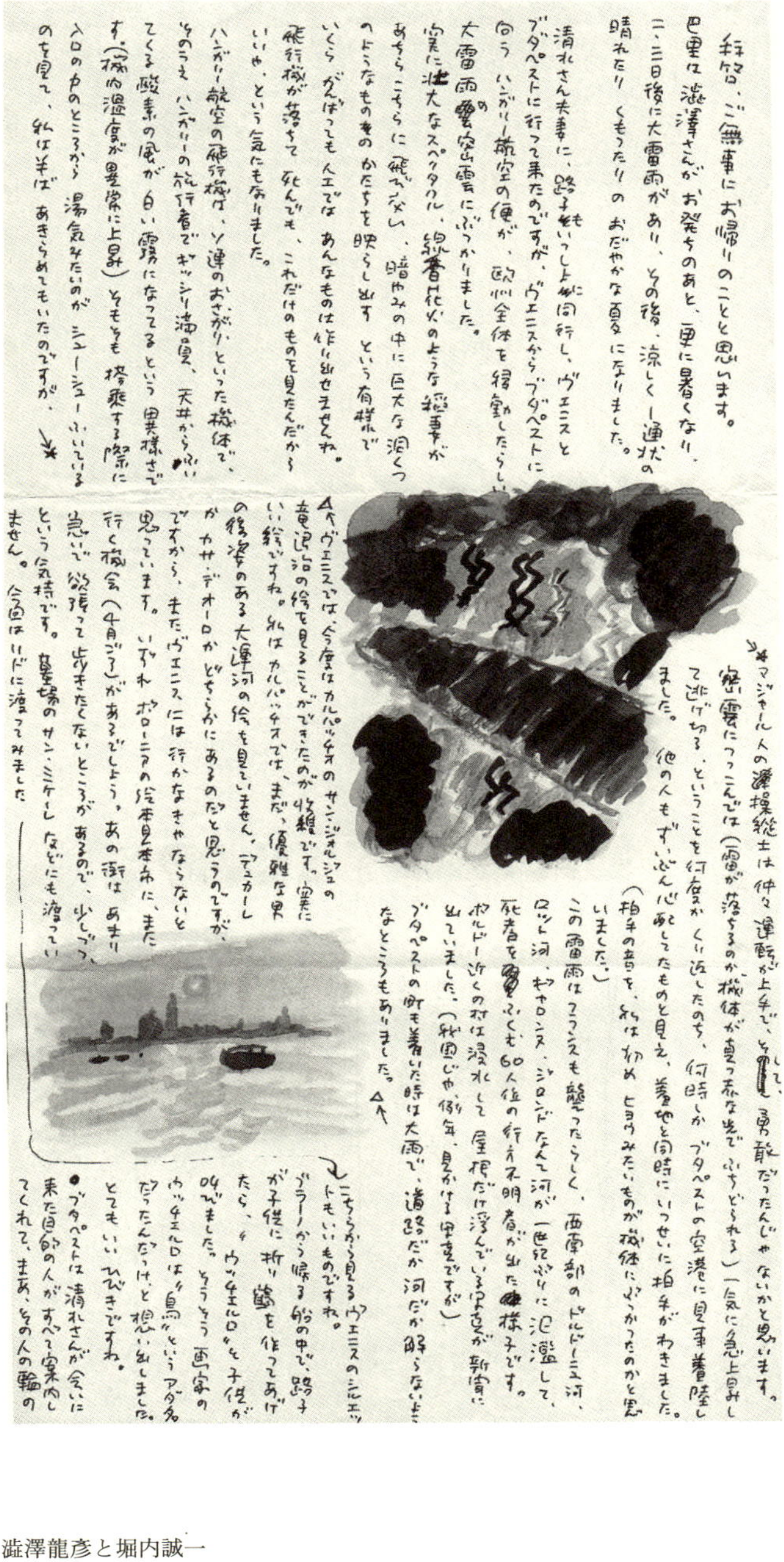

拝啓、ご無事にお帰りのことと思います。

巴里は澁澤さんがお発ちのあと、更に暑くなり、二、三日後に大雷雨があり、その後、涼しく一通だの晴れたりくもったりのおだやかな夏になりました。

清水さん夫妻に、路子もいっしょに同行し、ヴェニスとブダペストに行って来たのですが、ヴェニスからブダペストに向うハンガリー航空の便が、欧州全体を移動したらしい大雷雨の積乱雲にぶつかりました。

実に壮大なスペクタクル、線香花火のような稲妻があちらこちらに飛び交い、暗やみの中に巨大な洞くつのようなもののかたちを映し出す　という有様で　いくらがんばっても人工ではあんなものは作り出せませんね。飛行機が落ちて死んでも、これだけのものを見たんだからいいや、という気にもなりました。

ハンガリー航空の飛行機は、ソ連のおさがりといった機体で、そのうえハンガリーの旅行者でギッシリ満員、天井から吹いてくる酸素の風が白い霧になってるという異様さです。（機内温度が異常に上昇）そもそも搭乗する際に入口の戸のところから湯気みたいのがシューシューふいているのを見て、私は半ばあきらめてもいたのですが。↘✳

✳マジャール人の操縦士は仲々運転が上手で、そして、勇敢だったんじゃないかと思います。積乱雲につっこんでは（雷が落ちるのか機体が真っ赤な光でふちどられる）一気に急上昇して逃げ切る、ということを何度かくり返したのち、何時しかブダペストの空港に見事着陸しました。他の人もずいぶん心配してたものと見え、着地と同時にいっせいに拍手がわきました。

（拍手の音を、私は初めヒョウみたいなものが機体にぶつかったのかと思いました。）

この雷雨はフランスも襲ったらしく、西南部のドルドーニュ河、ロット河、ギャロンヌ、ジロンドなんて河が一世紀ぶりに氾濫して、死者をふくむ60人位の行方不明者が出た様子です。ボルドー近くの村は浸水して屋根だけ浮んでいる写真が新聞に出ていました。（我国じゃ例年、見かける写真ですが）ブダペストの町も着いた時は大雨で、道路だか河だか解らないようなところもありました。
△↑

△ヴェニスでは、今度はカルパッチオのサン・ジョルジュの竜退治の絵を見ることができたのが収穫です。実にいい絵ですね。私はカルパッチオでは、まだ、優雅な男の後姿のある大運河の絵を見ていません。デュカーレかカサ・デオーロかどちらかにあるのだと思うのですが、ですから、またヴェニスには行かなきゃならないと思っています。いずれボローニアの絵本見本市に、また行く機会（4月ごろ）があるでしょう。あの街はあまり急いで欲張って歩きたくないところがあるので、少しづつという気持です。墓場のサン・ミケーレなどにも渡っていません。今回はリドに渡ってみました
↘こちらから見るヴェニスのシルエットもいいものですね。

ブラーノから帰る船の中で、路子が子供に折り鶴を作ってあげたら、“ウッチェルロ”と子供が叫びました。そうそう画家のウッチェルロは“鳥”というアダ名だったんだっけ、と想い出しました。とてもいいひびきですね。
●ブダペストは清水さんが会いに来た日銀の人がすべて案内してくれて、まあ、その人の輪の

一九七七年七月十六日　堀内誠一から澁澤龍彦への手紙　→137－140ページ
三段目のつづきは裏面になるので省略　絵はカラー

ふね」（かつて日本にいたベルナール・ベローが編集長を、堀内誠一がアートディレクターをつとめていた）の旅の特集号のために、「ラコスト詣で」というような紀行を書いてほしい、といっている。当時パリにあった出口裕弘（ラコストからバルセロナへの旅に同行）や安野光雅にも、原稿を頼むことになったようである。

第三の同年七月三十一日の手紙（左ページ）は澁澤龍彦からの返信で、さっそくその原稿を書いて龍子夫人に清書させ、同封したらしいことがわかる。題名も注文どおりの「ラコスト詣で」（『澁澤龍彦全集16』）。さらに前述の『城』の構想があかされ、織田信長の安土城址とともに、サドの城の野生の花の咲きみだれる廃墟への思いも語られている。とくに「自然が好きだから」という一句は見のがせない。七〇年代の澁澤龍彦は旅を通じてすこしずつ「自然」を再発見し、独特の紀行や博物誌や回想の領域をひらきつつあったからである。

土用の丑の日の鰻からイタリアの思い出へと話がとび、最後にはともに「北イタリアの町をまわる旅」を思い描いているが、それを実現したのが一九八一年のギリシア・北イタリア旅行であったのかもしれない。

だがこのさりげない手紙に思わず惹きつけられてしまうのは、はじめのほうで、「とくにウッチェロの話はじつにいいですね」と書いているところである。前の堀内誠一の手紙の左三段目、ヴェネツィアの遠景スケッチの下に記されていたブラーノ島からの船のなかのエピソードでは、路子夫人の折り鶴を見て、子どもが「ウッチェルロ」と叫ぶ。そのとく画家のウッチェッロという綽名が「鳥」

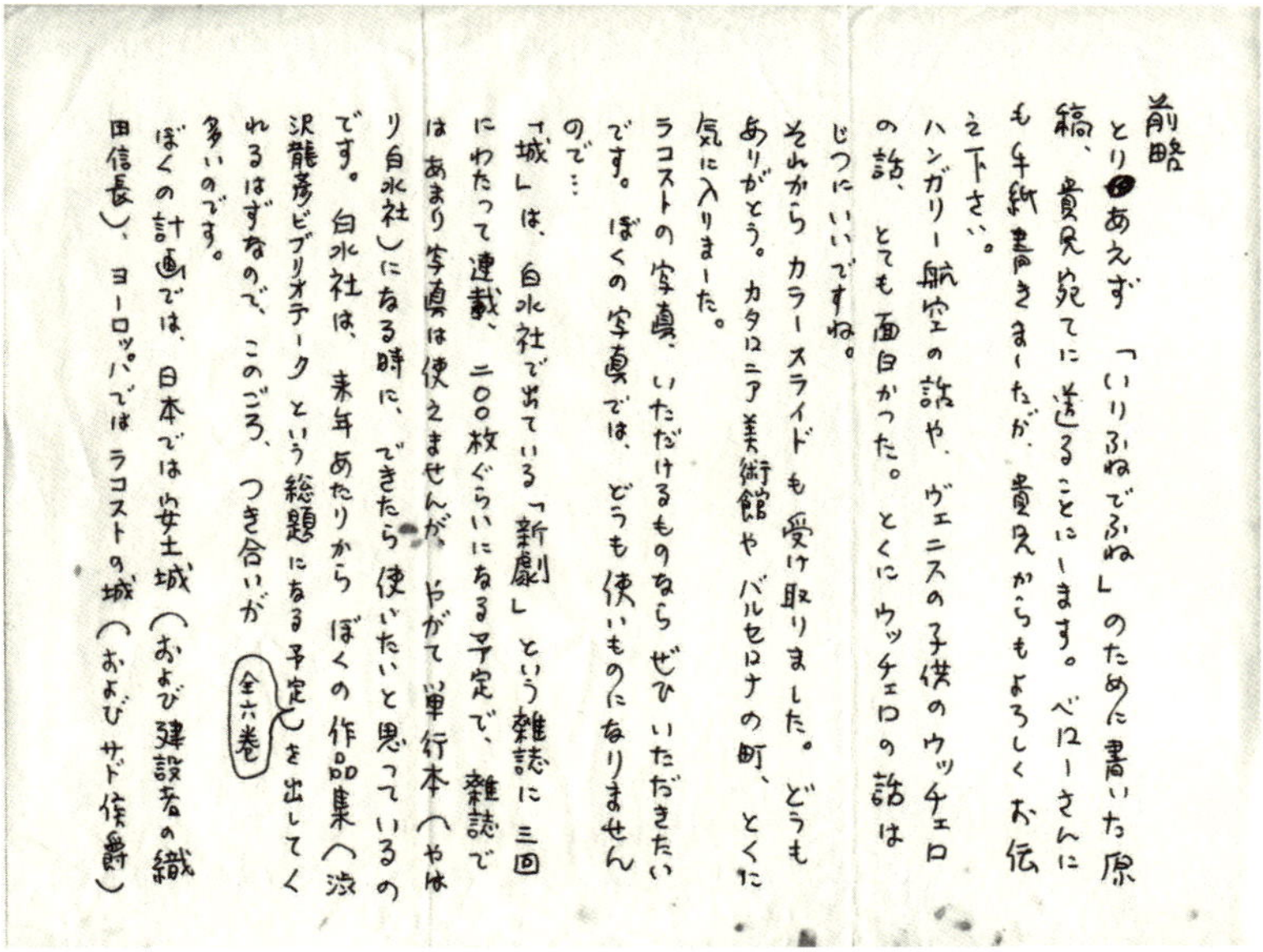

前略
とりあえず「いりふねでふね」のために書いた原稿、貴兄宛てに送ることにします。ベローさんにも手紙書きましたが、貴兄からもよろしくお伝え下さい。

ハンガリー航空の話や、ヴェニスの子供のウッチェロの話、とても面白かった。とくにウッチェロの話はじつにいいですね。

それからカラースライドも受け取りました。どうもありがとう。カタロニア美術館やバルセロナの町、とくに気に入りました。

ラコストの写真、いただけるものならぜひいただきたいです。ぼくの写真では、どうも使いものになりませんので…

「城」は、白水社で出ている「新劇」という雑誌に三回にわたって連載、二〇〇枚ぐらいになる予定で、雑誌ではあまり写真は使えませんが、やがて単行本(やはり白水社)になる時に、できたら使いたいと思っているのです。白水社は、来年あたりから ぼくの作品集(澁沢龍彦ビブリオテーク という総題になる予定(全六巻))を出してくれるはずなので、このごろ、つき合いが多いのです。

ぼくの計画では、日本では安土城(および建設者の織田信長)、ヨーロッパではラコストの城(およびサド侯爵)

に視点をしぼって、徹底的に書くつもりなのです。信長は、ぼくの大好きな日本歴史上の人物なので、その人物を少しデッサンしてみたい。安土城もラコストの城も廃墟ですが、そこがかえって面白いと思います。

安土城跡には、パリへ行く直前に行ってきました。琵琶湖を望む丘の上、杉や松の鬱蒼たる林の中に、廃墟があります。紫色のヤマツツジがいっぱい咲き、ハルセミがじわじわじわと鳴き、トンビが頭上でぴーひょろろと鳴いていました。そして熊蜂が、花々のあいだをぶんぶん飛びまわっています。サドの城とはずいぶん違いますが、なかなか良かったです。

今度の旅行では、ぼくも貴兄と同様、ラコストが非常に印象に残っています。ぼくはどうも、都会も好きは好きですが、自然が好きだからということもあるからかもしれません。

今日(七月三十一日)は土用の丑の日で、ウナギ屋が繁昌しているようです。ローマの近くのアングイラーラ(ウナギの町の意)というところで、ぶつ切りにして煮たウナギを食べたのを思い出します。

また来年あたり行きたいですね。貴兄の手紙にあった、北イタリアの町をまわる旅は魅力的です。

ではまたお元気で… 路子さんによろしく
七月三十一日　澁澤龍彦
(小包みどうもありがとう。まだ届きませんが…)

原稿の字は、女房の清書ですから念のため。

ぼくの字ではないことはお分りでしょう。

一九七七年七月三十一日　澁澤龍彦から堀内誠一への手紙　↓140-142ページ

の意だったことを思いだすというこのくだりを読んで、澁澤龍彦の愛読者ならば、すでに思いあたるのではなかろうか。

一九七九年に発表され、のちに『唐草物語』の巻頭をかざった短篇小説「鳥と少女」――晩年の豊かな小説世界を予告していたばかりか、澁澤龍彦の短篇小説中の白眉といってもよいこの名作の最後のくだりは、鮮やかなエピソードで締めくくられている。実在の画家ウッチェッロ(鳥の意)の話が一転して、舞台は現代のイタリアに移り、作者自身が龍子夫人とともに、ナポリからイスキア島への船旅をしたという体験が物語られる。船室にいたひとりの少女に、夫人のたまたま折っていた紙の鶴を手わたすと、少女は「ウッチェロ!」と叫ぶのである。(詳しくは次章「旅の仲間のために」を見ていただきたい。)

このみごとな結末の展開が、作者の実体験でも仮構でもなく、堀内誠一の手紙からの借用であったことは明らかだ。船はナポリ発ではなくブラーノ発であり、鶴を折ったのは龍子夫人ではなく路子夫人であった。

もちろん、だからといって小説の評価が変るわけではない。堀内誠一が文句をいうはずもない。百も承知のことだったろう。

二人の手紙にはたとえばこんなふうに、親密で共謀・共犯的な、目くばせひとつでゲームのはじまるようなところがある。ウッチェッロは二人のもっとも好む画家のひとりで、ほかの手紙にもよく出てくるから、いよいよその目くばせが効いたのではなかろうか。

★

澁澤龍彦が堀内誠一とはじめて会ったのは一九五八年のことで、すでに知りあっていた内田路子さんから婚約者として紹介されたのだという。しばらく仕事上の接点はなかったが、一九六八年、例の新雑誌「血と薔薇」の責任編集を引きうけて、その編集美術を堀内誠一に頼んだときから、親しい飲み仲間になった。さらに一九七〇年、こんどは「アン・アン」誌のアートディレクションをまかされていた堀内誠一のほうが、創刊号からの翻訳連載に澁澤龍彦を起用し、二人の関係はいよいよ接近する。同年の八月末、澁澤龍彦が夫人とともに生涯初のヨーロッパ旅行に発つとき、堀内誠一も羽田空港に見送りに行った。旅については堀内誠一のほうがずっと先輩で、十年前からヨーロッパになじんでいたのだが、以降、二人はヨーロッパ旅行という共通の体験をもち、旅人同士の話題を愉しむようにもなった。

一九七四年に堀内一家がアントニーに住みついてから、本格的に手紙のやりとりがはじまる。遠く離れていて会う機会も少ないので、かえって手紙による交友が深まった。それ以来、没年までの十年以上のあいだに、仕事の方向や主義主張をこえて、なにやら子どものようにともに遊ぶ、人生の「旅の仲間」同士になっていったのではなかろうか。

一九八七年八月に、澁澤龍彦は慈恵医大病院で、堀内誠一は虎ノ門病院で亡くなった。私は瀧口修造のときと同様、日本にいなかった。澁澤さんの訃報はクロアチアのドゥブロヴニクで、堀内さんの訃報はイタリアのフィレンツェで聞いた。今回の展覧会を企画したのは四年ほど前のことだが、私はすでにあの旅先で、「旅の仲間」という言葉を思いうかべていたような気がする。

二〇〇七年七月九日

旅の仲間のために

澁澤龍彦と堀内誠一との計八十九通にもおよぶ往復書簡！　二十年前の八月におなじ病で亡くなったこの「旅の仲間」——幾度か旅をともにしたばかりでなく、比喩的な意味でも二人は旅の仲間だった——同士の、驚くほど親密で自由で魅力的な手紙のすべてが、ここにはじめて収録・公表される。

とくに堀内誠一からの手紙六十二通のほとんどは、多色のすばらしい絵入りである。パリ南郊の町アントニーのアパルトマンを拠点にして、ヨーロッパとその周辺の旅をくりかえしていたころの見聞を、独特の観察眼と臨場感をもって描きつつ書いている。絵本からアートディレクションにまでおよぶ自分の仕事、相手の著作活動、友人たちや先人たち、都市や地方や国、古今の美術や映画や文学などについての感想やコメントも率直で、しばしば鋭い批評精神をあらわにする。

澁澤龍彦からの手紙のほうは二十七通。当然こちらは絵入りではないけれども、北鎌倉の家の書斎から、自分の著作活動をめぐる報告、送られた書物の感想、身辺の出来事や自然の移りゆき、日本の時代状況や社会の変化、見た映画・演劇や展覧会、食べた季節の旨い物、そして国内外の旅の思い出などを淡々と綴り、ときには著作のなかにも書いていないような、思いがけない事実や心境を打ちあけている。

★

実際、この往復書簡にはじつに多くの情報と知識がちりばめられているので、それらを追ってゆくだけでもおもしろい。たとえば古い映画をめぐる二人のやりとりから、ヨーロッパ映画史上のある時代・ある系列が自然に浮びあがってくるのを感じて、わくわくする読者もいるだろう。堀内誠一が一九七八年のポンピドゥー・センターでの「パリ・ベルリン」展の報告をきっかけに語りだす戦前のドイツ映画のあれこれ。ムルナウ、パプスト、ラング、そしてエミール・ヤニングス、ピーター・ローレなど、なつかしい監督たち、俳優たち。それよりも以前、一九七五年の一連の手紙に見られるとおり、たとえばあのミシェル・シモンのようなフランス映画の名優について、これほど巧みな人物描写をささげている例もめずらしい。

映画にかぎらず、堀内誠一はあらゆる話題について気ままに自由に、ときには愉快な偏見や皮肉をまじえながら書きつづける。澁澤龍彦が応じてくればなおさらだ。ダリ、コクトー、人形劇、シェイクスピア、絵本、ポルノ、聖母像、サーカス、裸体の少年、シニョレッリ……くりかえし登場するそうした話題から、ひそかに追いもとめていた仕事の方向も読みとれる。アントニーに住んで七年あまり、澁澤龍彦にあてて書きつづけたこれら「パリからの手紙」には、変化しつつある自分自身への省察もふくまれている。

美術の話題についていえば、堀内誠一はある日、フランドルの巨匠ルーベンスが好きになった自分を語りはじめる。あらためて画家の本能が目ざめようとしていたのかもしれない。

「不思議なことに最近はルーベンスの絵が有難く思えるようになりました。前はウンザリ、好きになれないハズのものだったのですが、やはりヨーロッパの華であることは否定できません。ムダがなくて、豊かです。」(一九七七年十一月二十八日消印)

これに対して、澁澤龍彦がつぎのように応じているのも興味ぶかい。

「ルーベンスが好ましくなったという貴兄の話は非常に面白い。もちろん、僕もクラナッハの女は好きだが、ルーベンスの女はどうも……などと思ったものですが、女に対する趣味とか、そういったものとは別問題だと思います。ルーベンスの豊かさ、なるほど、よく分るような気がします。」(一九七七年十二月二十三日消印)

澁澤龍彦はつねづねルーベンス嫌いを自認し、あんな脂ぎった女性像はいやだ、などと公言していたものだ。そんなことは百も承知で洩らしている堀内誠一の告白に応えて、さりげなくしたためたこのくだりに、ある優しさが感じとれる。これをきっかけに堀内誠一はくりかえしルーベンスを語り、変りつつある自分の好みや絵画への欲求を確信することになる。

堀内誠一の手紙の魅力はまず、つぎからつぎへとくりだされるパリでの出来事や時事問題、ヨーロッパとその周辺各地での観察や体験、そして身近な友人たちの消息の報告にある。澁澤龍彦に紹介されて堀内家と一年間つきあい、パリ生活誌のいわば副主人公にされてしまっている出口裕弘をはじめ、出てくる人物がそれぞれおもしろおかしい。澁澤龍彦が相手だからそうなるのだろうか。書きなおしなどほとんどしない独特の文体や表記法もそうだが、堀内誠一の手紙は安心して自分のキャラクターを押し通し、しかも仕事の方向をひそかに探っている積極的なものである。

★

一方、手紙の数と長さだけをくらべてもわかるように、澁澤龍彦のほうはいくぶん受身である。自分から話題をひろげてゆくことは比較的に少ない。むしろパリからの報告をひとつひとつ注意ぶかく読んで記憶にとどめ、自分の知識や見解にとりこんでゆく感じがある。ときには自作のエッセーのなかに借用してしまったりするほどだ。じつのところ、堀内誠一への返信は手紙ばかりでなく、著作のなかにもあらわれているように見える。

一九七六年、パリのグラン・パレでのマックス・エルンスト回顧展を見たあとで、堀内誠一はこんな感想を書き送ってきた。

「夏中やっていたエルンストの大展覧会は終りましたが、これは大したもので、私はすっかりこの人を見直しました。汎ヨーロッパ的な巨人だと思いました。」(一九七五年九月二十六日消印)

澁澤龍彥はこのくだりに共鳴して、翌一九七六年四月のエッセー「マックス・エルンストを悼む」にそのまま引用してしまい、そのうえで、「堀内氏は鋭い批評眼の持主である。「汎ヨーロッパ的な巨人」とは、うまいことを言ったものである。」（『洞窟の肖像』）と称えている。

そしてすぐあとの四月二十日の手紙には、「無断借用、申し訳ありません」と書いているところもおもしろい。こうした「借用」は堀内誠一のほうにもいくらかあるので、両者のあいだには暗黙の了解が成り立っており、なにやら目くばせひとつで事が運んでいるかのように感じられる。

澁澤龍彥の手紙のほうにも、自分の変化をこっそり打ちあける場面がある。自分も「年をとった……」というような言いまわしにとどまらない。たとえばつぎの述懐ないし告白のくだりは見のがせないだろう。

「僕自身はまったく相変らずの日常で、江戸時代の随筆を読んだり、そうかと思うと、スペイン十六世紀の詩人ゴンゴラの本などをぱらぱらめくって拾い読みしたり、もう今では、おどろおどろしいオカルトだの何だのについて書く気はなくなり、このままの状態がつづけば、やがては小説でも書くより以外には行き場がないんじゃないか、と思うようになってきています。貴兄にもおそらく経験はおありでしょうが、自分を追いつめるということは、スリリングなものですね。自分が他人のようにも見えてきます。」（一九七七年三月二十六日付）

実際、前年に連載していたエッセー集『思考の紋章学』をほどなく上梓してから、二年間の「スリリングな」自己追求をへて、澁澤龍彥はついに短篇小説を書きはじめ、一九七九年一月には主著のひとつ『唐草物語』の連載を開始することになる。

★

その第一回作品が「鳥と少女」だった。十五世紀イタリアの特異な画家ウッチェッロ（鳥を意味する通称）を主人公にしたこの短篇こそ、澁澤龍彥の晩年の豊かな小説世界を用意した名作のひとつなので、結末にあらわれる鮮やかなエピソードを憶えている読者も多いだろう。小説の舞台はふいに現代のイタリアへ移って、作者自身が龍子夫人とともに、ナポリからイスキア島への船旅をした次第を物語る。

おなじ船室にいたひとりの少女に、作者自身が夫人のつくった折り鶴を手わたすと、少女は「ウッチェロ！」と叫ぶ。

「ああ、ウッチェロとは鳥のことだったんだな、と私はあらためて思った。そして、なぜだか分らぬ感動に胸が打ちふるえるのをおぼえたのである」（『唐草物語』）

ところで、作者・澁澤龍彥自身の実体験として読めてしまうこの逸話が、じつは以下に引く堀内誠一の手紙からちゃっかり「借用」したものであるという事実を知って、読者はあっと驚くのではなかろうか。

「ブラーノから帰る船の中で、路子が子供に折り鶴を作ってあげたら、〝ウッチェルロ〟と子供が叫びました。そうそう画家のウッチェルロは〝鳥〟というアダ名だったんだっけ、と想い出しました。

とてもいいひびきですね。」（一九七七年七月十四日消印）

ブラーノ島からの船がナポリからの船に置きかえられ、堀内路子夫人が澁澤龍子夫人に置きかえられている以外、そっくりそのままのエピソードなのだ。ところがそんな「借用」も、じつは堀内誠一のほうから誘ったものではなかったか――そんなふうに思われてしまうほどまでに、二人の手紙のやりとりは親密で遊戯的で、ときに共謀的なところさえあるように思われる。

ウッチェッロへの共通の熱い関心自体、すでにいくつかの手紙を通して確認ずみだったので、ならばこんなのはどうか！　というふうにこの逸話が持ちだされたとき、それを澁澤龍彦は「ヴェニスの子供のウッチェロの話、とても面白かった〔……〕じつにいいですね」（一九七七年七月三十一日付）と受け、そのうえでみごとに「借用」をはたしたわけである。

このウッチェッロ（＝鳥）にまつわるエピソードはその後、一九七九年十一月に出た堀内誠一の自伝エッセー『父の時代・私の時代』の「序にかえて」の章にあらためて登場し、手紙にはなかった観察を書き加えられる。おそらく雑誌発表の「鳥と少女」を読んで、澁澤龍彦の語っている「感動」に応えようとしたものではなかろうか。

「ウッチェロ。なんて美しい名前なんだろうと私達は思いました。それに柔らかな羽毛でくるまれた鳥を、甲冑《かっちゅう》のように抽象化した超現実的な折鶴の味わいもまた、ウッチェロの芸術に何か通じるところがあるように思います。」

こんなふうに、二人の手紙の中身はたがいに浸透しあい、作品のなかに反響していた。手紙を通じて投げられ投げかえされる一見プライヴェートな出来事の報告、意見や感想や述懐などが、二人の作品を豊かにしていたことはまちがいないように思われる。

★

澁澤龍彦が堀内誠一とはじめて出会ったのは、一九五八年のことだった。すでに知りあっていた堀内（旧姓・内田）路子から、結婚後に紹介されたのである。前年に広告制作会社アド・センターを創設し、若いデザイナーとして活躍しはじめていた堀内誠一と、サドの翻訳・研究などですでに注目されつつあった澁澤龍彦とのあいだに、しばらくは仕事上の接点がなく、むしろ路子夫人を介して、ときおり飲んで語りあう程度のつきあいだったらしい。

だが一九六八年、澁澤龍彦が新しいエロティシズムを標榜する雑誌「血と薔薇」の責任編集を引きうけ、その「編集美術」を堀内誠一にまかせたときから、二人の関係はにわかに接近する。さらに一九七〇年のはじめ、こんどは「アン・アン」誌のアートディレクターになった堀内誠一のほうが、創刊号からの連載記事を澁澤龍彦に注文している。以来、澁澤龍彦のいくつかの本の装丁を堀内誠一が引きうけるなど、両者の協力関係は密になっていった。

同年の八月末、澁澤龍彦は龍子夫人との新婚旅行を兼ねて、生涯ではじめてヨーロッパへ発ったのだが、そのとき羽田空港へ見送りに行った多くの友人たちのなかに、楯の会の制服を着た三島由紀夫や和服姿の土方巽のほか、堀内誠一もいた。二か月をこえるこの長旅での見聞や体験と、帰国直後に接した三島由紀夫の自死事件の報をきっかけに、ある方向転換をはかりはじめていた澁澤龍彦は、以来しばしば内外の旅に出るようになる。

エッセーの仕事でも、旅行記や博物誌から説話渉猟、幼少期の回想まで、空間と時間にわたる自己探索の旅をつづけ、やがて先に引いたような、「小説でも書くより以外には行き場がない」という境地に立ちいたっていたのである。

堀内誠一のほうはそれよりもずっと早く、一九六〇年からヨーロッパの土地になじんでいたが、一九七四年には家族（路子夫人、娘の花子と紅子《もみ》）とパリ南郊のアントニーに住みつき、一九八一年までの七年間強をすごす。澁澤龍彦にあてた五十通以上の絵入りの手紙は、すべてそこで描かれ・書かれたものである。

ほとんどがアエログラム（フランスの航空便用の簡易箋）を用いた手紙で、即興に近い鮮やかな多色のイラストレーションと、さりげなく自在にレイアウトされた文面が美しい。しかもその多くはパリ生活や「パリからの旅」の生き生きとした報告とスケッチであり、当時の各地の風景・風俗や事物・事件のみごとな表現になっている。

たびかさなるブルターニュやプロヴァンスやコート・ダジュールへの旅、イタリアやドイツやイギリスやソ連・東欧諸国への旅。その間に発見されるさまざまな風景や事物、シチリアの人形劇やケルンのマドンナやカルナックの先史遺跡、クラクフで見た古代コプトのマリア像やウルビーノにあるウッチェッロの絵の引っかき傷、スイスのロマネスク彫刻やアラゴンの赤い岩山の門やペンジケントの消えかかる壁画、北イングランドのムアやアントワープの噴水やノートル・ダム・ド・トロノエンのカルヴェール——そうした発見のすべてが貴重な記録になっているばかりか、堀内誠一というアーティストの傾向と志向をくっきり照らしだしている。

澁澤夫妻のほうも計四回のヨーロッパ旅行をしているが、そのうち三回目のフランス・カタルーニャ旅行（一九七七年初夏）と、四回目のギリシア・北イタリア旅行（一九八一年夏）には、堀内夫妻、ときに長女の花子が同行した。その間に「旅の仲間」として共有した体験や見聞もまた、二人の手紙のなかでくりかえし回想される。澁澤龍彦には『滞欧日記』という没後出版の貴重な資料があるけれども、往復書簡との対照ではじめてその裏がとれ、実情を読みとれる部分も多いのである。

澁澤龍彦にとってそのような旅また旅の頂点のひとつが、南仏ラコストの村に廃墟としてのこるあのサド侯爵の城（159ページ参照）との出会いであったことはまちがいない。帰国してから書いた手紙の冒頭には、めずらしく手ばなしの感動の表現がある。

「今度のパリ滞在は、まことに楽しき限りでした。帰ってからもう二週間近くも経つのに、まだ夢見心地が抜けなくて、何にも仕事が手につかない状態です。〔……〕とくに十日間の南仏とバルセロナへの旅行は、あんなに楽しかったことはめったになく、生涯の思い出になるでしょう。」（一九七七年七月十六日付）

「生涯の思い出になる」という言葉には見おぼえがある。『滞欧日記』をひらいてみると、同年六月八日、ラコストからもどってひとりホテルの部屋にいた澁澤龍彦は、めずらしく感きわまっていたらしく、城の廃墟のまわりに咲く黄いろい野生の花々を夢中で摘む自分の姿を書きとめたあとで、「有意義な一日であった」とふりかえり、さらに「生涯の思い出になるだろう」と結んでいる。

一見して澁澤龍彥らしからぬこうした言葉の意味はさまざまにとれるだろう。ただ、二週間後に書かれたつぎの手紙のなかに、やや醒めたニュアンスで、こんな自省が書きとめられていることは忘れられない。

「今度の旅行では、ぼくも貴兄と同様、ラコストが非常に印象に残っています。ぼくはどうも、都会も好きは好きですが、自然が好きだからということもあるかもしれません。」（一九七七年七月三十一日付）

この二通に先立つ出発前の手紙に、例の「小説でも書く」云々という述懐があったことを思いおこそう。サド研究・サド裁判にはじまってサド城の廃墟訪問まで。いわば観念から事物への旅を試みていた当時の澁澤龍彥が、「小説」とともに「自然」をも再発見しつつあったことはたしかである。

★

堀内誠一が帰国してふたたび東京世田谷に住みつく一九八一年からは、当然のことながら絵入りのアエログラムはなくなり、澁澤龍彥からの手紙や葉書のほうが多くなる。堀内誠一はその後も世界各地への旅をくりかえし、絵本制作や著書執筆やアートディレクションの仕事を精力的にこなしていたのだが、体調おもわしからず、やがて喉の痛みを訴え、一九八六年六月、虎の門病院で下咽頭癌の宣告をうけた。

それを知って澁澤龍彦のしたためたつぎの手紙には胸をつかれる。

「放射線の照射をはじめられたそうですが　頑張ってください　咽頭は治癒率がいちばん高いそうですから現代医学を信頼してもよいのではないかと思います」（一九八六年七月十七日付）

というのは、以前からおなじ喉の痛みを訴えていながら、近所の病院でポリープと誤診されていた澁澤龍彦自身、二か月後の九月には慈恵医大病院で、おなじ下咽頭癌の宣告をくだされ、十一月には大がかりな切除手術をうけることになるからである。

最後のたよりは一九八七年六月、澁澤龍彦からの葉書だった。手術後に退院し、驚くべき意志の力で連載長篇小説『高丘親王航海記』を最終回まで書きあげたのち、だが癌が再発し、再入院を余儀なくされてからのものである。

「いま『高丘親王航海記』加筆中です　秋には本になります　貴兄もどうか御養生専一に　いつのまにか夏になりました」（六月二十三日消印）

けれどもこの「夏」につづく「秋」は来なかった。八月五日の午後、病室で読書中に逝去。享年五十九。

一方の堀内誠一も、六月までは体のつらさに耐えながら絵本や雑誌企画などの仕事をつづけていたが、病状にわかに悪化し、七月末に再入院。八月十七日の午前、五十四歳の若さで逝去した。

幼少期には共通の絵本やアニメーションや町の風景を見て育ち、戦後にはおなじ映画や書物や風俗や事件に接し、やがて知りあい、ともに飲み、ともに遊び、ともに仕事をし、ともに旅をし、手紙のやりとりの間にも友情を深めていったこの「旅の仲間」同士は、最後にはまったくおなじ病気のために、たった十二日の間をおいて、ともに旅立っていったのである。

★

稀代のフランス文学者・批評家・エッセイスト・博物誌家・作家と、稀代のグラフィックデザイナー・絵本作家・イラストレーター・旅行家と。そんな二人が「仲間」同士であったということに、意外の感をいだく向きがあるかもしれない。だが、ここにはじめて公表される手紙の数々を見ただけでも、二人がじつは特別に親密な仲で、いわゆる心を許しあう関係にあったことがよくわかる。

生き方や仕事の方向や主義や好みの違いをこえて、澁澤龍彥と堀内誠一とは、まさに子どものようにともに遊ぶ「旅の仲間」だったのではないだろうか。

二〇〇八年三月十五日

II

二〇〇七年のトーク集

ラコスト（フランス）　サド侯爵の城　→p.137, 154, 184, 222

『旅の仲間』をめぐって

澁澤龍彦と堀内誠一とは、一九八七年の八月にたった十二日の間《ま》をおいて、まったくおなじ下咽頭癌という病気で亡くなりました。昨年は没後二十年ということで、僕は「澁澤龍彦　幻想美術館」という大きな展覧会を監修したところです。澁澤さんが生涯にかかわった美術と美術思想を再構成しようとした展覧会で、カタログは平凡社から単行本として出ていますが、そこにはじめて、堀内さんから澁澤さんに送られた四通の手紙を展示しました。それまでおそらく澁澤さんと堀内さんそれぞれの読者やファンもふくめて、二人が仲のよい友人同士だったことを知らなかった人も多いのではないでしょうか。

澁澤さんについていえば、とくに三島由紀夫や土方巽と結びつけて、六〇年代の交友関係を語られることが多いようですが、当時から澁澤さんとつきあっていた僕から見ると、六〇年代後半以後、澁澤さんといちばん仲がよかったのは堀内さんかもしれない、と思えたりします。といっても、仕事や考え方の共通点というようなことではなく、「何か」があったんです。その「何か」を知りたいというこ ともあって、以前から読んでみたいと思っていた澁澤さんから堀内さんへの手紙と、堀内さんから澁澤さんへの手紙を、あるときすべて見せてもらいました。

それがおもしろいんですね。手紙というのはふつうプライヴェートなものだから、公表しにくい部分もあるだろうと予想していました。一方、ただの挨拶でおわっているものもあるかなと予想して読んでみたんですが、まったく違っていました。ほとんどそのまんまの形で、だれが読んでもおもしろそうな手紙ばかりです。新しくいろんな事実がわかってくるだけでなく、これまでだれも知らなかったような、意外な感想や述懐を読みとれるような手紙が少なくなかった。そして、とくにすばらしいのは、堀内さんの絵です。

堀内さんはいろんな人に絵入りの手紙を送っていたんですが、澁澤さんに宛てた手紙の絵には、やはり相手が澁澤さんだからかな、と感じられるものがかなりあります。それもぶっつけ本番の絵で、これだけ描ける人だったんだという驚きですね。ほとんどの手紙が一九七四年、堀内さんがパリの南郊のアントニーという町に住みついてからのもので、三つ折りにした縦長の、アエログラムといいますが、裏うつりもしそうなペラペラの航空便用の簡易箋に、カラーで絵を描いています。すこしずつ画法が違っていたり、新しい試みがあったり、絵が徐々に移りかわっていることもわかります。そのまわりにペンやサインペンを使って、細かい字で文章を書いている。絵は一枚一枚が独立していながらら、同時に手紙の文章とも関連があって、ときには文章のなかにふとカットが入ったりもして、有機的につながっています。そういうレイアウトの呼吸と技も、じつにみごとなものです。

テーマや内容も一般性があって発見が多く、公開にあたいします。しかも澁澤さんの手紙のようにすべて文字だけだったら文学館での展示でしょうが、これは美術館やギャラリーに展示したほうがいいものだと、僕は考えました。

昭和のモダニズム

それで僕の企画・監修したこの「旅の仲間」展、最初は名古屋で開催しました。そして仙台へと移り、それから東京へ来ました。いろんな話があったなかで、やはりここ、渋谷松濤町のギャラリーTOMがいいのではないかと思ったのは、どこかにつながるところがある。TOMというのは村山知義の愛称の「トム」です。サインにもTOMと書いていたあの村山知義の思い出がここにのこっています。建物は内藤廣さんという鎌倉に住む建築家の若いころの作品で、澁澤さんの家のサロンとは違うけれど、隅に階段のあるところは似ている展示空間もいいし、村山知義の時代へのノスタルジアを誘うところもあるだろうと思って、この会場を選びました。

ご存じのとおり、村山知義は一九〇一年に生まれて七七年に亡くなった芸術家・文学者ですが、大正から昭和にかけて前衛運動の中心にいました。画家、劇作家、舞台装置家、小説家でもあり、最後に、もしかしたらこれがいちばん大事かなと思うのですが、絵本作家です。とくに大正から昭和にかけて、「コドモノクニ」という豪華な子ども雑誌に、童画をよく描いていた。若いころ、第一次世界大戦後の一九二二年に、荒廃したベルリンへ行っています。この時期のベルリンに留学した人はある意味では幸運で、ドイツ表現派とか構成主義、ダダなど、戦争直後の猛烈な前衛芸術に触れることができました。帰ってきてから日本最初のアヴァンギャルド芸術雑誌「MAVO」を出して活躍しはじめ、一時は大正期の前衛の帝王なんていわれていた人物です。それがやがてプロレタリア演劇運動に移って、投獄されたりもしています。

　ほかにも子ども向けの雑誌はいろいろありましたが、「コドモノクニ」は一時代をつくった童画・童話・童謡を満載するカラー雑誌でした。ここでピンと来ることがあります。じつは澁澤さんも堀内さんも、これを読んで育っている。村山知義の絵も見ていましたけれど、二人に共通する好みはむしろ、武井武雄や初山滋のほうかもしれません。澁澤さんは昭和三年の生まれ、堀内さんは昭和七年の生まれです。当時「昭和の子供」という歌がありましたが、はじめはまるでその歌みたいに、表面はまっすぐに健全に育てられた世代です。堀内さんのお父さんはいまでいう商業デザイナーで、多田北《ほく》烏《う》という有名なデザイナーの弟子だった。向島に住んでアトリエを持っていて、子どものころの堀内誠一はそこに入りびたっていました。それで村山知義の童画のような、あの時代の絵本の雰囲気だけでなく、ドイツ表現派や構成主義、それにダダの影響ものこっていた昭和初期のモダニズムの空気を吸収して育ちました。

堀内さんの場合、そのことがはっきりあらわれているのは、村山知義の有名な絵本『三匹の小熊さん』の再刊本です。もとはモノクロだったこの本に、堀内さんが色をつける仕事をし、装丁もして出しなおしました。とてもおもしろい絵本で、戦前にアニメーション映画にもなっています。それをたぶん、澁澤さんも堀内さんも、子どものころに見ていただろうと思いますね。

それで、この往復書簡集『旅の仲間』を読んでいると、わかってくることがひとつあります。通常の手紙のように、身辺のことや時事的・社会的な問題、自然の移りかわりを書いてもいますが、なによりも視野が広く、しかも過去にさかのぼる傾向があるということ。堀内さんと澁澤さんはよく旅をしていて、旅がいちばんの話題ですが、その旅というのは、空間の移動としてだけではありません。いろんな時代にさかのぼる旅もある。共通して浮かびあがってくる過去の一時代が、やはり昭和初期なんですね。当時の絵本やアニメーション映画について、手紙で語りあったりしている。昔のディズニーのモノクロ短篇や、とくに太平洋戦争のはじまる年に上海でつくられた『西遊記』という有名な中国のアニメーション映画に、二人とも熱中したということもわかります。

二人はおなじ東京の出身です。育ったのは堀内さんが向島、澁澤さんが駒込に近い中里。下町と山手ですけれど、距離的にそう遠くないし、共通の思い出の場所もある。おなじ本や映画になじんでいただけでなく、この時代にはヒトラー・ユーゲントが日本にやって来たり、ベルリン・オリンピックもありました。昭和十年代になると日本は戦争にどんどん傾いてゆき、十六年末には真珠湾を奇襲して太平洋戦争がはじまりますが、澁澤さんはその年に府立五中（現・小石川高校）に入る。どうしてあそこを受験したかというと、制服が背広型で格好よかったことに憧れていたらしい（笑）。でもその年から国民服に変ってしまって、がっかりしたと。終戦の年には旧制浦和高校に合格したわけですが、学校が開かれずにいた四月にアメリカ軍の東京大空襲に遭って、焼けだされてしまいます。澁澤家は鎌倉の親戚の家、ついで疎開先の澁澤一族の郷里・埼玉県深谷の血洗島へ、と転々とします。堀内さんのほうは四歳年下ですが、戦争がはじまるとすぐ、一家は母方の郷里の石川県に疎開して、そこで終戦を知りました。

二人とも終戦を知ったとき、とりたててショックはなかったようです。むしろある種の解放感を味わっていたかもしれない。手紙全体から浮かびあがる共通したところは、ある過去へのノスタルジアですが、はっきりしているのは二人の幼年期、昭和初期へのもの。つぎに戦後へのものです。ノスタルジアといっても、かならずしも個人だけのものではなく、ある世代ならばある時代が懐かしいというものでもない。僕は昭和十八年生まれで、戦後に育っていますけれど、昭和初期の「コドモノクニ」や村山知義の童画を見れば、無性に懐かしく感じる。おそらくいまの若い人でも、そうではないでしょうか。なにか普遍的な、本質的な懐かしさがあるんです。

堀内さんがパリに住むようになってから、「パリ・ベルリン」という有名な展覧会がポンピドゥー・センターでありました。彼はその展覧会に熱中して、何度か見に行っています。このとき戦前のドイツ映画の名作を上映したのをつぎつぎに見て、手紙に書いていますね。堀内さんはあの時代の、村山知義の留学していたベルリン——第一次世界大戦後の入り乱れた、破壊のあとに新しい表現が爆発的に出てきたような大都市——が好きだったのではないか。文化史的にはそのへんがポイントのひとつでしょう。美術だけでなく、ムルナウとか、フリッツ・ラングとか、戦前のドイツ映画への堀内さんの打ちこみぶりはすごい。ムルナウの『最後の人』のエミール・ヤニングスや、ラングの『M』のピーター・ローレを語っているところなんかも。

もちろん古いフランス映画への熱意も相当なもので、たとえばミシェル・シモンのような怪優に入れあげています。これには澁澤さんも同調していて、つまり、ノスタルジアのもうひとつの核は第二次大戦後の、日本にヨーロッパの映画がどっと入ってきた、あの時代のように思えます。

コラージュする才能

二人に共通するのはもう一点、ヨーロッパ美術史への興味ですが、まずわかるのは、どうもルネサンス以前のプリミティフの時代の作品が好きみたいですね。手紙に何度も出てきますが、二人ともウッチェッロが大好きです。シモーネ・マルティーニやピエロ・デッラ・フランチェスカや、シニョレッリなども。さらにさかのぼって中世となると、二人は意外にゴシックへは行きません。澁澤さんにはゴシック趣味もあったはずですが、七〇年代の手紙にはむしろロマネスクへの関心が窺えます。堀内さんはロマネスクの、ほとんどレアリスムのない、素朴で稚拙な、なんともいえない不思議なプリミティヴな感じの彫刻に魅せられるようになります。とくに聖母像。ついにはポーランドのクラクフで、エジプト出土のコプト——現在もエジプトやエチオピアにのこる初期キリスト教——のマリア像を見て、惚れこんでしまったりしている。それの模写まで手紙に出てきますが、あんなに即興の模写のうまい人はめったにいないですね。

うますぎちゃって、堀内さんはその気になればボッティッチェッリ風の絵本でもデュフィー風の絵本でも、自在に描けたんでしょう。ある意味では自分のスタイルがないように見えるけれども、じつはそれがスタイルなんで、いろんなものを引用し、混ぜあわせて使うことができる。これはひとつの才能です。おかげでベストセラーになった谷川俊太郎訳の『マザーグース』の絵本が、昔の挿絵の真似をしているというので批判を受けたことがあるくらい。堀内さんは驚いちゃって、そんなの、一種の引用だから当り前じゃないかと。これまでイギリスならイギリスの絵本画家だって、昔の画想や画法をよく借りているし、引用している、べつだん剽窃《ひょうせつ》なんてことじゃない、と。そうやって過去のいろんなものをコラージュしてゆくことができるわけです。

じつは澁澤さんのほうも、剽窃が多いみたいにいわれることがあります。いまだにエッセーを読んだ人が、「バタイユの書いたものをそのまま訳して使って、自分の文章にしてしまっている」とかいって、批判したりしていますね。でもそれは違うんです。澁澤さんはいろんなものを下敷きに使うけれど、一つや二つではない（笑）。百も千も、人の書いたものを使っているとすれば、それは話が別です。あらゆるものをとりこんで、コラージュしてゆく「編集」の才能みたいなものが澁澤さんにはあって、そこが堀内さんとも似ています。両者はそのことをわかりあっていたらしい。手紙を読んでいると、ときどき二人でウィンクしています。

二十世紀では、マックス・エルンストというシュルレアリスムの大画家がいますね。六〇年代の澁澤さんはシュルレアリスム一辺倒でしたが、堀内さんのほうはあまりシュルレアリスムに乗っていなかった。でも七五年、パリのグラン・パレでエルンストの展覧会を見てすっかり驚いて、「これは大したもので」、「汎ヨーロッパ的な巨人だと思いました」てなことを書いています。その後、澁澤さんはエルンストが亡くなったときに、新聞の追悼文で堀内さんの言葉を無断でそのまま引用してしまった（笑）。でも、あとで手紙に「無断使用、申しわけありません」と書いている。堀内さんはニヤッとしたでしょうね。だって堀内さんのほうも、じつは澁澤さんの文章を無断で使っていますから（笑）。エルンストのはじめたすでにあるものの貼りこみ、コラージュというのが、じつは二人に共通する欲求だったかもしれない。その行きついたいちばん顕著な例が、『鳥と少女』という澁澤さんの短篇小説です。

手紙に何度も出てくる共通の話題として、もうひとつ、画家のウッチェッロがあります。ウッチェッロはイタリア語で「鳥」という意味の綽名《あだな》で、本名はパオロ・ディ・ドーノというんですが、この実在の人物を主人公にした有名な作品です。澁澤さんの後期の短篇小説の最初のものですが、最高傑作かもしれません。実在のウッチェッロとともにくらす少女セルヴァッジャのほうはフィクションで、ずっと十五世紀のことを物語っているんですが、最後の展開で急に現代になって、作者自身が「私」として登場する。澁澤龍彦が龍子夫人といっしょにナポリから船でイスキア島へ渡る。その船のなかで夫人が紙の鶴を折り、それをかたわらで見ているイタリアの少女がいる。澁澤さんが折り鶴を手わたすと、少女はそれを見て「ウッチェロ！」と叫んだ。澁澤さんはそのとき、なんともいえない感動をおぼえたというのが、小説の幕切れになっています。

すばらしい幕切れだな、と思うんですけれど、僕はちょっと怪しい、とも感じました。なぜかというと、ナポリからの船などにそういう少女がいるだろうか、という疑いですね（笑）。

こんどの書簡集で読者は驚くはずですが、なんと、その小説を書くすこし前の堀内さんの手紙（本書139ページ）の後半に、ナポリではなくヴェネツィアの先の「ブラーノから帰る船の中で、路子が子供に折り鶴を作ってあげたら、〝ウッチェルロ〟と子供が叫びました。そうそう画家のウッチェルロは〝鳥〟というアダ名だったんだっけ、と想い出しました。とてもいいひびきですね」なんて書いてある。澁澤さんはまるごとそれを借用しているわけです。

ここまではすでに指摘しておいたところですが、じつはさらにその後があるんです。堀内さんの好著に『父の時代・私の時代』という回想記があって、昭和初期の思い出を綴っている美しい本なのですが、その序文にもそのことがあらわれます。「柔らかな羽毛でくるまれた鳥を、甲冑のように抽象化した超現実的な折鶴の味わいもまた、ウッチェロの芸術に何か通じるところがあるように思います」と。堀内さんはこのとき、澁澤さんの「鳥と少女」に書かれた「なんともいえない感動」を、自分のやりかたで説明しているように見えなくもありません。堀内さんにとって、この折り鶴はまるで鎧《よろい》みたいなもの。ウッチェロの絵、たとえばパリのルーヴルにある有名な「サン・ロマーノの戦い」は、鎧を着た美々しい兵士達を描いていて、それがたとえばもうひとつ、堀内さんの好んでいたシチリアのあのマリオネット人形の騎士なんかともつながってくる。ウッチェッロ独特の美意識は現代的でもあり、モダンな超現実の趣があるといっているのも、すばらしい。この間のやりとりは、二人とも相手に目くばせをしながら、うきうきと話を進めているように感じられます。

こういう友人関係って何だろうな、と思います。こういう友人、いいですね。僕にもいないことはないけれど、それを読みとって伝えてくれる人があまりいないとすれば、生涯に何がおこったかということがわからない（笑）。そういうふうに展開してゆく出来事を追ってゆくことが、それこそ超現実にもつながるんですけれど。

旅とオブジェの発見

澁澤さんが堀内さんと出会ったのは一九五八年のことでした。澁澤さんはすこし前から内田路子さんとつきあいがあって、路子さんと堀内さんとの結婚後に紹介された。当時、堀内さんは新進グラフィックデザイナーでもあり、絵本作家でもありました。澁澤さんはまだ自分の著書は出していないけれど、サドの翻訳者・紹介者として著名になりつつあった。路子夫人を介して二人がお酒を飲むことはあったけれども、まだ仕事上の接点は少なかったと思います。これがずばり結びついたのが六八年、澁澤さんが責任編集した雑誌「血と薔薇」ですね。この編集実務を担当していた、手紙に何度も出てくる内藤三津子さんという名編集者が堀内さんと知りあいだったこともありますが、澁澤さんは「血と薔薇」の編集美術、アートディレクションを堀内さんに頼んだのです。雑誌は三号でおわりますが、そのあたりが書簡集のはじまりです。

最初は挨拶状みたいなもので、六九年に「血と薔薇」が終ったとき、「貴兄を引っ張り込んで、こんな結果になってしまって、申しわけなく思っています」と書かれていますが、つぎはイゾラ・マードレの絵葉書です。でも内容はおなじ北イタリアのマッジョーレ湖にある美しい島、イゾラ・ベッラのことで、マニエリスム時代の美しい不思議な庭園へ行き、こんなところに住んでみたいなあ、と書いてあります。

澁澤さんは一九七〇年、はじめて夫妻で外国へ出たんです。それまではお金がなかったこともあるけれど、「俺は外国なんか行かない」とかいっていましたから、つきあいの長いわれわれはみんな驚いた（笑）。一応カッコつきの「澁澤龍彥」を演じ、書斎に閉じこもって暗闇で骸骨かなんか手にしているイメージのあった澁澤さんが、六九年の「血と薔薇」の終刊で、なにか憑き物がおちたように変りました。

龍子さんと結婚した年でもある六九年ごろから、澁澤さんはかなり意識的に自分を変えようとしていて、七〇年のヨーロッパへの二カ月以上の旅行を決意しました。澁澤夫妻を羽田空港へ見送りに行った面々――澁澤家の家族、和服でインドの修行僧みたいなヘアスタイルの土方巽、野中ユリや谷川晃一などのアーティストたちのなかに、堀内さんもいた。僕が堀内さんに会ったのはそれが最初です。そのときの堀内さんは恰幅のよかった記憶がありますが、その後は一気に痩せましたね。八月三十一日でかなり暑かったのに、彼は革のジャケットを着ていたような気がするんですが、違うかもしれません（笑）。そこへ三島由紀夫さんが例の「楯の会」の制服を着こんで、敬礼するような感じであらわれて、ちょっと異様でしたね。堀内さんはどうも三島さんを苦手としていたのか、遠くにたたずんでいました。だいたいこういう軽い明るい絵を描く人は、三島由紀夫には近づかないのかもしれません（笑）。

　そのとき、時代の変り目の予感はありました。僕はもうさんざん書いているからあまりくりかえしませんが、澁澤さんの生涯のなかで、これはやはりとても大きな旅行だったと思います。

　最初のヨーロッパ旅行で、はじめは本で知ったことを確かめて歩いているんだけれど、途中からすこしずつ変ってきて、未知のものに出会うようになります。堀内さん宛の絵葉書にも「風変りな画家をたくさん発見（？）したので、帰ったら発表するつもりです」と書いていますね。その画家というのは、フランスのストラスブールで出会ったセバスティアン・ストスコップフというマニエリストだとか、コルドバで出会ったロメロ・デ・トレスなどです。

　澁澤さんはまずアムステルダム経由で、ドイツとかチェコやオーストリアへ行ったのは、北欧・中欧の神秘的なムードに魅《ひ》かれていたからかな。でも、ルートヴィヒ二世のノイシュヴァンシュタイン城などを見に行っても、どこか肌に合わなかった。それまでは興味のあったバロックにもうんざりした、とあとで語っています。バロック・ロココは三島由紀夫とつながるでしょうが、それとは違うものを発見する。スペインを南下して、グラナダのヘネラリーフェ離宮でイスラム庭園の美しさを体で知る。コルドバではフデリアのパティオに、イタリアではイゾラ・ベッラのテラス庭園に出会ってしまいました。それも何かのはじまりだったでしょう。

彼自身の言葉でいうと、六〇年代は「観念の時代」、観念を武器にしていた時代でした。サド裁判を闘うには、それもやむをえないことだったが、しかしそれはもうおわったのだ、と書いたあとのことです。

それでは何がはじまったかというと、まさに「旅」がはじまったんですね。観念ではない物質や物体、五感で触れる具体物の世界です。風とか香とか水の音に反応するようになった澁澤さんを、七〇年代前半の著書のなかに発見できます。この旅行から帰って、しばらくしてから三島さんは市ヶ谷の自衛隊で割腹自殺をとげますが、澁澤さんにとってもその出来事は大きかった。そしてそこから、澁澤さんの新しい時代がはじまったわけです。

堀内さんにとっても、七〇年代前半はやはり変化の時期でした。大阪万博のあった一九七〇年というのは、日本の戦後出版史上の重要な雑誌「アン・アン」が発刊された年です。僕も愛読していました（笑）。これはもちろん堀内さんのアートディレクションによる雑誌で、有名なロゴも堀内さんのものです。創刊号から澁澤さんの翻訳を載せ、その連載がしばらくつづきました。澁澤さんが女性週刊誌に登場するというのは、六〇年代にはあまり想像できなかったことですが、堀内さんが起用したんです。先見の明ですね。

いまから思うと「アン・アン」は、七〇年代の日本の文化の象徴だったかもしれなくて、その記事の柱のひとつは旅行でした。「アンアン・モデル」たちが日本の思いがけない地方へ旅をしたり、やがて外国も訪ねるようになる。ちょうど「ディスカバー・ジャパン」が標語になっていた時代です。それに、もうひとつは「物」の発見。つまり買い物の雑誌でもあったわけで、当時のちょっとした物、グッズに対する関心は、「アン・アン」がつくりだした文化かもしれません。渋谷にあった文化屋雑貨店なんかへ「アン・アン」はよく行く。そこにあるブリキのブローチとか古いブロマイドとか——なんで僕はそんなことを憶えているのかと思いますが（笑）、「アン・アン」は骨董屋で買ったかわいいものや不思議なものも、どんどんコレクションしてゆく。

「アン・アン」の物を見つけて集める方向は、ある意味で、澁澤さんが六〇年代にはじめたことに近いかもしれません。六四年の『夢の宇宙誌』などでは、不思議な物の蒐集に対する興味をかきたてていましたね。それにともなって魔術やオカルトへの関心をよびおこしました。もちろん挑発的・反体制的な書き方ですが。それが七〇年代になると、不思議な物までも商品として出まわりはじめ、だんだんに毒抜きされてゆきます。骸骨みたいなものも六〇年代には反社会的なイメージでしたが、やがて「かわいい」とかいわれるようになる。毒抜きされた物品だらけで、「不思議、大好き」みたいなことも一般化してきます。そんな時代に抗して、澁澤さん・堀内さんが何をしていたか、非常に興味のあるところでしょう。

澁澤さんはそういう場所から自分を隔離しますすね。自分の蒔いた種子みたいなところもあるんだけれど、「はじめからそんなことには関係なかったよ」という姿勢になる（笑）。それで値段のつかない石とか貝殻とか木の実とか、非・商品としての自然物、博物の世界へ向いました。一九七四年、堀内さんのほうは家族とともにパリの南郊アントニーにアパルトマンを見つけて、七年ちょっと住むことになる。「アン・アン」をふくむ日本のジャーナリズムとコマーシャリズムのただなかにいた堀内さんも、ある種の自己隔離を考えていたといっていいでしょう。

澁澤さんの一九七四年は、エッセー集『胡桃の中の世界』の出た年です。住まいはすでに北鎌倉ですが、あそこの書斎にこもって、文字どおり「胡桃の中の世界」に入るふりをしていたように見えます。「胡桃の中の世界」というのはシェイクスピアのハムレットの言葉からとっていますが、小さい殻のなかに小宇宙であって、同時にそこから大宇宙が見えるような世界です。文章もそれまで「私たちは……」と書いていたのが「私は……」になり、世間一般を誘いこむようなことをいわなくなる。自分だけの場所に引きこもる姿勢で、そこから普遍性を見いだそうとしていました。

それは同時に博物誌の世界への移行です。博物というのは自然三界——動物・植物・鉱物、つまり具体的な「物」の世界ですね。そういう自然界のオブジェをめぐるエッセーが、七〇年代の澁澤さんの仕事のひとつの軸になって、『胡桃の中の世界』から『思考の紋章学』へ、そして晩年の小説へとつながっていきます。

もうひとつの流れは『ヨーロッパの乳房』とか、『城』や『旅のモザイク』などのような旅行記ですね。『城』には堀内さんも登場して、南仏ラコストのサドの城への旅が語られています。七七年に旅の仲間とともにラコストへ行ったのは、澁澤さんにとって大きな体験でした。さらに一方では、幼年期への旅、回想の書も書かれるようになります。

「プライヴェートなことはいっさい書かないことを身上としている私だが」みたいなこともいっていますが、とんでもない、こんなに自分のことを書いた人もめずらしい（笑）。でも、それはもちろん内面の心情やら情念やらではなくて、「物」のように眺められる自分の記憶です。『玩物草紙』のように、「物」を通して綴る回想記。ひとりの人間のかけがえのない体験に固執するとか、こだわるとかいうようなことではなく、たとえば昭和初期の「コドモノクニ」という雑誌などが「物」として浮かびあがってくるので、読者にとっても懐かしい。思い出のなかの事物、オブジェの世界がこうして記述されていきます。

ジャーニーとしての旅

堀内さんの手紙のほうは、縦横無尽に動きまわり、ありとあらゆることを話題にして、誤認も偏見もいとわずに、体験したこと、感じたことを、片っぱしから書いています。偏見といえば、たとえばプラハという町のことを嫌っていますね。ヴェネツィアにも匹敵するすばらしい歴史的都市ですから、ふつうならつまらないなんていわないでしょう。でも、どうやら、案内した人や、いっしょにいた人がよくなかったらしい（笑）。それで偏見が助長されたわけですが、そのまんま手紙に書いてしまうからおもしろい。

それに、ものすごいスピードで書いています。読みなおしもしていない様子です。いや、まちがいに気づいても、書きなおさない（笑）。絵とともにレイアウトしているわけだから、訂正したくないということもあるでしょう。書きなおしたら見場がわるくなりますから。それに堀内さんには大ざっぱなところもあるのかな。O型でしょう。澁澤さんもO型、僕もO型です（笑）。

町の表記なんて、「アレジオ」と出てくるから何だろうと思うと、つぎは「アレッジョ」になる。あ、アレッツォのことだ、とわかる（笑）。ヴェネツィアが「ベニス」とか「ヴェニス」とか「ベネチア」とか、毎回ちがう表記になる。

さらに「ベルベルベロ」とかいう（笑）。わかりますか？　思考回路みたいなものが、僕にはもうわかっています（笑）。イタリア南部のプーリア州に「アルベロベッロ」という、澁澤さんの好きだった美しい町がある。手紙では澁澤さんだけに通じればいいんだし、おたがいにウィンクしあっているのだから、まちがえてもいいわけですね。なんかベロベロした名前だから、こう書けば通じるだろうと（笑）。でもこういう場合、一般読者が読んだら町の名前かどうかすらわからないので、脚注をつけるのが大変でした（笑）。

一見わけのわからない固有名詞とか、「例のあれ」みたいな表現が多くて、なにかと説明が必要ですね。でも脚注をつけることがこちらの旅にもなるから、おもしろいわけです（笑）。

堀内さんの手紙で、こちらも楽しみながら追っていったのが、たとえばシェイクスピアについてでした。堀内さんはあるときシェイクスピアの作品、とくに『真夏の夜の夢』をはじめ、『ロミオとジュリエット』なんかの挿絵を描きたくなったらしい。そのために出版社とも話をつけ、何度もイタリアへ行っています。ヴェローナは『ロミオとジュリエット』の舞台とされている町で、その時代の建物ものこっていますね。ところが堀内さんには、新しすぎる町のように感じられて、気に食わなかったみたいです。そこで、フィレンツェに滅ぼされてルネサンス以前の町並がそのまま保存されている古い町、シエナを舞台にしたいと書いている。

『真夏の夜の夢』についてもいろんな取材をしますが、なかなか「描けない」と告白したりしています。ある意味ではライフワークになったかもしれないものですけれど、結局は描かなかった。堀内さんがヨーロッパ中を歩いたうえでシェイクスピアを解釈してるような絵を見たかったものですが、それは叶いませんでした。

イングランド北部へは、『秘密の花園』の挿絵などを描くために何度か行って、あのへんの泥炭地ムアやヒースの原を見て、絵に描いています。そういうものを見るたびに絵が変化し、ひろがりをもっていきますね。過去の時間も長くのびてゆく。その変化と拡大は、堀内さんの各時代の絵本を見てもわかると思います。

堀内さんの旅には、時間をさかのぼる傾向もありました。つまり、未知の過去に出会って何かを思いだすというか。未知の過去にむかうノスタルジアです。それはかならずしも自分の幼年時代や故郷への思いではない。ノスタルジアというのは本来スイスで生まれた病気の名称で、遠方へ行ったスイス傭兵のホームシックみたいな症候を指す言葉でしたが、もっと本質的な、どこにもない故郷への想いみたいなものをいうのではないか。故郷への想いだったら「郷愁」と訳せばいいけれど、本当のノスタルジアは、自分の体験したものではない、見えない源のようなものへの思いですから、そう訳してすむものではありません。それが堀内さんにはあったようです。

じつはそれを探してゆくのが「旅」でしょう。ということは、旅行作家という肩書もついてしまっている僕自身の実感です。目的をはたして帰ってくるだけだったら「トラヴェル travel」でしょうが、ここでいうのは「ジャーニー journey」としての旅、日々を生きる過程としての旅です。これは同時に、生まれ育った場所にもどってゆくだけではなくて、それ以前の遠い源を求めてゆく「不思議な旅」なんです。

『旅の仲間』という題名はフッと思いうかんでつけたものですが、僕ははじめからそう考えていたともいえます。澁澤さんの亡くなるすこし前、一九八七年六月に、「國文学」という、澁澤さんの手紙によると「野暮な雑誌」で、澁澤龍彦特集をやりました。そのとき堀内さんが頼まれて書いたエッセーの題名が「旅のお仲間」でした。これを見て気がつく読者もいるでしょうね。たしかトールキンの『指輪物語』にある章のタイトルの訳語です。堀内さんには澁澤さんよりも前から、『指輪物語』の翻訳者である児童文学者の瀬田貞二さんとおつきあいがあった。「旅のお仲間」というエッセーは、澁澤さんとともに旅をしたときの思い出ばなしですが、「お」をつけるのは瀬田貞二的、あるいは堀内さん的だといえるかもしれません。

僕は「お」をつけません。ただ「旅の仲間」とした。それはそもそも、澁澤さんと堀内さんがともに旅をした、ということだけをいいたいわけではなかったからです。

一九七七年、澁澤さんは彼の生涯にとって大きな意味をもつことになった旅をしています。アントニーに住む堀内さんにいろいろ調べてもらってから、パリへ行き、そこから南フランスへ――ラコストという小さな村にあるサドの城の廃墟を訪ねました。『滞欧日記』のその日のおわりに、「生涯の思い出になるだろう」と記した言葉が、手紙のなかにも出てくるのは感動的です。

さらにくだって国境を越え、スペインのカタルーニャのフィゲラスからバルセロナまで行き、帰りはモワサックのロマネスク教会を見たりしていますが、その旅がひとつ。で、もうひとつの二人の旅は一九八一年でした。堀内さんがパリを引きあげて帰国する前ですが、ギリシアから北イタリアへ行き、ヴェネツィアも再訪しています。そういう旅を彼らはいっしょにしました。だから「旅の仲間」だということがあります。でも、もっと広い意味でいえないだろうか。

さっき触れたように、旅というものには大きくわけて二種類ありますね。旅行会社といえばトラヴェル・エージェンシーであって、ふつうわれわれが旅をするときにはトラヴェルですが、もうひとつ、もっと大きな旅、ジャーニーがあります。日々の生活、人生そのものとしての旅です。トラヴェルなら単に予定どおりまわって帰ってくる。でもジャーニーはそのままずっと最後までつづき、さらに旅立ってゆく、もっと先のあるようなはるかな人生の旅ですが、僕のいう「旅の仲間」の旅はこっちのほうなんです。

澁澤さんもそうですが、堀内さんもときどき「自分が変った」ということを手紙に書き、おたがいに告白しあっているところがあります。たとえば「全く不思議なのはルーブルなどでもルーベンスの絵が素晴らしく見えてきたことです。以前はへきえき以外の何ものでもありませんでしたが」と堀内さんは書いている。ルーベンスが好きだというような人はいま、日本にあまりいないかもしれません。僕もあんまり好きじゃない。豊満で脂ぎっていて、でも絵画としてはすごい、すばらしいという作品ですね。だからこんな告白はパリの近くに住んでいなければありえないことで、ルーヴルにはルーベンスの連作「マリー・ド・メディシスの生涯」のならぶ大きな部屋がありますが、堀内さんはああいうものを目《ま》のあたりにしながら、しだいにルーベンスが好きになってゆく。画家の本能でしょう。

一方、澁澤さんくらいルーベンス嫌いだった人はいないかもしれない（笑）。龍子夫人によると、あんな太った女の絵はいやだといっていて、美術館でもルーベンスの部屋に来るとまっすぐ通りすぎるほどだったそうです（笑）。だいたい澁澤さんの絵の見方だと、描いてある主題やモティーフを見るだけですから、ルーベンスのタッチやマティエールはあまり関係がない。それなのに、おもしろいのは「クラナッハの女は好きだが、ルーベンスの女はどうも……などと思ったものですが、女に対する趣味とか、そういったものとは別問題だと思います。ルーベンスの豊かさ、なるほど、よく分るような気がします」と、優しい返信を書いているところがいい。

僕が七九年に堀内さんと会って話をしたときも、実際に「最近、ルーベンスがいいんだ」と語っていました。「見ているとなにか、自分も油絵を描きたくなる」というんです。堀内さんにはきっと、まだまだやりたいことがあったわけで、そういうきっかけの部分が、手紙のなかでいろいろと読めてきます。こういう過程もまた旅なんで、こちらはジャーニーです。堀内さんは知らず識らずのうちに、自分の変化してゆくプロセスを手紙のなかに書き、描き、ジャーニーをつづけていたのだろうと思います。

澁澤さんについても、著書には書かれていないような述懐を、これらの手紙で読むことができますね。一九七七年三月二十六日付の手紙は重要です。「僕自身はまったく相変らずの日常で、江戸時代の随筆を読んだり、そうかと思うと、スペイン十六世紀の詩人ゴンゴラの本などをぱらぱらめくって拾い読みしたり、もう今ではおどろおどろしいオカルトだの何だのについて書く気はなくなり、このままの状態がつづけば、やがては小説でも書くより以外には行き場がないんじゃないか、と思うようになってきています。貴兄にもおそらく経験はおありでしょうが、自分を追いつめるということは、スリリングなものですね。自分が他人のようにも見えてきます」と。

こういう告白は著作のなかにあらわれていません。七七年の段階で「おどろおどろしいオカルトだの何だのについて書く気はなく」なっていたと。あのころ、じつはオカルト・ブームがつづいていたわけですが、澁澤さんはそこから自分を隔離して、どこかへ旅をしようとしている。その先がエッセーではなく小説だったというのは、とても重要なことでしょう。

「自分を追いつめるということは、スリリングなものですね」なんていうのは、手紙のなかでもあまりいわないことでしょう。でも、堀内さんに対してはいう。カッコつきの「澁澤龍彥」から逃れて、本名の澁澤龍雄か、いやむしろ、未知の澁澤龍彥にむかっている……。このころのエッセーは、回想記だったりノスタルジアを語るものだったり、澁澤さんの文章がだんだん溶けてゆく過程に対応していますね。以前はくっきりした紋切型の表現が多かったのが、流れはじめています。自分を変えてゆき、追いつめてゆき、未知の自分にむかって旅をはじめたんです。

それで七七年に、三度目のヨーロッパ旅行をしました。ちょうどサバティカル休暇で一年間パリにいた高校時代からの友人・出口裕弘さんと、堀内夫妻、それに澁澤夫妻の五人でラコストへ行く。長いことサドの居城の廃墟のあるラコストへ行きたい、と澁澤さんは思っていました。サドは卒業論文のテーマだったし、生涯の研究対象だった。これも僕が編集して注をつけている『滞欧日記』という本のその日の記述を見ると、ラコストから帰った日の澁澤さんはほとんどヨレヨレで、取り乱したような感じです。

サドの城には、僕も三度ほど行きました（159ページの写真）。荒涼とした廃墟なんですが、まわりに野原がひろがっていて、庭園のなごりもある。初夏で野生の黄色い花々が咲いているのを、澁澤さんは子どもみたいに摘みはじめて、龍子夫人に手わたしています。人が変ったようです。それまでの澁澤さんは日記でもちょっと構えて「私」で書いていたけれど、その日だけは「オレ」で書いています。何かがおこったんですね。

堀内路子夫人に聞いたことですが、帰るとき、パリの空港へ見送りに行ったら、澁澤さんは涙を流さんばかりになって、「この旅はよかった」といったそうです。帰国してから堀内さんに出した手紙に、いつもの澁澤さんらしからぬ言葉で、「生涯の思い出になるでしょう」とあります。

こんな陳腐のような言葉はふだん使わない人ですが、それを『滞欧日記』のその日の日記と、手紙のなかと、二回も使っていますね。どうしてラコストがよかったかについて、つぎの手紙でもまた書いている。ふつうなら、長くサドを研究してきて云々とでもいうところでしょうが、そんなことはいっさい書かず、「自然が好きだからということもあるからかもしれません」と。これも澁澤さんの本にはなかなか出てこなかった言葉です。自然が好きという告白と、もう小説しか行き場がないという告白は、おなじ年です。

それからの澁澤さんは、ある旅、ジャーニーをはじめたように思えます。日々の生活が小説執筆中心になり、一方で自然がテーマになってくる。七〇年代には博物誌といっても、たとえば『思考の紋章学』は個々の博物ではなく、博物の意味をめぐる思考の表出でした。ところが晩年の『フローラ逍遙』では、ひとつひとつの花のこと、それも蘭とか薔薇とかのような高踏的な花ではなく、身近な野の花のことを書くようになります。いちばん好きな花はタンポポだと打ちあけたりする澁澤龍彦がいる。そんなふうに変化してゆく過程がこの手紙にもあらわれていて、感動的です。

晩年の二人

一九八一年、堀内さんはアントニーを引きあげて東京の世田谷に帰ってきました。その後の八六年に、虎の門病院で下咽頭癌が発見されます。そのころ、堀内さんとその家族を、おなじ世田谷のわが家へ招んだことがありました。古い一九四六年のカルヴァドス酒をあけたところ、産地ノルマンディー解放の一九四五年ものだと思いこんで喜んで、体調不良だったにもかかわらず、どんどん飲んじゃった（笑）。堀内さんはとにかく忙しいことが好きな人だったのかもしれなくて、病気と自分で認めなければ病気ではない、とか主張していたそうです。放射線照射治療をしながら、酒を飲み、旅行もしていましたから。

おわりのほうの手紙で、堀内さんが癌になったことを聞いた澁澤さんは、「咽頭は治癒率がいちばん高いそうですから　現代医学を信頼してもよいのではないかと思います。〔……〕私のポリープは七月九日に、とうとう切りました」と書いています。

これを読むと胸をつかれてしまう。澁澤さんもおなじ咽頭の癌だったわけで、医者を疑わなかったのか、それをポリープだと信じこんでいたらしい。八六年の五月、いっしょに福島へ温泉旅行をしたときにも、澁澤さんは痩せてフラフラしてましたけれど、ポリープだといっていました。ところが九月になって慈恵医科大学病院に入院してはじめて、堀内さんとまったくおなじ下咽頭癌だとわかったんです。

すぐに気管支切開をして、声帯を切除されて声が出ないから、以後は筆談しかできなくなりました。直後に見舞いに行ったのですが、紙に「やあー」とか書くんです。澁澤さんの「文藝春秋」誌の連載エッセー『裸婦の中の裸婦』を、「つぎの号から君に書いてほしい」といわれました。休載にして、治ってからもういちど書けばいいのに、といって僕はまずことわったんですが、彼は断乎としてゆずらず、僕が受けつぐことになりました。

十一月に十五時間におよぶ大手術があり、患部を切除されてから退院しました。その後、澁澤さんが不定期連載小説『高丘親王航海記』の最後の二回を書いていたころ、堀内さんから最後の手紙が来ています。途中で切れていることが気にかかる手紙ですが、そこに澁澤さんの手術後に思いついたという雅号「呑珠庵《どんじゅあん》」のことが出てくる。ふざけているようで、でも、これは澁澤さんのいろんな思いの入っている号でした。

珠を呑んでつっかえているような喉の奥の癌。子どものころ、お父さんのカフスボタンを呑みこんでしまったときの思い出。『高丘親王航海記』の「真珠」の章で、旅の途中の高丘親王は真珠を呑み、それが喉につかえて腫れてくるという展開。もちろんモリエールの戯曲の主人公、ドン・ジュアンのイメージも重なります。スペインの伝説から来た話で、ドン・ファン（ドン・ジュアン）という固有名詞は色男みたいな意味に使われることもあるけれど、ここではむしろ、最後に石の像にされてしまうドン・ジュアンのほうが思いうかびます。高丘親王は「モダンな親王にふさわしく」、最後には「薄くて軽いプラスチックのような骨」になる。そういうことがすべてかかわっている雅号ですが、堀内さんはこう書いています。

「澁澤さんの呑珠庵（ドン・ジュアン）じゃありませんが、私もこう肩がこったんじゃ、あのギリシャ神話にある、神様に肩のところを食べられてしまって、大鍋で煮られて生き返ったけれど、肩のカケたところに大理石を当てた（肩の白いのが美しいというのでポセイドンが可愛がったとかいう）少年（青年？）の名前をモジって何か考えなきゃ、と思っています。今、彼の名前、失念。」（一九八七年五月八日の手紙）

名前を失念したと書いてあるのが切ないけれど、これはギリシア神話に出てくる少年ペロプスのことでしょう。僕にはぐっと来ます。ペロプスはリュディア王タンタロスの息子で、タンタロスはペロプスを大鍋に入れて料理してしまい、神々に食べさせる。ひどい王様ですが、そのことが神々にわかるかどうかを試すわけです。神々が招ばれてきますが、ただひとり、大地母神デメテルだけは、ペロプスだと気づかずに、肩の肉を食べてしまう。それでのちに、神々がペロプスを蘇らせたとき、デメテルは憐れんで、肩に象牙をつけてやる。堀内さんは大理石といっていますが、そういうヴァリアントもあるでしょう。

その象牙の肩をもった少年を、海の神ポセイドーン（ネプチューン）が愛する。それを自分に重ねて雅号にするというのは何だろう、と思いました。なんとなくわかるような気もしますが、謎でもあります。堀内さんは象牙の肩をもった画家なのか、ポセイドーンから愛される少年なのか、いろんなことを考えさせます。でもこの手紙は、途中で切れているんです。

いちばん最後の手紙は六月二十二日、病室の澁澤さんから堀内さんに宛てたものでした。

「わりあい元気で　食欲も旺盛で　毎日のんびり暮らしています　ときどき外泊で　鎌倉へ帰ります　いま『高丘親王航海記』に加筆中です　秋には本になります」と。

でも、その秋を迎えることはなく、澁澤さんは八月五日に亡くなり、堀内さんも十二日後の八月十七日に、まったくおなじ病気がもとで亡くなったのです。

未知と出会う

僕が堀内さんと最後に会ったのは、澁澤家のお花見の会でした。澁澤さんが『高丘親王航海記』を完成させつつあるころ、一九八七年の四月に、出口裕弘・種村季弘・堀内誠一・巖谷國士の四夫妻でお見舞いに行ったんです。そのとき堀内さんはかなり元気で、お酒も飲んでいました。澁澤さんは声が出ないのに、終始にこにこしていて、なんだか悲しいけれど、楽しかった。澁澤さんがもうすぐ死ぬなんて思っていませんでしたし。われわれからのお見舞いとして贈ってあった紺のカシミアのガウンを、彼はうれしそうに着て見せてくれたりしました。去年、仙台の「澁澤龍彦幻想文学館」展にそのガウンが展示されているのを見て、ちょっと切なかったですね。あれは四夫妻を代表して、僕と妻が和光で求めたクラシックなガウンでした。

六月、僕はまだ社会主義国だったソヴィエト連邦や東ヨーロッパ諸国へ出かける前に、慈恵医大病院へ澁澤さんに会いに行きました。それまでかならずしもそうではなかったのですが、帰りにエレベーターのところまで送ってきてくれて、なぜか握手を求められました。僕は澁澤さんと医師の言葉を信じていたので、あと二年は大丈夫だと思っていた。帰ってからまたいっしょにいろんなことをやろうという話をして別れました。

僕の旅はモスクワ、レニングラード（現・サンクトペテルブルグ）から北欧・中欧を通り、ルーマニアのブカレストに滞在し、そこから夜行列車でユーゴスラヴィアに入ってベオグラードへ、さらにバスでサライェヴォを経て、クロアチアのドゥブロヴニクというアドリア海沿いの町に着きました。その旅程は映画でいうと、アンゲロプロスの『ユリシーズの瞳』ですね。あれは旅人としての僕にとって切実な旅の映画になったので、つけ加えておきます。

ドゥブロヴニクのホテルの前には海がひろがっていて……あそこはじつに美しい町でした。その後の内乱でどうなってしまったかと思いますが、さんざん歩いてからホテルにもどり、バルコニーに出てみると、青い海の手前に岩山がそびえていて、その上に城砦がありました。それを見ていて、どういうわけか澁澤さんを思いだし、ここに澁澤さんをつれてきたらどうかと考えたりしました。僕は写真をやるので、その海の上の城砦を一枚だけ撮ってから、澁澤さん宛の絵葉書を書こうとしていたとき、東京の妻からの電話がかかってきて、澁澤さんが亡くなったと知らされました。予定のきまった旅ではなかったので、さらにクロアチアやスロベニアをめぐってイタリアへ入ってから、澁澤さんを思いだしながらヴェネツィアやパドヴァやボローニャなどに寄りながら、フィレンツェまで行きました。それが八月十九日か二十日でした。

フィレンツェのサンタマリア・ノヴェッラ駅で夜行列車を待っている人の列があって、そこで思いがけず、当時ヘラルド映画社にいた山下健一郎さんの一家に会いました。会ったとたん、「堀内誠一さんが亡くなった」というんです。山下さん夫婦は直接に堀内さんを知っていたわけではないけれども、パリに住むベルナール・ベローさんから聞いていたのです。

こんな偶然があるものか、と本当に驚きました。ついこのあいだ、いっしょにお花見をした二人が、まったくおなじ病気で、僕の旅のあいだに亡くなった。僕は澁澤さんと堀内さんを偲ぶことのできる町々、イゾラ・ベッラやシエナ、アルベロベッロなどにも立ち寄ったりして、シチリアにも行き、長い旅をつづけました。

この二人は、ふつう思われているのとはおそらく違って、いろいろな意味で、まさに「旅の仲間」だったのだろうと思います。僕自身も当時、二人とのつきあいがきっかけだったのかどうかは別ですが、新しい旅行文学の領域をひらいてみようという気になっていました。紀行作家という肩書までついてしまい、旅から旅へ、さまざまな土地での不思議な体験を書きはじめていたんですね。目的のあるような旅ではなく、つねに未知のものと出会う旅です。最後に出た本は一九九〇年の『ヨーロッパの不思議な町』でした。

まあ、そんなことをやってきたあげく、体もぼろぼろになっちゃったのか、いまはこんなふうにステッキをついています。一九七二年に僕が大病で入院していたとき、澁澤さんが見舞いにもってきてくれた黒松のステッキですが、やっと役に立ちました（笑）。ついでになんとなく、澁澤さんの出てくる「ステッキ」というメルヘンまで書いてしまいましたが、ステッキもいいものです。

澁澤龍彦と堀内誠一の往復書簡集が『旅の仲間』という題名になっているのは、そんなわけで、僕にとっても必然性があります。僕もまた、どうかすると二人の「旅の仲間」ですから。そしてこれを読む多くの読者もまた、旅の仲間になるんじゃないかな、と思ったりします。

もちろんいわゆる旅行、トラヴェルではありません。十何年かにおよんだ二人の手紙の往復それ自体が、旅、ジャーニーです。それに参加することがまた旅になるような旅でしょう。

二〇〇七年五月三十一日　講演　ギャラリーＴＯＭにて

美術・文学・エロティシズム

澁澤龍彦の没後二十年をきっかけに、大きな美術展をひらきたいという話がありました。全体の監修と構成を担当し、図録を兼ねた書物『澁澤龍彦　幻想文学館』もつくってほしいと頼まれたので、よろこんで引きうけました。生前からのつきあいで、澁澤さん自身から求められたような気がしていて、まあ、この先も没後三十年、四十年というようなことはあるかもしれないが、僕としてはこれを最後にという気持で、ちゃんとした展覧会にしようと思ったわけです。

澁澤さんというと、まず「あの澁澤龍彦」という言い方がありますね。「あの」に傍点のつくような（笑）。そんな表現は一九六〇年代にはじまって、現在でもすこしのこっている。「あの」の中身はだいたい「異端」だったり「偏奇」だったり、「エロ」「グロ」だったり「オカルト」だったり、「サド」だったりもしますが、こういう通念はいわゆる団塊の世代あたりからです。この世代はいまでも人口が多いので、展覧会の観客層として重んじなければなりません（笑）。

でも、澁澤さん自身は五十九年間、すこしずつ変貌をとげていた作家ですから、展覧会が「あの澁澤龍彥」の再生産にとどまってしまってはだめです。むしろ変化していったところが澁澤龍彥の魅力なので、展示は編年体にして、変化の過程でつぎつぎと新しい部屋をひらいてゆく、という構成にしました。これを機に新しい澁澤龍彥を発見し、また発見を誘い、通念や常識をくつがえしていこうという発想があったわけです。

そういえば、例の『澁澤龍彥全集』『澁澤龍彥翻訳全集』という計四十冊におよぶシリーズを企画したときに、ジャンル別の著作集でじゅうぶんだという意見も出ていたのですが、僕はそれに反対して、あのような本格的な編年体の全集に仕上げました。澁澤龍彥は時代を追って読んでいかないとわからない作家です。彼は自分自身の変化を意識していたし、その過程をよく書いてもいたので、だから、今回の展覧会もその過程に沿ってほぼ編年体の七室にして、それぞれに展示する作品の案をつくったら、なんと五百点から千点くらいになってしまった（笑）。それでは無理ですから、抑えに抑えて、三百五十点。それでも連作があるし、書籍などの資料も多いので、展示室はおそらくやや過密になるでしょう。

最初に埼玉県立近代美術展で開幕することには事情があります。澁澤さんが生まれたのは東京の芝区（現・港区）高輪ですが、そこはお母さんの実家で、お父さんは埼玉の家系だから、長男の龍雄は生後しばらくして川越に移り、四年ほどすごしてから東京に戻りました。当時の滝野川区（現・北区）中里。山手線の駒込に近い高台の借家で、十三年間をすごしています。府立五中（現・都立小石川高校）を経て旧制浦和高校に進んだということは、澁澤一族の本拠である埼玉との縁があったのかもしれません。

旧制浦和高校では武原寮に入りましたが、じつはその寮の建っていたあたりに、いまの埼玉県立近代美術館があるんですね（笑）。澁澤さんの家系はあの澁澤榮一などの遠戚で、埼玉県深谷の血洗島《ちあらいじま》に墓所があります。それで土地に結びついた企画として、埼玉県立近代美術館が名のりを挙げたわけです。つづいて札幌の芸術の森美術館、さらに澁澤さんの最後に住んだのが神奈川県ということもあって、海に面した横須賀美術館へと巡回します。

澁澤さんが東京大空襲で焼けだされたあと、長く住むことになった鎌倉では、鎌倉文学館が没後二十年展をひらきます。東京では渋谷区松濤の村山知義にちなむギャラリーTOMで、埼玉と同時期に「澁澤龍彥の驚異の部屋」展というのをやりますが、これは埼玉とは違って、若いメンバーをふくむ現存のアーティストたちを集め、僕の写真作品も加えた澁澤龍彥へのオマージュ展です。

さらに名古屋のCスクエアでは、澁澤龍彥と堀内誠一との膨大な往復書簡を展示する「旅の仲間」展がある。堀内誠一さんは澁澤さんと同じ病気で同じころに亡くなった親友ですが、その手紙のほとんどには美しい絵が入っているので、一種の美術展でもあります。それをさっきのギャラリーTOMと、仙台のギャラリー杜間道でも開催します。

さらに僕はおなじ仙台の文学館でも、名称がまぎらわしいですが、「澁澤龍彥　幻想文学館」という展覧会も監修することになるので、いろいろたいへんです。ほかにも、一年後に横浜の神奈川文学館で「澁澤龍彦展」があるそうで、まさに目白押しですけれど、内容はほとんど重複しません。

ただ、とくに澁澤龍彦をめぐる美術作品の総合的な展示というのは、今回の「澁澤龍彦　幻想美術館」展だけです。全国三箇所へ巡回するといっても、西のほうへは行きませんが、展覧会図録を特別に大きな画集として平凡社で刊行し、書店に出しますから、それによって展覧会を疑似体験できますし、名鑑や年譜や多くの資料をふくめて、「澁澤龍彦の美術的生涯」のようなものを知ることができるわけです。

幻想美術館とは

「幻想美術館」というタイトルには二重の意味があるでしょう。ひとつは「幻想美術」の展示ということ。澁澤龍彦はいわゆる幻想美術の紹介者として最良の人だったので、それでも通ってしまいそうですが、でも澁澤さんの視野はその範囲を超えていた。そしてその広い視野のなかで、ある程度の系列化を考えてもいました。系列化のポイントは、ずばり彼自身の「好み」でした。

自分の好みをどんどん発見して、紹介するうちに系列化していった。ふつうの個人がそんなことをすれば恣意的になるでしょうが、澁澤さんだと説得力が生まれます。種村季弘さんがいっていましたけれど、澁澤さんにはなにやら「メートル原基」みたいなところがあって、しかも磁力、誘引力が強いんです。

一九六〇年代には幻想的なもの、エロティックなものを好んでいましたが、でも七〇年代から八〇年代にかけては、たとえば日本美術だと、酒井抱一の花の絵に魅せられたりしています。「夏秋草図屏風」の前でメロメロになっていて、これは一見、もう「あの澁澤龍彥」ではなくなったように思われるかもしれません（笑）。

でも、その酒井抱一だって、澁澤龍彥の目には「日本のマニエリスム」というふうに映っていたので、よくある「日本回帰」とは違い、好みがひろがったというだけのことです。「あの澁澤龍彥」に固執していたい読者はともかく、わかる人にはちゃんとわかるんです。だいたい酒井抱一はほんとにすばらしいし、澁澤さん特有の博物誌的な見方や、「自然の子」を自覚している境地からすると、必然の出会いだったわけですね。

系列化については、文学上では七〇年代から「澁澤龍彥世界文学館」みたいなものを構想していて、何度もプランを立てなおしていましたけれど、澁澤さんは美術についても、それと似たことを考えていたかもしれません。最初の美術書は一九六七年の『幻想の画廊から』ですが、あれはすでに「画廊」だったわけですから。そのうちに小さな画廊ではおさまりきらなくなって、「美術館」の規模になっていきます。

続篇として出したのが七六年の『幻想の彼方へ』でしたが、あれは彼方へ脱けだしたというのではなくて、彼方へひろがったということでしょう。今回の「幻想美術館」展というのは、じつはその彼方へのひろがりをすべてふくめて、計画の途上で亡くなってしまった澁澤「館主」のために大展覧会を催し、没後のプレゼントにしようとするものでした。

それは単に「幻想美術」の展覧会ということではなく、澁澤龍彥自身の「幻想」としてあったひとつの「美術館」を実現しようという、第二の意味あいのほうが強いわけです。

もちろん澁澤さんにしても、僕にしても、この国ではまず肩書がものをいうので、美術の専門家ではないと判断されがちです。少なくとも美学・美術史のアカデミズムからすれば、門外漢の扱いでしょう。それでも、だからこそ独自の系列化をこころみて、美術史を見なおし、いくつかの分枝を「館」の部屋部屋に並べることで、アンドレ・ブルトンなどの先例にならって、系列化を実現する自由を選ぼうとしたということです。

そういえば、最近では若い人々——とくに女性たちが、美術史などには関心がなくても展覧会にやってきて、シュルレアリスムの絵などを見て、「かわいい!」なんていっていますね。澁澤さんも僕も、そっちの味方です(笑)。そしてなぜ、ある種の女性たちが自由に活潑に美術を見るようになっているのかというと、ひとつには澁澤龍彥がいたからでしょう(笑)。

澁澤さんは昭和三年に生まれて六十二年に亡くなった人だから、ある点では好みが古かったり偏っていたりしますが、それをふくめて新しい、さらに「かわいい」とも感じられる何かがあります。実際、澁澤龍彥という作家は、日本人の美意識を変えてきた張本人のひとり、といってもよいのではないでしょうか。

インファンティリズム

澁澤さんの少年期はいまとくらべて、展覧会も画集などもあまり見られない時代でした。ヨーロッパの美術はとくにそうだったでしょう。子どものころに好きだったのは、たとえば武井武雄などの童画だった。リアリズムではなく、空想的な世界をくっきりした線で描き、モダンで、かわいくて、ちょっと稚拙な感じに表現しているものです。『滞欧日記』でふいに自覚されている「稚拙でモダン」ということが、澁澤さんの好みのツボのひとつだったとすると、武井武雄や初山滋や村山知義の描いていた児童雑誌「コドモノクニ」は、その淵源にあったものともいえるでしょう。

例の『血と薔薇』宣言」でとなえていた「インファンティリズム（退行的幼児性）」もこれに関連しますね。あれは一九六八年の主張だから、まさに七〇年の大阪万博を前にした高度経済成長期に、「大人・労働・進歩」に対して「子ども・遊び・退行」を良しとしたわけですが、同時に澁澤さん自身の退行的傾向、子どもっぽさをつらぬく成熟した自由な大人の生き方、というのが美術の見方にも反映しています。すでに六四年の『夢の宇宙誌』がそのことを告げていました。

澁澤さんのいわゆるエロティシズムにも、インファンティリズムがふくまれます。六五年の『エロスの解剖』や六八年の『エロティシズム』をはじめ、初期にはエロティシズムの解説を兼ねたエッセー集がいろいろあって、フロイトやユングや、バタイユやノーマン・ブラウンやマリー・ボナパルトなどをフルに活用していますが、サドについても、いわゆるサディスムを云々するだけでなく、むしろインファンティリズムに結びつける論点を出していました。

その点でいうと、かなり早い時期に、澁澤さんが大江健三郎を論じていたことを思いだしておきたくなります。三島由紀夫から「聲」誌の注文をうけて書いた長篇の大江健三郎論——これは本格的なものでしたが、なぜか三島由紀夫によってボツにされ、陽の目を見なかったけれども、ほかにも大江健三郎について語ったものがいろいろあります。とくに意外なのは、五八年に「新潮」誌の座談会に出て、なんと篠田一士、江藤淳という二人と、大江健三郎を論じていたことがあるんです。

「新人批評家座談会」と銘うたれ、「大江健三郎の文学」と題されているもの（『澁澤龍彥全集』別巻2）で、当時まだ三十歳だった澁澤さんは、めずらしくちゃんと「新人批評家」らしくふるまっている（笑）。ここでは最初に江藤淳が、若き芥川賞作家・大江健三郎のインファンティリズム（幼児性）について、否定的に指摘しました。大江健三郎が学生作家として活躍しながら、同時に東大仏文科の大学院に席を置き、研究室の「やさしい友人たち」とすごすことを喜びとしていたことについて、そこが子どもっぽい、俗物的だ、作家としてそれじゃだめだというようなことですね。

澁澤さんもかつて就職をあきらめて、東大仏文科の大学院に進んだということはあるけれど、アカデミズムの空気が肌にあわずに中退しています。ただし、ここでは江藤淳に同調してはいません。インファンティリズムという言葉を受けて、逆に大江さんの初期作品を高く評価しはじめるところが澁澤さんらしい。つまり大江健三郎は生来の幼児性を持ちつづける特異な作家であり、サドにも通じるというようなことをほのめかす。江藤淳にはほとんど話が通じません（笑）。

座談会や対談は嫌いだと公言していたはずなのに、澁澤さんはここで「新人批評家」の役をしっかりこなしていたんですが、インファンティリズムの二つの面が出ていることはおもしろいですね。つまり、単に大人になりきらない「ガキ」のような生き方と、大人が自分のなかに「幼児」を再発見して失わないようにする生き方、というふうに分けてもいいでしょう。澁澤龍彦はもちろん後者を実現しようとした作家です。

澁澤さんがノヴァーリスやボードレールにならって、天才とは子どもでありつづける能力のことだとか、幼年期こそは「黄金時代」だとか書いたりしているのも、いうまでもなく後者の立場からです。今回のテーマのひとつらしいエロティシズムについても、澁澤さんの場合はこのインファンティリズムと不可分だったことが、まず特徴的なのではないでしょうか。

エロティック美術

かつての「あの澁澤龍彦」のイメージには、エロティシズムの思想家・啓蒙家としての澁澤龍彦もふくまれていたでしょう。サドの翻訳者・紹介者であり、サド裁判の被告でもあったわけだから当然ですが、ただし、いわゆる「エロ」なもの一般を扱う論者ではまったくなかった。先ほどの『血と薔薇』宣言」を見ても、「本誌『血と薔薇』は、いわゆる艶笑的、風流滑稽的、猥談的、くすぐり的エロティシズムの一切を排除し、エロティシズムの真相をおおい隠す弱さの偏見を根絶やしにせんとする」とあるように、エロティシズムはエロ・グロや性風俗とは無縁で、観念のレヴェル、思想のレヴェルのこと、あえていえば「エロティシズムについて考えること」なんです。

だいたい澁澤さんは風俗的なポルノとか、猥談とか、色情的な文学とかを好みませんでした。座談会といえば、サド裁判のときのもの、さらに家庭論についてのもの（『澁澤龍彥全集』別巻2）にも加わっていて、参加者の一部、たとえば奥野健男などは自分の性体験やポルノ的な話題を出したりするんですが、澁澤さんはまったくその手に乗りません。実際ふだんから、猥談などはほとんどしない人でした。

だから美術作品についても、いわゆるエロな絵がいいというわけではない。とくに艶笑的で陰湿なものはむしろ斥けています。シュルレアリスムの「傍系」の作品などには、卑猥すれすれの絵やオブジェもありますけれど、澁澤さんはその「すれすれ」の気合とユーモアを見わけておもしろがりながら、「観念としてのエロティシズム」に引きもどすようにしていました。

もうひとつ、『血と薔薇』宣言」のはじめのほうで、「およそエロティシズムを抜きにした文化は、蒼ざめた貧血症の似而非文化でしかないことを痛感している私たちは、今日、わが国の文化界一般をおおっている衛生無害な教養主義や、思想的事大主義や、さてはテクノロジーに全面降伏した単純な楽天的な未来信仰に対して、この雑誌をば、ささやかな批判の具たらしめんとするものである」といっているのも、やや遊びのある大時代な文章ですけれど、エロティシズムの別の側面をあらわしているでしょう。

サド裁判を正面から受けて立った反権力的な精神の面目躍如ですが、他方、「テクノロジーに全面降伏した単純な楽天的な未来信仰」という言葉に、来たるべき大阪万博への痛烈な批判がこめられていたことは明らかです。テクノロジーとは科学ではなく、科学のふりをする科学技術のこと。原発や遺伝子操作などまでふくめて、偽善的に「人類の進歩と調和」を謳《うた》う万博こそが、じつは澁澤さんの当面の敵だったのです。

澁澤さんは好きなことについてしか書かないと自称し、実際にそのとおりだったわけですが、生涯に一度だけ、嫌いなことについてしっかり書いていますね。題して「万博を嫌悪する」(一九六九年、『澁澤龍彥集成Ⅶ』)。批判ではなくて嫌悪です。一読してわかるとおり、これはいやいやながらの対話体を用いていても、じつは万博思想の本質的な否定であって、政治的というよりも文明論的な内容です。そしてその前提には、エロティシズム論や美術論もあったわけです。

ご存じのように、大阪万博は美術家やとくに建築家を動員して、体制側につけて利用しようとしました。逆説的にかかわった岡本太郎は別格ですが、一部のアーティストたちが金銭とテクノロジーに服従したことも周知でしょう。国家と資本によるそんな大規模事業の欺瞞を見こして、澁澤さんは「万博を嫌悪する」を書いたわけですが、その前にひとつ、極端な美術論を「藝術生活」誌に発表していています。「密室の画家」(一九六八年、『澁澤龍彥集成Ⅳ』)というのがそれですね。

このエッセーは当時の日本で流行しつつあった幻想絵画やエロティック・アートを擁護しているも

ので、その後の日本の美術に大きな影響をおよぼしましたが、要点のひとつはテクノロジー批判でした。国家と資本の要求するテクノロジーへの従属に反抗して「密室」にこもり、あくまでも自分の気質にもとづく手作業をつづけて、幻想とエロスを紡いでいた一群の若い画家たちを、澁澤さんは大いに鼓舞したんです。

その当時、幻想絵画やエロティック・アートの拠点のひとつは、銀座の青木画廊でした。一九六一年に瀧口修造を顧問にして開設された小さな画廊ですが、しばらくして澁澤さんも助言役になり、いくつかの個展に協力しました。その代表は「密室の画家」にもとりあげられている金子國義であり、のちに人形作家として登場した四谷シモンです。青木画廊ではそのほか多くの「密室の画家」の個展がひらかれ、澁澤龍彦が序文を書くようになっていったので、今回の「澁澤龍彦　幻想美術館」展では一九六〇年代の部屋に、「青木画廊」のコーナーも設けています。

かつてのように西欧の画家を画集で発見するのではなく、実際にめぐりあって作品自体に接したという点では、一九五〇年代末の加納光於や野中ユリ、土方巽などを通じて交流した池田満寿夫や横尾忠則、中西夏之や谷川晃一、あるいは堀内誠一以来、金子國義と四谷シモンの出現は大きかったでしょう。澁澤龍彦のいう「幻想美術」や「エロティシズム美術」が、かなり具体性をもってきた時期です。今回の展覧会ではそのころの出会いにも重点を置いて、できるだけたくさんのアーティストたちを登場させています。

「エロティシズムの綜合研究誌」を自称する「血と薔薇」では、しばしば「傍系」のシュルレアリスムも紹介していました。ポール・デルヴォー、クロヴィス・トルイユ、ピエール・モリニエなど。こちらもみんな「密室の画家」だったことがおもしろい。いまなら「オタク」ともいわれそうな、ただし徹底して密室を守って独自の境地にいたったアーティストたちなのですが、そういう生き方にひとつの積極的な意味を見いだしていた澁澤さんは、やはり当時としては過激で、先見の明もあったというべきでしょう。

なによりも日本の若いアーティストたちが、よかれあしかれ（と、いまではつけ加える必要があるけれど）、はかりしれない影響を受けてきたはずですから。ときには澁澤龍彥を教祖のように崇める人々があらわれたのもこの時代です。

ただし澁澤さん自身は、かならずしも「密室の作家」ではありませんでした。もちろんサド裁判の被告で、有罪判決を受けた人物だから、生涯の半分近くを牢獄の独房でくらしたサド侯爵とイメージが重なるのもやむをえないし（笑）、当時の新左翼の運動やアンダーグラウンド演劇なども「密室」につながるのでしかたがないともいえますが、これまで何度も書いてきたように、澁澤さんにとって一九七〇年という年が、ひとつの転機になったのは事実です。

それがまさに大阪万博の年で、ほとんど宗教と化したテクノロジー至上主義が猖獗《しょうけつ》をきわめていたとき、澁澤さんはそれに背を向けて、個人と物質から再出発しようとしました。はじめてのヨーロッパ旅行も、澁澤さんにとってそういう意味をもったでしょう。旅行中は美術を中心に見て、自分の「気質」をたしかめる機会がつぎつぎに訪れましたから、ある解放感とともに、美術の視野もひろがり、「好み」の作品も一挙にふえました。

フランスで見たセバスティアン・ストスコップフとか、スペインで見たバルデス・レアルやロメロ・デ・トレス、とくにイタリアのカルロ・クリヴェッリとか、シモーネ・マルティーニなどのシエナ派、それにウッチェッロ、ピエロ・デッラ・フランチェスカなどのプリミティフの絵画にも惹かれて、『滞欧日記』ではついに、先ほどの「稚拙でモダン」が好き、というような告白を記したりするわけです。

その後も海外に出るたびに、もうひとつの幻想、もうひとつのエロティシズムが育ってゆきます。博物誌、自然物の世界ですね。たとえば石や結晶や貝殻、植物にだってエロティシズムを見いだせます。いま僕の部屋にあるオーストラリアの不思議な木の実、それからトスカーナのこういう「絵のある石」も、エロティックですね（笑）。七〇年以後にはじめた連載『胡桃の中の世界』などが典型的ですが、澁澤さんの幻想とエロティシズムはもう博物誌の宇宙までひろがっていました。

エロティシズムについては、あの『夢の宇宙誌』の原形になった「白夜評論」の連載のタイトルが「エロティシズム断章」だったことを、あらためて思いだすといいかもしれません。澁澤さんにとってエロティシズムは、はじめから博物誌の世界と不可分でした。それが「血と薔薇」の時代を経て、『胡桃の中の世界』あたりからまた表面に出てきたということです。プリニウスの『博物誌』の仏訳に綿密な注をつけた、ベル・レットル版というのが手に入ったことも大きい。澁澤さんの書斎に入ってふりむくと、すぐ上の本棚にこれが並んでいて、すこしずつそれを読みこんでゆく過程がわかったりしたのを思いだします。

フランスの系譜

澁澤さんの好んで紹介したエロティックな作品というと、現代では大半がシュルレアリスムとその周辺ですが、もともとフランスにはエロティック文学の系譜があって、サドもある程度それを受けついでいるので、当然そのあたりのものも読んでいたでしょう。中世以来の艶笑譚とか、十七世紀以来のサロン文学とかも。シャルル・ペローの『昔話集』はもともと童話ではないサロン文学で、艶笑譚ふうの「くすぐり」をふくんでいますが、澁澤さんは堀内誠一さんからの注文で、一九七〇年の「アン・アン」の創刊時に、その翻訳を連載していますね。片山健による挿絵も不思議にエロティックなものでした。

十八世紀も艶笑文学の栄えた時代で、『アフロディテたち』のアンドレ・ド・ネルシアとか、『ソファ』のクレビオン・フィスなどは、サドを予告する部分もあったといわれています。でも澁澤さんはその種のものに対して否定的ですね。サドの文学世界は、エロティシズムを徹底したあげくに現出する反ユートピア、反「国家」なので、他からは孤絶しているというのが澁澤さんの見方です。

むしろ同時代のコデルロス・ド・ラクロとか、レティフ・ド・ラ・ブルトンヌなどには関心があったようで、あとはフーリエでしょうか。ロマン派のミュッセのエロ本『ガミアニ』とか、バルザックの『風流滑稽譚』のような、大作家たちのいわゆる艶笑ものはとくに読まない。澁澤さんはそういうのが好きじゃなくて、むしろ一気に十九世紀末へ行き、ユイスマンスの『さかしま』やビアズリーの『美神の館』、それにジャリの『超男性』などを訳していますね。リラダンの『未来のイヴ』などもふくめて、これらはすべて澁澤さんにとって「観念としてのエロティシズム」の優れた実例です。

アポリネールは好きでしたが、詩よりも「月の王」などの短篇小説が主で、『一万一千の鞭』のようなポルノグラフィーはかならずしも。詩でいうと、アンドレ・ブルトンの「自由な結合」を訳したもの（「愛の詩について」、『エロスの解剖』所収）がエロティックですね。堀口大學の訳だと「内縁関係」というやや下世話なタイトルで、訳文もまったく違いますが、澁澤さんのは女性と自然物とのアナロジーをくっきり表に出しています。

シュルレアリスムでは、初期の翻訳にロベール・デスノスの『エロチシズムの歴史』がありますけれど、デスノスの詩は好きだったのかどうか。もともと詩はそんなに読まなかった人で、若いころにはやっていたアラゴンやエリュアールやプレヴェールにも、さほどなじんでいなかった。むしろ好んだのはピエール・ド・マンディアルグの小説ですね。高橋たか子さんとの共訳で出した『大理石』は名訳で、澁澤さんの博物誌世界が鏡のように映しだされています。

マンディアルグでも『城の中のイギリス人』となると、まさにサドふうの密室劇ですが、ブルターニュの城の構造の説明とか、そういうところに澁澤さんに通じるものがある気がします。生田耕作はこの訳に批判的だったとかで、あとから別の翻訳を出しましたが、澁澤さんの訳はやはり澁澤さんの文学です。

あとはポーリーヌ・レアージュの『O嬢の物語』ですね。あれは古今のポルノグラフィーの傑作のひとつだと思いますが、澁澤さんが金子國義を挿絵に起用したのもよかった。出会ってまだ間もない時期に、イラストレーターとしての才能を見ぬいたのはさすがでした。

『O嬢の物語』の匿名作者は、のちにドミニック・オリーことアンヌ・デュクロという女性であることがわかりましたが、澁澤さんははじめ、序文を書いたジャン・ポーランが仮面作者だと称していました。どう見ても練達の男性の作だろうといっていたのをおぼえていますが、なんとなく女性への偏見が作用していたかもしれません。

女性のエロティック小説というとジョイス・マンスールの『充ち足りた死者たち』もあり、彼女はシュルレアリスム国際展「エロス」のイヴェント「サド侯爵の遺言執行式」のために自宅を提供した人なので、澁澤さんも知っていたはずですが、僕がこれを訳したときに編集者が推薦文を頼んだところ、なんだかいいかげんなのを書いてくれました（笑）。ほかの文章でも僕のことを「女に甘い」とか評していて、あれっ、と思ったことがあります。

美術作品についてもそうですが、澁澤さんとエロティック文学との縁をいいだすと切りがなくなるので、このへんでやめましょう（笑）。美術とおなじく文学でも、題材がエロ・グロだからとか、妖しいムードだからとかいうような直截の反応ではなくて、むしろ表現のありかたですね。澁澤さんの美術批評の出発点だった加納光於論などを見るとわかるとおり、ミニアチュール幻想や博物誌的イメージにまず魅かれています。物体に変換された観念というのか、マテリアリゼーション（物質化）というのか、文体にもそういうもののあることが条件だったような気がします。

個人的回顧

僕の場合、高校一年のときの同級生に、サド（佐渡）さんという女性がいました（笑）。一九五八年ですが、お茶の水から神保町あたりをいっしょに歩いていると、本屋の棚に彰考書院版の『サド選集』が並んでいて、おやっと思って手にとったのが最初です。

そのときはまだ読まなかったけれど、澁澤龍彦という名前がくっきり頭にのこって、六一年に大学に入ってからか、すこしずつサド関係を読みはじめました。処女エッセー集の『サド復活』はたしか神田のゾッキ本屋で買って、それから『神聖受胎』が出て、大学三年のころにはもう没頭しましたね。そんな年に澁澤さんと出会ってしまったものだから、運のつきというか（笑）。でも直前に瀧口修造と出会っていたこともあって、一方的に影響されたわけではなく、やや距離を置いて、いい具合に交遊できたというか……。

あとでわかったことですが、おなじ高輪の生まれだったり、祖先同士の交流の跡がいろいろたどれたりして、不思議な因縁も感じました。澁澤さんの遠戚に澁澤榮一がいることは知られていますが、僕の父は榮二といいます。明治四十二年に澁澤榮一の率いた有名な渡米使節団に、僕の祖父の小波も加わっていて、その途上、男児が産まれたという電報が届いたとき、そばにいた澁澤榮一から「榮」の字をもらって榮二と命名したそうです。その男児が長じて澁澤さんの愛読・愛用する東洋の説話の集成『大語園』の編者になるわけだから、おもしろいといえばいえますね。

それはともかく、その父が長い闘病の末に亡くなったとき、僕は二十七歳でしたが、葬式のあとで澁澤さんから、「なぜ知らせないんだ」と叱られたことがあります。十五歳も年上で、こちらからするとまだ友人とはいいがたかった澁澤さんに、自分の父の葬式について知らせるなど、思いもおよばないことでしたから。

これもあとでわかったことですが、澁澤さんはたしか二十六歳のときにお父さんを亡くしていますね。野外での急死でした。当時の澁澤さんはお母さんと三人の妹さんがいて、結核療養中で、仕事もままならず苦境に立ったらしい。僕も父が亡くなったときにはほんとうに貧乏な大学院生だったので、なんとなく、自分の二十代と重ねて見てくれていたのかなと、没後に年譜（『澁澤龍彥全集』別巻2）を書いていたとき、想像したものでした。

澁澤さんは最初期の短篇小説「エピクロスの肋骨」にあるように、療養生活を脱してからサドを訳しつづけて、先ほどの『サド選集』全三巻を出すにいたるわけですが、そのとき妹さんが代理としてかけた電話に応えて、まだ面識のない三島由紀夫が序文を寄せてくれたことが、どんなにありがたかったかわかる気がします。

澁澤さんがルネ・ドーマルの『類推の山』を読んで感銘をうけたと回想しているのも、あの苦境の時期のことでした。年譜を書くために借りだしてきた当時の手帳のなかに小説のプランが記されていて、『類推の山』を着想源にしていたらしいのを見たとき、最後の小説『高丘親王航海記』が思いうかびました。なぜならこの長篇のための創作メモにも、あちこちに『類推の山』への言及があるからです。そのことを松山俊太郎さんに知らせたところ、『澁澤龍彦全集』の最終巻の解題に、『類推の山』と『高丘親王航海記』との関連についての考察が、松山さんらしい見方で書き加えられることになりました。

『類推の山』はのちに僕の翻訳で出ていますけれど、澁澤さんの作家生涯のはじめとおわりに、そのタイトルをメモしていることが興味ぶかい。『高丘親王航海記』はそういう点でも、ぐるりと円環を描いて出発点にもどる作品です。

澁澤さんが大手術のあとにも『高丘親王航海記』を書きついで、書きおえてから亡くなったことはご存じのとおりです。頼まれて僕が途中から引きついだ連載『裸婦の中の裸婦』については、澁澤さんの美術観を最後に語っているものなので、すこしつけ加えておきましょう。「文藝春秋」誌からヌード、裸体画についての連載エッセーを求めてきたというのだから、編集側ではある程度、「あの澁澤龍彦」の再登場を期待していたかもしれません（笑）。澁澤さんはヌードではなく、「裸婦」という古めかしい言葉を選びました。対話体をとったのも巧妙で、絵の見方をそれによって相対化しながら、エロティシズムの基本をわかりやすく説いています。

それも以前からの『幻想の画廊』や『幻想の彼方へ』の常連画家をならべて、例のごとき澁澤調をくりひろげるのかと思いきや、大画家のベラスケスやヴァトーや、百武兼行、ヘルムート・ニュートンといった新顔も登場します。病室での筆談で連載の引きつぎを求められたとき、十九世紀レアリスム絵画の巨匠クールベまで候補に入れていたのは意外でした。

澁澤さんの美術史の視野は、知らない間にどんどんひろがっていたわけです。もしかすると無限にひろがっていったかもしれない美術の旅、美術の航海をそこに感じたものです。

「澁澤龍彦　幻想美術館」展の最後の展示室（本書89ページ）には、中西夏之の大きな卵の形の「コンパクト・オブジェ」や、四谷シモンの白い「天使――澁澤龍彦に捧ぐ」を置くことにしました。卵は澁澤龍彦の出生と出発に対応しています。天使はその翼によって、最後の航海と飛翔を暗示しています。

そして壁面には、野中ユリのコラージュ「心月輪の澁澤龍彦 その1」をかけます。銀河のうかんでいる夜空を背景に、二輪の蓮の花と、半透明の球体と、白兎と、澁澤家の飾り棚と、澁澤龍彦の少年時代の写真が配されていて、左には『高丘親王航海記』の手書き原稿の最終ページがあって、そこには「ずいぶん多くの国多くの海をへめぐった気がするが、広州を出発してから一年に満たない旅だった。」という文字が読めるのです。

二〇〇七年三月十一日　インタヴュー　世田谷の自宅にて

澁澤龍彦の「旅」

澁澤さんと出会ったのは、一九六三年、僕は二十歳で、大学の三年になったばかり、澁澤さんは三十五歳でした。渋めのグリーンのポロシャツに、ちょっと変ったベージュ色の上着を着ていましたね。そういう服装だったから、たぶん五月か六月でしょう。なにかの集まりの帰りに、新宿の酒場へ行くと、たまたま目の前に澁澤さんがいたんです。だれが紹介してくれたのかはっきりしませんが、名のり出たとたんに、「やあ!」という感じで打ちとけてしまって、その出会いがしらの「やあ!」が、澁澤さんの亡くなったいまでも、そのままつづいている感じです。

それにしても、澁澤さんはフランス文学科の先輩でしたけれど、こちらは二十歳の若造です。十五歳も年齢が違うのに、「やあ!」というのも、なんだか不思議ですね。第一印象がすごく明るい人で、さっぱりしている。僕もあまり屈託しないタイプなので、気が合ったということかもしれません。よき時代の東京の山の手育ちの雰囲気を引きずっているというか、人づきあいで年齢差を設けるなんてことがない人で、いったん気が合うと、話が早い。障子も襖《ふすま》もとっぱらってしまうようなところがありました。

澁澤さんの書くものはだいたい読んでいましたが、知りあってからは本が出ると送ってくれるようになって、以前に住んでいた鎌倉の小町の借家にも招ばれて行きました。それもなぜか一人で来いというんですね。そこで何をするかというと、酒を飲んで、花札やトランプなんかで遊んで、やがて歌になる。七面倒くさい議論などはしないで、子ども同士みたいに、遊んだり騒いだりするんです。はじめて訪問した日もそのまま泊まりこんで、起きたらまたビールを飲みはじめる。そうこうするうちに、別のお客が押しかけてきたり、週刊誌の取材がやってきたりしました。

そのころの澁澤さんは、サド裁判の被告でした。僕の最初に出会った著書は一九五九年の『サド復活』ですが、そのうちに『夢の宇宙誌』(六四年)という魅力的な書物が出ることになります。これはかなりの衝撃でした。いま読むと、ちょっと客寄せの口上みたいに「寄ってらっしゃい、見てらっしゃい」と、観客を誘っているようなところがありますが、あの本から澁澤龍彦のイメージが定着したように思えます。さらに翌年の新書版の『快楽主義の哲学』がベストセラーになって、北鎌倉に洋館風の新しい家が建った。一九六八年には雑誌「血と薔薇」の責任編集を引きうけていますね。その翌年、サド裁判の最高裁判決がくだって、有罪になります。またこの年に新しい奥さん(龍子夫人)と結婚して、新しい生活がはじまりました。

澁澤龍彥というとサド、密室に閉じこもって自分の信念を守る反時代的でマニアックな作家・趣味人、というようなイメージがつくられたのは、六〇年代のなかばです。澁澤さんが暗黒舞踏派の土方巽や、つづいて状況劇場の唐十郎など、新しい先鋭な芸術の流れの中心にいた時期でした。僕はその近辺にいて、澁澤さんをずうっと見てきて、うすうす感じていたのは、澁澤龍彥はそういう外からの固定されたイメージを嫌う、むしろ「変貌する作家」だということでした。それも意識的に変化と拡大をもとめている人で、その変化の兆《きざし》の見えたのが、一九七〇年からです。

旅する作家へ

その一九七〇年こそは、俗にいう「澁澤龍彥の時代」のピークだったと見てもいいし、ターニングポイントだったと見てもいいでしょう。

きっかけのひとつは『澁澤龍彥集成』全七巻の刊行で、澁澤さんのそれまでの仕事をまとめたものです。澁澤さんの書いた文章がすべて入っているかというと、じつはそうでもなくて、重要なのにあえて落としたものもあるんですが、それでも六〇年代の澁澤龍彥像をみごとにまとめた著作集でしたね。野中ユリによる函入りの格好いい装丁の本で、そのわりに安かった。だからよく売れたそうで、新しい読者が一気に増えたわけですが、いわゆる団塊の世代以後の若い読者などは、じつは六〇年代までの澁澤龍彥の「まとめ」をあとから読んだともいえるわけです。

そして、この年の八月三十一日に、最初のヨーロッパ旅行に出発しました。それまではブッキッシュな、フランス語では「リヴレスク」ですが、書物にのみ頼るという姿勢を守り、自分の城に閉じこもっているように見えた作家が、新婚旅行がわりに、しかも二か月以上の長い旅に出かけるというので、意外な感じがしましたね。それで僕も羽田空港まで見送りに行きましたが、澁澤家の家族はもちろん、グラフィック・デザイナーの堀内誠一さんや画家の野中ユリさん、谷川晃一さん、それにもちろん土方巽さんもいて、やがて三島由紀夫さんがあらわれた。あの「楯の会」の制服を着ていて、ヨーロッパに行ったらこういうことに注意しろとか、澁澤さんにさかんにアドヴァイスをしているわけです。それがぼくには印象的でした。

澁澤さんがあのとき、どんな国のどんなところへ行ったかは、いまでは『滞欧日記』がまとめられていますし、『ヨーロッパの乳房』などの紀行書でもわかります。アムステルダムからベルリン、プラハ、ウィーンなど、北のほうから入って、フランスからスペインのマドリード、コルドバ、グラナダと、南へむかいました。そのあとでイタリアをめぐったんですね。

北から入ったというのは、澁澤さんのそれまでの好みだった北方の神秘主義や、バロックの芸術などを、この目で確かめたいということがあったわけです。たとえば、バイエルンのルートヴィヒ二世のノイシュヴァンシュタインのお城を見に行った。澁澤さんはそれまで、現地を見ないで褒めたたえていたわけですが、実際に行ってみたら、案外ちゃちなところで、がっかりしたりしています。図体ばかり大きい見かけだおしの建物だと、あとでいっていました。また美術館に行くにしても、はじめはあらかじめ目的がきまっていて、見たい作品だけを見て帰ってくるといった具合で、このあたりは本当の旅といえるのかどうかはあやしい。単なる既知についての「確認」でしょう。すでに書物の世界で知っているものを確かめるだけでは、旅とはいえませんからね。

ところが、北から南へと移動するにしたがって、未知のものに出会い、「発見」をするようになりました。フランスのストラスブールで、セバスティアン・ストスコップフという、まったく知らなかったマニエリスム系統の画家の作品に魅了されます。それから南へくだって、スペインのグラナダでは、予定していたホテルがいっぱいで、タクシーに乗ったらとんでもなく遠い温泉地のランハローンへ連れて行かれ、不安を感じていたところが、現地ではレストランでそのへんの人たちとのやりとりを楽しむことができたりと、予想外の事態を体験します。それに、ドイツやオーストリアではバロックの建築や庭園などを見て「もどかしい思い」をしていた澁澤さんが、このアンダルシア地方に来て、スペイン・イスラム風の建築庭園とめぐりあう。未知との遭遇をしたわけですね。

アンダルシアの町ではどこでもそうですが、たとえばセビーリャやコルドバの路地を歩くと、民家の奥がパティオ（イスラーム式を受けついだ中庭）になっています。中央に泉水や噴水があって、周囲には大小さまざまな植木鉢や壺なんかが置かれていて、色とりどりの花が咲き乱れている。芳香や冷気が五感に触れてくる。

『ヨーロッパの乳房』には「理想の庭園」というエッセーが入っていますが、そのなかで、澁澤さんはこう書いています。

「私はスペイン滞在中、町のひとが午睡《シエスタ》を楽しんでいるころ、このひっそりした民家のパティオをのぞいて歩きながら、ひとり陶然たる気分を味わっていた。人類の考え出した「庭」という観念の原形が、このアンダルシヤの青空の下の、緑の植物と水の流れに覆われた、小さなタイル張りの中庭にあるような気がするのだった。それは全く、私の気質に何の抵抗もなく受け入れられる、自然と人工との調和した、一つの逸楽的な空間なのであった。」

こんなふうに語り、つづいて訪れたあのアルハンブラ宮殿と、隣接するヘネラリーフェ離宮の庭園を、「世界最大の逸楽的な庭」と讃えています。さらに感動が「いよいよ絶頂に高まった」と書いてから、「私自身の楽園のイメージも、どういうわけか、ここに最も居心地のよさを発見するのである」と、めずらしく手放しで讃美しているんですね。

六〇年代には「書斎のユートピスト」を自認していた澁澤龍彦ですが、ここではユートピアではなく、「楽園」という言葉を使っているのが特徴的です。ヨーロッパ旅行で実際に見て、体験したことから生まれた新しい感覚の表現なのでしょう。

庭園とノスタルジア

僕も庭園というものが好きで、自分で撮った写真入りの庭園の本を、平凡社のコロナ・ブックスから何冊も出しています。でも、なぜ好きになったのだろうか。ふと思いうかんでくるのは、子どものころの園芸遊びなんです。植物の球根とか種とか、ああいう自然の原型のような不思議な形のものを土に植えて、そこに小石を積んでみたり、溝を掘って水を流してみたりして、小宇宙をつくる。そうすると、芽が出て、茎が伸びて、葉が茂って、やがて花や実をつける。すこしずつ生長してゆくその過程が、なんだか無性に好きでした。

それは僕ひとりだけの記憶というのではなくて、おそらくだれにでもありうる集合的な記憶、ノスタルジアみたいなものがよみがえってくるからではないでしょうか。僕自身、旅をよくしていて、その後に旅の文学、紀行書などをどんどん書くようになるわけですが、その原動力のひとつは、ノスタルジアだと感じています。なにか個人の過去よりも、たぶんもっと普遍的で集合的な、失われた世界への思いのようなものです。

人間はもともと自然界の住人だったのに、そこを追われてしまい、その失われた自然界を「楽園」と呼んでいるわけです。あらゆる宗教が楽園の神話をもっていますが、そこはたいてい植物が生い茂り、石や水や風にみちみちている世界です。きちんと合理的に構成されているフランス式庭園などよりも、無秩序に乱れ咲いている植物たちの小宇宙のようなところで、その香とか味とか、肌に触れる風とか水とか石とか、そういう自然物の与えられる快い感覚は、おそらく生まれてすぐの子どもならだれにでもあった何かに近い。そんな未知の過去の記憶というのか、ある失われた楽園へのノスタルジアが、本来だれもがもっているものだと思いますけれど、書斎人であった澁澤さんのなかにも、旅を通じてよみがえってきていたのではないか。

スペインへの旅のあとで、イタリア北部のイゾラ・ベッラや、ローマに近いボマルツォの庭園を訪れたときにも、そんなことを感じていたようです。

そういえば、北鎌倉の澁澤さんの新しい家にも、小さな庭があります。山の斜面の岩盤の上に建っていて、その庭からは北鎌倉の町が眺められます。澁澤さんのお墓のある浄智寺まで見わたせる。それと、鎌倉というところは湿気が多くて、植物が繁茂しますから、庭にタンポポが咲いたり、ツクシやキノコなんかも生えてくる。そういう野生の自然のようなものに、澁澤さんは六〇年代の後半から親しんでいたわけですね。

それに海が好きな人でした。好きといっても泳ぐわけではなく、湘南の海岸の岩場で貝殻を拾ったり、海の小さな生物を眺めては楽しんだり、持ち帰って身近に置いたりしていました。そんな感覚が旅によってさらによびさまされて、しだいに文章のなかにあらわれるようになります。

まず『胡桃の中の世界』がそうでした。澁澤さん自身は「リヴレスクな博物誌」だといっていますが、かつての『夢の宇宙誌』などとはかなり違います。

ここでは語り手が「私たち」から「私」にかわっています。『胡桃の中の世界』という題名は一見、閉じられた小宇宙のように思えますが、そうではなくて、入口も出口も大宇宙に通じている「入れ子」状の時空のことで、その書き方にも、自由に時間・空間を行き来する「旅」の感覚があります。その感覚は『思考の紋章学』を経て、『玩物草紙』や『狐のだんぶくろ』や『ドラコニア綺譚集』などにも受けつがれ、さらにいっそう開放的になり、文章もかつてのような、きちんとまとまった紋切型で固める文体とは違って、水が流れるように自由になってゆく。

『玩物草紙』というのは、玩《もてあそ》ぶ物、おもちゃや器具、それに枕、虫、花、星といったオブジェの出てくる本ですが、そういう物たちについて語りながら、幼年期の回想へ移ってゆくという独特のスタイルでした。そのつぎの『狐のだんぶくろ』になると、もう回想ばかり。昭和初期の古きよきモダンな時代を語っているのですが、昭和初期を知らない人にとっても無性に懐かしい、ノスタルジアの文学といえるものになっています。

一方、そういう博物誌のような自伝のようなエッセーを書いているあいだにも、澁澤さんはさかんに旅をしていました。七〇年の最初の旅を入れると、八一年までに計四回の長いヨーロッパ旅行をしているし、七一年には中近東にも行っている。日本国内の旅行となると、数えきれないほどでした。なかでも七七年のヨーロッパ旅行は、ひとつの変り目だったようです。六月二日にパリに着いて、しばらくすごしてから、南仏ラコストのサドの城（159ページの写真を参照）を訪れました。そのときのことを、日記にこう書いています。

「だんだん上ってゆくと、上は原っぱになっている。ネコジャラシ、ワレモコウ、アザミ、五芒星の草、黄色い草、ポッピー、紫や白の野菊、トゲトゲのはえた草、荳科のスイトピーの野生の草、あらゆる草花が咲き乱れている。キキョウ、イチハツに似た草花、風が吹く、麦みたいな原っぱが風になびく。オレはその原っぱを踏みしめて歩く。〔……〕

オレは「丘にのぼれば愁いあり〔ママ〕」（蕪村）みたいに草を摘んだ。どこへ行っても草を摘む気になれないが、ここでは夢中になって草を摘んだ。」（『滞欧日記』）

澁澤さんは、自分の文学の出発点だったサド侯爵の城が廃墟になっているありさまを見て、常になく昂揚しています。主語が、この日だけは「オレ」になっている。そしてこの日の記述は、「生涯の思い出になるだろう」という一文で終っています。

澁澤さんのなかで何かがはじけた、というか、これはぼくの想像ですけれど、野の花に埋めつくされた廃墟の庭が「楽園」のイメージに重なり、サド風の「ユートピア」の牢獄から、ようやく解放されたということかもしれません。

ところで、これは肝心なことですが、「楽園」と「ユートピア」を混同する人がよくいますね。でもこの二つは似ているようでいて、まったく違う概念ですから、注意が必要です。

ユートピアというのは、人工的・合理的に、ときには政治的・戦略的に実現されるべき、「閉ざされた理想都市」のことです。ユートピア空間というときに、人工的につくられた未来都市を思いうかべますが、楽園はそれとは反対で、遠い過去へのノスタルジアのなかに浮かびあがる異郷のような世界――まあ、そんなふうにいうことができます。

晩年の澁澤さんは、その異郷のような見えない楽園を、小説という舞台で探しもとめていたように思います。ヨーロッパや中近東や日本の各地の旅の思い出が、小説のなかにすこしずつよみがえり、その舞台を豊かにしていきました。最後の小説『高丘親王航海記』ではその楽園が天竺と呼ばれるだけでなく、そこにむかう旅の過程そのものに楽園のイメージが重なることになります。

最後の航海から

初期の小説は別にして、澁澤さんの新境地をひらいた最初の小説集『唐草物語』が出たのは一九八一年ですが、この年の六月から七月にかけて、最後のヨーロッパ旅行をしています。でもそれを終えてからは、小説に没頭するようになりました。執筆のあいだは、人づきあいのいい澁澤さんもあまり人と会おうとせず、電話にも出なくなったようです。

堀内誠一さんに宛てた手紙には、もう六〇年代のように「おどろおどろしいオカルトだの何だのについて書く気はなく」なったとあり、「このままの状態がつづけば、やがては小説をかくより以外には行き場がないんじゃないか、と思うようになってきています」「自分を追いつめるということは、スリリングなものですね。自分が他人のようにも見えてきます」と書いてある。これは七七年の手紙ですが、そのころから決意をかためて、自分を「追いつめ」ている様子が窺われます。

『唐草物語』は、一種の綺譚というか、説話的な物語の集成でした。つまり、もとはいわゆる近代以前の説話や史話で、そこには近代の小説に出てくるような「私」というものが存在しません。ということは、作者の主張だとか、心理や情念もないんですね。単純な出来事の記述なので、そこからどんな話、どんな奇想天外な物語をつくろうと自由です。変幻自在、伸縮自在の物語世界のなかで、作者、語り手である「私」も、自由に遊ぶことができるわけです。物語のなかへ入ったり出たり、語り手が人間ではなく、動物やオブジェになったりすることもできる。晩年の澁澤さんは、そういう自由な世界に自分を投影しながら、ゆるやかに変貌してゆきます。

そんなふうに、『唐草物語』から『ねむり姫』や『うつろ舟』を経て、行きついたところが長篇小説『高丘親王航海記』でした。唐の広州の港から天竺をめざして航海する実在の貴人・高丘親王の旅の物語ですが、この連載の途中で病気が発覚しました。下咽頭癌と診断されて、八六年九月に声を失い、十一月に癌を切除する大手術を受けました。驚くべきことに、最後の二章はそのすぐあとに書かれています。

一九八七年の四月に最終章の原稿を仕上げて、六月には病床で決定稿をつくりました。結末の部分に手を加えています。二人の弟子が、羅越の地で死んだ高丘親王の骨を拾いはじめるシーンです。

「ふたりはそういって、ようやく気がついたように、だまって親王の骨を拾いはじめた。モダンな親王にふさわしく、プラスチックのように薄くて軽い骨だった。」

はじめの原稿には、「モダンな親王にふさわしく」がありませんでした。

そして、最後の一行はこうです。

「ずいぶん多くの国多くの海をへめぐったような気がするが、広州を出発してから一年にも満たない旅だった。」

平安時代の物語なのに、「モダン」や「プラスチック」という言葉を入れてしまうのも、澁澤さんらしい。アナクロニスム（時代錯誤）をひとつの方法にしていた人ですから。それと、結末の一行に

「気がするが」とありますが、ここでは誰が主体なのかがわかりにくい。どうも気になります。すでに亡くなっている高丘親王ではありえないし、二人の弟子だとも思えません。作者であり語り手である澁澤龍彥自身、としか考えられないのです。

すでに死を予感していた澁澤さんは、高丘親王の長いようで短かった航海を自分自身に重ねあわせて見つめ、「旅」としても回顧しているわけです。「たまねぎのように、むいてもむいても切りがないエキゾティシズム」に駆られて、その中心にある「天竺」を求めてゆく旅は、高丘親王に仮託された澁澤さんの最後の旅でした。あえていえば、アンダルシアやイタリアの庭園、それに南仏プロヴァンスのサドの城の廃墟で感動を味わった澁澤さんにとっての、ある失われた楽園への夢の旅だったのでしょう。

一九八七年四月、『高丘親王航海記』の執筆中に、北鎌倉の澁澤家で親しい友人たちのお花見の会がありましたが、これは僕にとって忘れられない宴になりました。澁澤家の庭にはボタンザクラというすこし遅めに咲く八重桜の木があって、それが咲きはじめるころでした。まだそのころの澁澤さんは、死があれほど近いとは思っていなかった。すでに次の小説の構想を用意していましたから。それが『玉虫物語』です。

玉虫三郎というのが主人公で、「虫みたいな人間」らしい。どういう話かというと、『高丘親王航海記』の場合は舞台を平安時代に固定していますが、空間を旅するだけでなくて時間の旅をする。時空の旅なんて、まるでSFですね。玉虫というのは体の色が光によって変化します。それと同じように変幻自在の虫みたいな主人公が、時間と空間を経めぐって旅をする話になるのかな、と、そんなことを想像させるメモがのこっているんです。

多くの作家は、ある時期に来て作風が確立すると、あとは「芸」になりますね。でも澁澤さんにはそれがありませんでした。つねに未知の自分に向って進んでゆく。あるいは自分というものにこだわらず、変貌と拡大をくりかえす作家生涯を送っていた。それこそ、旅人だと思います。未知に向って、自分で風をうけて進んでゆく帆船みたいなものかな。そのような生き方が、『高丘親王航海記』という最後の小説に結晶しているのではないでしょうか。

僕も当時から、新しい紀行文学の試みとして、自分で撮った写真入りの旅の本をよく書くようになりましたが、仕事の領域をその方向へひろげるようになったきっかけも、ひとつには澁澤さんとのつきあいにあったのかなと、いまでは思っています。もしかすると、二十歳でこういう年長の友に出会ったということが、僕自身の旅の出発だったのかもしれません。

二〇〇七年七月二十六日　インタヴュー　信州の仕事場にて

III

澁澤龍子さんに聞く

伏見石峰寺（京都）　五百羅漢（伊藤若冲・着想）の庭

ヨーロッパ旅行の真相

巖谷　澁澤さんの『滞欧日記』という本がようやく出ましたけれど、ご夫妻で四回ヨーロッパ旅行をされたわけですね。ずっといっしょにいらしたんでしょう?

澁澤　そうですね。

巖谷　じゃあ旅行中の澁澤さんのすべてをご存じのわけだ。あれを読むと、龍子さんの存在というのも大きいなと感じるんです。で、いろいろお聞きしたいんですが、まず、一九七〇年の最初の旅行、あれがやっぱりいちばん大きな意味をもったと思いますけれども。どんなふうに計画されたのですか。

澁澤　私は結婚前「芸術新潮」にいまして、会社を休んで、ヨーロッパに行こうと思っていたの、友だちも行くから。それで「一か月休ませてください」と上司にいったら、ものすごく怒られた。「辞めてから行け」とかいわれて。そのことを、澁澤の家で遊びに行って話したら、「連れて行くから辞めちゃえ」っていうことになっちゃったのよ。

巖谷　プロポーズみたいなものだ（笑）。

澁澤　そうね（笑）。それで会社を辞めちゃったわけです。

巖谷　でも澁澤さんって、それまではほとんど旅行をしない人だったでしょう。

澁澤　そうそう。

巖谷　自分でもいっていたし。だから、やっぱりなにか思うところがあったんだろうな。龍子さんが会社を辞めたのは、旅行に出るどのくらい前のことですか？

澁澤　結婚したのが一九六九年の十一月で、旅行は翌年です。辞めたのは結婚のすこし前です。

巖谷　じゃあ、新婚旅行みたいなものじゃないか。

澁澤　そうね（笑）。

巖谷　『滞欧日記』を読んでると、最初の旅行は計画的だということがよくわかります。どの町に行って何を見てっていうのが最初にあって、ひとつひとつ予定をこなしているという感じが伝わってくるけれども、あの予定というのは、澁澤さん自身が克明に立てたものかしら。

澁澤　ええ。そして彼の行きたいところを旅行社に伝えて、旅行社の人が組みたててくれたの。全部を飛行機で一周できるように、コースをつなげてくれたわけ。それにきちんと乗って行ったのよ。

巖谷　龍子さんは「ここに行きたい」とか、なにもいわなかった？

澁澤　ひとつもいってない。だって私、ぜんぜんわからないんだもの。

巖谷　澁澤さんの勝手にして、いっしょについて行っただけなんだ。

澁澤　そう。

巖谷　それはめずらしいね。

澁澤　ただヨーロッパへ行きたい、というのが漠然とあっただけで、べつにどことというのはなにもなかったから。

巖谷　じゃあ澁澤さんの行くところに行きたいとい

うことで？

澁澤　そう。だいたい私は澁澤と結婚する前というのは、自分じゃなにもしないで、まわりがみんなやってくれるという人間だったんです。だから「おんなじのが二人、結婚してどうするんだろう」と私の友人なんかみんな心配して、いろいろやってくれたわけ。「二人で行けるのかしら」って。

巖谷　龍子さんも人にやってもらうほうだと。ところが澁澤さんは……（笑）。

澁澤　もっとできない人だから、しょうがないから私がやるようになったの。

巖谷　じゃあ澁澤さんは、行きたいところについて計画は立てたけれども、旅なれていないし、旅先で知らない人とつきあうことも好きじゃないから、実際に行ってみると、切符を買うとか、ホテルを頼むとかいうことは、すべて龍子さんがやらなければならなくなったと……。

澁澤　ホテルを頼むのは「私しゃべれないから、あなたやって」とかいって、やってもらうんだけど、切符を買うというのは……。あの人はお金を出したりすることができないから。「お金がいくらいくらで」っていうことはぜんぜんわからないでしょ。その国のお金がいくらになるかっていうこと。フランはいくらだとか、リラはいくらだとか。一切そういうことはやらないから、それで私が、国がかわるたびに「いくらいくら」というのを換算して、みんなやったの。全部できるようになりました。あの人はぜんぜん。「きれいだね、このお札」とかいう程度ですもの（笑）。

＊

巖谷　どこの国のお札がきれいだっていっていました？

澁澤　たとえばリラなんか、大きくていいとか、フランスの五フラン硬貨がいいとか。「これはもらう」という感じですもの。

巖谷　もらって貯めちゃう？

澁澤　貯めちゃうの。「もってく」とかいうの。本当にあの人は……（笑）。迷子になると困るでしょ、もし二人で出てはぐれちゃった場合に、ホテルに帰れないと困るから、いつもホテルの名前と、ホテルの場所と、「これが何フランよ」ってお金の説明をしていたの。

巖谷　それじゃ子どもじゃないか（笑）。

澁澤　そうよ、ぜんぜん子どもよ。

巖谷　でも『滞欧日記』には書いていないですね、そういうことは。自分でやったかのように書いてある（笑）。

澁澤　いいえ、やらないわよ。本屋さんだけよ、彼がお金を出したのは。それに、いろんな人としゃべったみたいに書いてるでしょ。本当はちょっとしかしゃべってないんです。

巖谷　切符を買ったとか書いてあるけれども、澁澤さんが買ったんじゃなくて、龍子さんが買っていたわけ？

澁澤　そうよ。

巖谷　でも『滞欧日記』を読んだ読者はね、「澁澤さんって意外とマメだな」と思いますよ。

澁澤　ぜんぜんよ（笑）。

巖谷　澁澤さんはなんでそれを書かなかったんだろう。「龍子に頼んだ」とはひとことも書いていない。

澁澤　「頼んだ」というのは、彼にとって自然なことなのよ。ふだんでも、自分でお金を出すなんてことはないんだから。

巖谷　もう片腕にされちゃってるんだ。僕も澁澤さんと旅行したことがあるからわかりますけれど、あの人は方向音痴でしょ。地図が読めない。

澁澤　そうなの。それはまだいいのよ、町でなんかわからなくても。もっとすごいのはホテルで迷っちゃうのよ。

巖谷　ホテルに帰れない？

澁澤　いや違う、ホテルのなかよ（笑）。大きいホテルに泊まるでしょ、そうするとあの重い荷物をもって、ロビーのかならず反対側に行くの。私なんて、おかしくって見てるの。そうすると、「俺がこっちと思うんじゃまちがいだよな、反対だ」とかっていうのね。もうどっちだかわからなくなっちゃうから。「あなたの思う反対のほうに行きなさいよ」なんていっても、ますますわからなくなっちゃうの。

巖谷　じゃあ澁澤さんは、龍子さんがいなかったら旅行できなかったわけだ。

澁澤　ひとりだったらやったかもしれないけど。

巖谷　でも、ひとり旅はしないでしょう。

澁澤　唯一したのが、ベイルートまで行ったときだけよ。

巖谷　だってあれは、「太陽」編集部の嵐山（光三郎）さんがついていたんでしょ。

澁澤　だから、ベイルートで待ちあわせていて、そこまではひとりだったの。

巖谷　でも龍子さんは、そんな澁澤さんに不満だったわけではないでしょ？

澁澤　ぜんぜん、そんな不満はないですよ。それであの人、意外に我慢づよいところがあって、私のほうがいつも怒っちゃう。怒って機嫌わるくなっちゃう。ところがあの人ものすごく我慢づよい。びっくりしました。

巖谷　『滞欧日記』には、「腹が立った」とか書いてあるけど。

澁澤　もうたまらなくなって腹が立ったということはあるけど、最初の旅行のはじめのころは、ほとんど私がプンプン怒って、あの人は本当に怒らなかった。

巖谷　我慢づよいって、それは龍子さんのほうが普通よりも怒りっぽいほうだからでしょう（笑）。

澁澤　いや、怒りっぽくないわよ、私。

巖谷　僕なんか、旅行で怒ったことは一度もないですけれどね。

澁澤　そう？　だって人がなにかまちがえちゃったとか、あるでしょ。それから、あの人は旅行にいくと、意外に仲よくみんなとやっている。わがままをいったり、そういうことはしなかった。

＊

巖谷　それで、はじめてヨーロッパに着いたときの、澁澤さんの反応はどうでした？

澁澤　いちばん最初は、なんとなく二人で舞いあがっていたわよ。

巖谷　『滞欧日記』を読むと、なにか最初のころは緊張感があったようですね。

澁澤　それはありましたよ。だって、日本でも旅行しない人が、急に外国に出かけたわけですから。しかもフランス語だってなんだって、口に出してしゃべったことがない人なんですから。私もぜんぜんできないし。

巖谷　たしかに澁澤さんが発音したのを聞いたことはないな。

澁澤　口に出してフランス語をしゃべったことがない人が、フロントに行ってフランス語でいわなくちゃならない。

巖谷　で、緊張しちゃうわけだ。

澁澤　緊張しちゃうわよ（笑）。それで、フロントにいわなくてはどうしようもないことはいうでしょ。それ以外の「部屋に朝食を持ってきてくれ」とかいうのは、私に「こういうふうにいえ」って紙に書いて、電話でいわせるんだもの。

巖谷　なんでだろう。それくらいいえるでしょう。

澁澤　でも絶対、口に出せないの。

巖谷　それはいかにも、日本人観光客だね。

澁澤　あの人、家でだって電話に出るのがいやなくらいで、苦手だから。電話でそんなことをいうことは絶対できない。

巖谷　なるほどね。

澁澤　でもフロントでは、さすがに紙に書いて私に

「いえ」ともいえないから、しょうがなくて自分でいうの（笑）。

巖谷　なるほど。『滞欧日記』を読んでいるとわからないことがずいぶんあるわけだ、読者には。あれを見ると、意外に澁澤さんがマメで、いろんな事務的なことをやってるふうに見えちゃうから。

澁澤　事務的なことはやらないわよ。

巖谷　だからあれは、龍子さんがやったのを「やった」と自分で書いていたんだ。

澁澤　「いっしょにやった」ということね。

巖谷　ただね、僕が驚くというか、非常に感心するのは、毎日ホテルに帰ってから、あれだけ日記を書いていたということ。普通はね、美術館なんかに行ってメモをとるものだけれども、そうじゃなくて、ホテルの部屋に戻ってから書いていたんですね。

澁澤　そうよ。

巖谷　ということは、帰って、その一日をふりかえって、ちゃんと机に向って書いていたということですね。

澁澤　まあ、机とかいろいろ。ベッドでも書いていたし。

巖谷　いろんなことをあとでまとめなおす、というような感じなんだな。

澁澤　そうそう、それはある。それはちゃんと書いていたわね。

巖谷　そうか。じゃあ、持ち歩いて、歩きながら書くなんてことはなかったんですね？

澁澤　歩きながらは書かない。

巖谷　「日記」はよそに置いてあるわけ？　荷物のなかに？

澁澤　ううん、小さいバッグに入れて歩いていたかもしれないけど。

巖谷　でも、メモ帳はないんでしょ。

澁澤　メモはしない。私の手帳かなにかに書いたこともあるし。

巖谷　ああ、そうか。自分でメモするんじゃなくて、龍子さんに書かせたのか。

澁澤　そういうふうにして、それで、帰ってきてから書いていた。

巖谷　僕なんか、メモ帳そのものを日記にしていますけどね。

澁澤　普通はそうだと思うんだけど、あの人はちゃんと、日記帳みたいなのをもっていました。

巖谷　うーん、きちんと文章にしないと気がすまなかったんでしょうね。律儀ですね。

澁澤　律儀ですよ、すごく。なんでも。

巖谷　このあいだ堀内路子さんがいっていたけど、澁澤さんは、みんなで旅行していて、堀内誠一さんなんかがどんどん飲んでも、「そろそろやめて、明日も早いから寝ようよ」とかいったそうですね。

澁澤　そういうこともあったけど、でもあの人も飲んじゃうけどね。ただ、旅行に出ると、すごく真面目になるっていうのかな。ちゃんと見て歩こうっていうのはあったわね。出かけたからには、なにか見ておこうという。そういうところが勤勉なんじゃないかしら。

巖谷　それから、自分がそれまでに書いたものを、いちいち確認していくような見方をしてますね。で、必要のないところは通りこしちゃう。

澁澤　そうよ。だってあの人って、美術館なんか見るの、ものすごく早いもの。すぐ通りこしちゃって、「おまえ、なんでそんなに見てるの?」なんて。

巖谷　たとえばルーベンスの部屋なんかに行っても、なにも見ないで通りすぎちゃう。必要なところだけ見る。

澁澤　そう。日本でもそうですよ。

巖谷　だから、思いがけないものを見つけるということは、わりに少ないですね。ただ、ストラスブールのウーヴル・ド・ノートルダム美術館で、ストッスコップフを発見したというのは、大きかったでしょう。自分の知らないものに出会ったのは、おそらくあれがはじめてじゃないかな。

澁澤　だから、二人で確認して喜んでるの。「あったー」とかいって。「これ、これー」とかね。
巖谷　はじめて知ったということは、少なかった？
澁澤　「やっぱりいい」とか、「これだよ」とか、それぱっかりで。
巖谷　絵葉書を買うでしょ、あとで。あれも澁澤さんの好みで？
澁澤　もちろんそうよ。

＊

巖谷　食事なんかはどうでした？　『滞欧日記』にはあまり書いていないけれど。毎回いろんな種類の料理を？
澁澤　なにしろ日本料理屋さんをさがしたの、私たちは。
巖谷　ああ、そうか。
澁澤　土地のものも食べたわよ、もちろん。
巖谷　好奇心満々で。
澁澤　けれども、なにしろ私には合わなくて……。
巖谷　『滞欧日記』で、日本料理屋で食べてホッとしたとか書いてありますが、あれは意外だな。
澁澤　そう。私がとくにそうなんだけど、食べるのが好きで、イタリアなんかでもすごくおいしいから、たくさん食べるわけ、そこのものを。そうすると、なにか本当に具合がわるくなっちゃうの。
巖谷　食べすぎて？
澁澤　食べすぎというより、毎日イタリア料理を食べたりすると。カルパッチョなんか、おいしいんだけど、食べてから一週間ぐらいだめだった。
巖谷　それは材料が、たとえばオリーヴオイルが合わないとか、そういうこともあるかもしれない。
澁澤　そう。それでなにしろ、中華でも日本料理でも、探して食べた。それはもう、すごく食べた。
巖谷　あれはちょっと、澁澤さんは外国の文学をずっとやっているから、意外な感じがしますね。トンカツなんかをわりとよく食べる。揚げ物。

澁澤　好きですね。

巖谷　日本料理屋を澁澤さんが探しまわったありさまというのを、想像するとおもしろい（笑）。

澁澤　もう、探しましたよ。どこに行ってもすごかった。ヴェネツィアで日本料理屋がなくてね、「せめて中華料理」といって探して、探しあてたのにそこが休みだったの。すごいガッカリ。そのくらい探しまわった。中華は好きでしたからね。

巖谷　なるほどね。でも澁澤さんの好みというのは、わりにさっぱりしたものだったな、だいたい。

澁澤　クリームが好きじゃないの。

巖谷　日本の昔の洋食が好きだから、そういう系統に近い外国の料理は好きみたいですね。仔牛のカツレツとか。

澁澤　うん。だからエビとかイカなんか、こう揚げたりしたのとか、ああいうのは好きよ。

巖谷　イタリアやスペインに独特の。オリーヴオイルで揚げたやつね。

澁澤　そういうのだったらいいんだけど、クリームを使ったのは好きじゃないの。だから本当のフランス料理というのはだめなの。

巖谷　いわゆるグルメというのとは違う。やっぱり好きなものが決まっていて、それに合ったものを喜ぶ、と。それは美術についてもある程度そうだったと思うけれど。でも、なにか予定が狂っちゃったこともあるでしょう、途中で。

澁澤　それはだから、スペインでは本当はポルトガルにも行く予定だったんだけど、パリとスペインの往復に変えちゃったの。そこぐらいかな、予定変更は。最初の旅行は各国をまわったけど、そのあとの旅行っていうのは、フランスだったらフランスにいて、どっかに行くとか、イタリアならイタリアにいて、どこかに行くというふうにやっていたから。

巖谷　まあ、予定どおりにまわらなかったときは、澁澤さんはやっぱり、ちょっと慌ててますね。『滞欧日記』でもそう書いている。グラナダのこととか。

澁澤　あの人はすごいこわかったらしいけど、へんな客引きとね……。
巖谷　グラナダからランハローンにタクシーで連れて行かれるとき、「不安だ、不安だ」っていっていたと。あれはどういうことだったんですか。
澁澤　なにかへんなところに連れて行かれるんじゃないかって。だって真っ暗な闇のなかをずっと行ったんだもの。
巖谷　「ホテルにつれていってやるぞ」といわれて？
澁澤　そう。妙な客引きと、運転手と。私はぜんぜん不安じゃなかったんだけど。
巖谷　普通はそういうの、大丈夫ですよ。
澁澤　でも町を出てから、すごくこわかった。山のなか、真っ暗な山のなかを五十キロですもの。
巖谷　龍子さんは、そのときは「こわい」と思ってなかったんでしょ。
澁澤　そう。あとで「こわかった」と。「おまえ、よく平気だな」とかいわれる。
巖谷　それでランハローンに着いてみたら、予定外のあの町がよかったみたいじゃないですか。澁澤さんにとって。楽しかったみたいだ。
澁澤　そうそう。
巖谷　ああいう体験というのは澁澤さんにはめずらしい。だいたい予定どおりに「確認」して、「ああ、これだ、これだ」とか「やっぱりいい」とかいってたのが、「やっぱり」じゃなくなっちゃったわけでしょう。
澁澤　それであれはすごく楽しかった。すごい歓迎されたしね。歓迎というか、「日本人というのがはじめてだ」とかいわれて。
巖谷　いわゆる観光客だな、それも。反応が……。だけど、あのへんから、慣れてきたんじゃないかしら。
澁澤　かもしれないわね。違うところに行っても大丈夫、という。

巖谷　だから、ひとりで歩いたりもするようになったんじゃないですか？
澁澤　そうね。
巖谷　セビーリャの裏町やなんか、ひとりで歩いていたんじゃないかな。あれは澁澤さんがひとりで歩いたように読めるところがあるけれども。
澁澤　ぜんぜん、ひとりでなんて歩いていない（笑）。いっしょですもの。
巖谷　そうだったか。いつでもいっしょなのか。
澁澤　ひとりで歩いてたのは、たとえばフランスでパリにずっといるでしょ。私がお腹こわして、外に出られないとかいうときに、「じゃあ、どこどこの美術館へひとりで行く」とかいうぐらい。
巖谷　なるほどね（笑）。
澁澤　それ以外には、ひとりで出ることなんかないわよ。

＊

巖谷　イタリアで小川（煕）さんにつれられて、車でいろんなところに行くようになりましたね。あの二度目の旅行は、イタリアだけって決まっていたのかな。
澁澤　そう。「イタリアだけまた行こう」というふうにいってたわ。
巖谷　二回目の旅行というのは、とても充実していた感じがする、読んでいて。あれは南のほうへおりていって、予定してなかったシチリアに行くことにしたわけですね。旅行中に決めたんでしょう。
澁澤　そう。イタリアはそんなに「どこに行く、ここに行く」なんていうふうに、細かく計画を立てて行ったわけじゃないのね。「イタリアへ行って、向うに行ってから決めよう」という感じで……。「シエナに行こう」とか、そういうんじゃなかった。
巖谷　でも、シエナはよかったでしょう。
澁澤　ええ、シエナへ行くまでの道がよかった。
巖谷　アプローチも、決められた飛行機に乗って、着いたらその町を見るっていうんじゃなくて、車で途中を……。
澁澤　だから、あれはとてもよかった。
巖谷　そういうのは澁澤さんにとってはめずらしい体験なんだ。二度目はずっと小川さんに頼っていたわけですね。
澁澤　そう。
巖谷　だいたい澁澤さん「北のほうへ行きたい」っていわなくなっちゃったのかな？
澁澤　北のほうって？
巖谷　たとえばドイツ。北欧。
澁澤　そうね。
巖谷　南のほうばかりになっちゃった。
澁澤　北欧にも行かなかったわね。私もあんまり好きじゃないし。
巖谷　三回目の旅は列車で、南フランスからバルセロナのほうですね。あれはパリに出口（裕弘）さんなんかがいたからですか。
澁澤　そうそう。それで「どこに行こうか」っていわれて、アヴィニョンに行って、ラコストの城に行ってと、澁澤の意見を容れてくれたの。
巖谷　バルセロナへも行きたかったんでしょう？
澁澤　うん。その前にバルセロナに行く予定がキャンセルになっちゃったから。やっぱりフランスに行ったのは、ラコストに行きたいというのもあったし。パリだけ行ったってつまらないから。
巖谷　ラコストに行った日だけは違いますね、日記の書き方が。
澁澤　そう。だって具合わるくなったんですもの。
巖谷　やっぱり感動かな。
澁澤　何かがあったみたいですね。本当に気持わるくなったんですから。
巖谷　日記でフランス語の綴りをまちがえたりしてるもんね。取り乱してますよ。あのときだけは、女性名詞に男性形容詞をつけちゃってるから、やっぱりそうとう高ぶっていたんだな、という感じがするんですけどね。あそこでは、澁澤さん、なにか自分をもういちど見たようなところがある。

澁澤　ちょっとふだんの感じとは違ったわね。冷静じゃない。

巖谷　澁澤さんがあんなことを書いたのは、一度きりじゃないかな。「生涯の思い出になった」なんて書いたのは。絶対にそういうことをいわない人だからね。彼はやはりある意味では鎧《よろい》を着ているところがあるから。

澁澤　そう。そのまま出さないからね。

巖谷　ああいう生《なま》の表現というのはめずらしい。そういえば瀧口（修造）さんの自筆年譜を見ていると、彼も一度だけアンドレ・ブルトンと会ったときには、「生涯の収穫であった」と（笑）。

澁澤　書いてあった？　本当？

巖谷　普通は書かないような言葉を、一度はどこかで書くものなのかな。澁澤さんにとってはそれがサドの城でしょうね。長いあいだのサドとのつきあいがあるし、それにもうひとつは、「ああ、こんなところだったんだ」という感慨だろうと思う。あそこは本当に廃城で、まわりは野生の世界なんだ。もしもきちんとした宮殿やお城かなんかが建っていたら、違うんだろうと思う。あそこでは澁澤さん、蕪村の俳句をまちがえて引用している。

澁澤　花を摘んだのがよかったのよ。本当にあれは感動した。こんなに野の花が咲き乱れている、なんて私も思ってなかった。

巖谷　あのへんで、澁澤さんは自然の世界に移って行ったのかもしれない。

澁澤　かもしれないわね。なにかものすごい転換。サドはサドなんだけど、自然のそういうものに転換したような感じね。

巖谷　彼は人工的な空間というのが好きだったでしょ、昔はね。それで実際に行ってみたら、ルートヴィヒ二世の城なんて、ちょっと俗悪につくられている人工空間でしょ。だからそれよりも、むしろそういう自然のほうに惹かれてったっていうのは、あれを読んでるとすごくよくわかる。僕も巻末解説に書いておいたけど、サドの城でのあの体験は決定的だった。あのへんの自然がまたいいから。季節もよかったしね。

澁澤　そうね。ちょうど野の花が咲くような季節だったし。

編集部　やっぱり花を摘んで持たせてどうのなんていうのは、澁澤さんらしくないですね。

巖谷　らしくない。逆にらしくないところが出ていなかったら、ああいうプライヴェートな日記っておもしろくないわけで。

澁澤　だけど、本当に興奮してたわよ。

巖谷　どんな具合に？

澁澤　「キャー」とかそういうんじゃなくて、黙っちゃう。黙って無心に花を摘んでいる。

巖谷　人と話をしない。出口さんなんかとも。

澁澤　しないしない。だから出口さんも黙っていたの。「これはほっとけ」って。

巖谷　ホテルに帰ってから、みんなでヴィルヌーヴへ食べに行ったんでしょ。でも澁澤さんだけ、ひとりで残った。

澁澤　だって気持わるくなったんですもの。

巖谷　気持わるくなったっていうのは、どういうことだろう。胸にせまって？　病気になったっていうことじゃないでしょう？

澁澤　病気っていうんじゃないけど、「ご飯も食べたくない」とか「どこか具合わるい」とかいった感じね。やっぱり興奮しすぎたんじゃないのかしら。

巖谷　ホテルに残っているあいだに日記を書いていたわけだ。ひとりで。

澁澤　そうそう。みんながいないときにね。

巖谷　それで長いんですよね、あのくだりが。

澁澤　興奮して書いたから、あんなに長いのよ。

巖谷　だから三回目の念願の旅というのが、ある意味でいっとう印象ぶかい。たとえばフランスのブルターニュのほうへ行ったり、シャンパーニュ地方にも、ランスとか、あのへんに行ったのも澁澤さんの希望ですか？

澁澤　ランスとかに行ったのは、たまたまベルナール・ベローさんが車を出してくれたから、みんなで「じゃあ、行こう」っていうことになったわけで、澁澤が希望したわけじゃないの。

巖谷　でもランスのカテドラルを見て、意外に感動している。

澁澤　すごくよかったのよ。

巖谷　あそこは彫刻もいいですからね。それと、ブルターニュへは、自分で「行きたい」っていったんじゃないかな。

澁澤　うん。だからそれは出口さんといっしょに。

巖谷　サン＝マロくらいまで行ったんですね。その先へは行かなかった？

澁澤　ええ。

巖谷　あのときは三人で浜辺におりていますね。

澁澤　だってあの人、海に行くのが好きで、日本でも、すぐ海におりて行こうっていってました。

巖谷　でも泳げないの？

澁澤　泳げないわよ。自転車にも乗れないし。

巖谷　自転車にも乗れないのか。

澁澤　あの人、そういうのなにもできない。

巖谷　少年時代にそういう経験がないのかな？　子どものころにやるもんでしょ、そういうのは。

澁澤　あの人、子どものころに運動ってぜんぜんしていない。だって、家に帰ってくるとなにか書いたりとか、勉強しちゃうから。本当に外に出ない子で、女中さんが心配して、帰ってきたら外へつれて出て散歩して、ぐるっとまわってくるというのが日課だったって。そうしないと歩かないの。

巖谷　なにか胸を打たれるな（笑）。

澁澤　そのぐらいだから、自転車なんかとてもじゃないけど、乗れないのよ。

巖谷　澁澤さんが自転車に乗ってる姿って想像でき

ないですね、たしかに。

＊

巖谷　そういえば、旅行の写真を見ると、だいたいいつも背広を着てるんですね、澁澤さん。ときにはネクタイしたりして。ふつう旅行のときには、そういうもの、あんまり着ませんよね。

澁澤　それをいうとね、喧嘩になるの。「旅行っていうのに、あなたどうしてそんな格好して行くの？」っていうと、「いいじゃない」とかって。日本でも旅行するときに背広なんか着て行くのね。「あなた、旅行なのに。それじゃあなたと私が合わないじゃない」っていうんだけど……私はセーターとか着て、「旅行だからこういう格好するのよ」っていうのに、あの人は「いい」って絶対そういう格好をしないのよ。ジーパン穿くとか、セーター着るとか。

巖谷　だけど、旅で歩きまわるのに、ネクタイしてるっていうのが……（笑）。

澁澤　まあネクタイまではあんまりないけど、背広はちゃんと着て行くの。あれはどういうわけなのかわからなかった。何回もそれをいったのよ。だってふだんだって家で寝巻しか着たことないのに、急に背広上下を着るんですもの（笑）。

巖谷　ジャケットだけっていうのならわかるけど、スーツで旅行する人って少ない。

澁澤　そう。だからジャケットのときもあるけど。

巖谷　そういったら野中（ユリ）さんがね、「そんなの、それどころじゃない」っていう。「旅行するために、スーツを新調してた」って（笑）。

澁澤　そうでもないけどね。でも、スーツは着て行ったわよ。

巖谷　スーツで旅行するっていうのは、澁澤さんらしいといえばらしいけれども。別に緊張してたからじゃないんだろうな。

澁澤　どういうのかしら。いくらいっても、「これがいいんだ」って。

巖谷　堀内さんなんかといっしょにいるとね、堀内さんはジーンズで、水兵帽なんかかぶっていて、澁澤さんは背広上下（笑）。なんかおかしいんだな。

澁澤　なんか、どういうわけか、いつも服装が私と合わないじゃない？

巖谷　ギリシアでTシャツを着てたというのは、めずらしいことなんだ。

澁澤　暑いから。上着は持ってたけどね、あの人はかならず。

巖谷　四回目のギリシア旅行は、澁澤さんの妹の真知子さんがあちらにいらしたからですか？　北のテッサロニキっていう町は、日本人はあんまり行かないところだけど。あれは、妹さんご夫妻のお宅に泊まったの？

澁澤　そうそう。

巖谷　でもあのときは、別にどこか見なくちゃいけないということがなかったからか、楽しそうですね。

澁澤　海に行ったときね。

巖谷　あそこで書いてましたね。「海へ行ったけれども、みんな泳いでいるが、自分だけは泳がない。とりのこされた」みたいなことを書いている。

澁澤　うん。泳げないからね。

巖谷　海岸を歩いていたわけ。

澁澤　裸になるんだけど、裸になっても、海には入らない。

巖谷　クレタ島のクノッソスの迷宮に行ったときには、「おもしろい」って書き方をしてる。「いい」っていうのとちょっと違う。でもあれは行きたかったんだろうと思う。僕も前に書いたけど、あそこは意外に小さいんですね。一説によると、クレタ島の文明を築いた人々っていうのは、小人だった。身長が百二十〜三十センチくらいしかなかった。だからみんなあんなに小さい部屋なんだとか。それを聞いたとき感動したね。本当に見ているうちに涙が出そうになった。

澁澤　そういうのって、あの人、もう喜んじゃう。
巖谷　あの小さい迷宮世界というのが、すごくいいんだ。それと、あのときはギリシアからまた、イタリアへ行ったんでしょ？　あのころになるとなんだか、澁澤さんもかなり慣れてきて、マルコンテンタとか、ブレンタ運河のほうへは、自分で予定していて行ったみたいですね。
澁澤　そうそう。
巖谷　あそこへは、もう自分で行けたんじゃないですか、あのころになると。あそこもみんな、やっぱり龍子さんが？
澁澤　いや、あれはもう切符を買って。いろんな人がいたから、みんなでなんとなくワァーって行って。真知子さんなんかと。
巖谷　あいかわらずひとりでは行動してないのか。
澁澤　そう。だって真知子さんたちがレンタカーを借りてくれて……。
巖谷　そうすると、最初の回から四回目まで、おなじですか、旅行のしかたは。
澁澤　いちばん最初はどっかに行って、誰かに会う。あいだは二人だから、一所懸命やってたけど、誰かがいたら絶対やらないわよ。
巖谷　そりゃそうだろうけど、龍子さんに頼るっていうことは、そんなにやらなくなったんじゃないですか？　四回目くらいには。
澁澤　そうねえ。切符を買うとか、そういうことはしないけど、あいかわらずね。

＊

巖谷　でも、旅の道づれとしては、澁澤さんというのは、すごくいいよね。
澁澤　うん。それはだって、楽しいもん。
巖谷　僕は三度、いっしょに旅行した。一泊ずつだからたいしたことないけど。あれ、いっしょに外国へ行けたら、楽しかったろうなと思う。
澁澤　楽しいわよ、やっぱり。私はなにも知らないから、ガイドつきって感じだしね。

巖谷　そうか。いろいろと知識を披瀝するタイプなんだ。それはまあ、龍子さんにとっては最高の道づれだろうね。

澁澤　だから、あの人が死んでから、本当に旅行なんかしたくないな、と思ったんだけどね。ヨーロッパへ行っても、つまんないと思ったもん。だって、おたがいに「これ、これ」とか「そうだ、そうだ。私も思いだした」とかって感動しなきゃ、つまんないじゃない？　あの人、一所懸命、「おまえ見たか？　これ、これ」とか言うじゃない。結局、それがおもしろいんだから、そういうことがなくなっちゃったでしょ。

巖谷　見ても、なんだかわからない。

澁澤　そうそう（笑）。

巖谷　それからもうひとつ、澁澤さんはすごく素直というか、真面目だから。旅行のしかたがね。せっせと見たいものをこなして行く感じですね。

澁澤　やっぱりね、本当に勤勉なのよ。

巖谷　仕事のやりかたもそうだもんね。

澁澤　ガツガツやるっていうんじゃないんだけど。そういうことを見せるのをすごく嫌う人だから。

巖谷　だから、それは道づれとして最高。いっしょに旅行する人がすぐ遊びはじめたり、酒飲んじゃったりすると、じつは僕もやりにくいんですよ。澁澤さんの場合はいろいろ好奇心を示して、率直にものを見てるから。好き嫌いもあまり出さずにね。いろんなものをひとつひとつ見ていくという感じで。

澁澤　本当にだから、いちばん最初の旅行は私が行きたいので行くというふうになったけど、一回行ったら、こんどは自分から「行こう、行こう」って。もう私なんか、いろんなことをやらなくちゃいけないから面倒くさくて、「うるさいな」と思ってても、あの人はもう「こんど行くぞ」とか。自分から「行こう」っていうのね。

巖谷　ヨーロッパがきっかけになって、日本の旅行もするようになったわけでしょう。あれもやっぱり自分から言いだしたの？

澁澤　うん、だから、私が最初はいっていいたんだけど、あの人なかなか起きないしね（笑）。「なんでもう、無理して旅行なんか……起きるのがいやだ」とか、どうのこうのいってたのよね。最初はブツブツいってたんだけど、でもだんだん自分から「行きたい」っていいだして。

巖谷　そもそも龍子さん運転の車つきだしね。

澁澤　行くときは、私が旅館とか、おいしいものとか、みんな調べて、「ここに泊まって、ここで何を食べる」とか考えるの（笑）。それで本当に仕事が終ると、「さあ行こう」とかっていってたのね。

巖谷　そういうことで作品の世界がひろがっていったんですよ。

澁澤　物語なんかを書くようになってからはそうね。かならずそれを作品に採り入れていたからね。

巖谷　最初のヨーロッパ旅行というのが、やっぱり大きかったんだ。しかもあれは一九七〇年。『澁澤龍彦集成』というのを出して、生涯の半分を終えたところでそれをまとめてから出かけたっていう、象徴的な旅行なんだ。で、帰ってきて三島（由紀夫）さんが亡くなったっていうのも、ある意味ではね。

澁澤　そうね。三島さんのことは、もう行くときにそう思っていたらしいけど。

巖谷　あれは僕らもそう感じたな。「楯の会」の制服を着ていてね。なにか妙に仰々しくあらわれたんで、「これはひょっとして、お別れの挨拶かな」なんていう感じで。澁澤さん自身もそれが気になっていたらしくて、だいぶ『滞欧日記』のなかで触れてますね。

澁澤　だから、ずいぶんセバスチャンの殉教の絵とか、さがしたりしたんだけどね。

巖谷　聖セバスティアヌスのイメージが、三島由紀夫とつながっていたわけだ。

澁澤　でも三島さんは本当に親身になって旅行のこ

とをご注意くださったわよ。羽田で。

巖谷　ただ、そういう三島さんの忠告があったり、ガイド役がついていたりしても、結局あれは澁澤さんらしい旅ですね。自分でつくった旅だと思う。それに、龍子さんによって、澁澤さんは生活の形が変ってきたわけでしょう？

澁澤　わからないけど、やっぱり外に出るっていうか、ひらいてきましたね。

巖谷　動きが出てきた。一箇所にとどまってないというふうになった。

澁澤　なにか力が入ってたのが抜けたんじゃないかな、という感じもする。すごくそれまで、あの人は自分のスタイルとか、自分のなんとかというのを、ものすごくつくって、構えてたんじゃない？

巖谷　Tシャツで歩いたなんていうのは、その変化をあらわしてるかな？（笑）

澁澤　あらゆることによ。書くものなんかでもなんでも、すごく力が抜けたっていうのか。

巖谷　七〇年ぐらいから、澁澤さん、自分でも「変えるぞ」って宣言して、だいぶ書き方を変えてますよ。旅行のたびに、すこしずつ変っていくというのは、あとで読んでみるとおもしろい。そこを読者が見ていくといいと思うんだけど、徐々に徐々に変ってますよ。旅行がまとめ役をはたしたようなところもあって。第一回目は明らかにそうだし、その後もどんどんひらかれていきますね。

＊

澁澤　私はね、女性同士でも旅行に行きたいわけよ。それで、たまたまスイスに外交官の友だちなんかがいて、「来い」とかいうから、女性だけで「行く」というと、あの人、早々と、「俺は世界中、おまえの行きたいところはどこでもつれて行ってやるし、どこでも行くのに、どうしておまえは他の人と行きたいんだ」っていうのね。

巖谷　子どもみたいだ、それも（笑）。

澁澤　楽しみが違うんだからさ、またそれは。「なんでそういうことをいうの？」っていうと、「飛行機がおっこちたらどうするんだ」とかいろいろいうの。

巖谷　ひとりじゃ行かせないわけね（笑）。独占欲が強いのかな。それに女の人だと、たとえばすごく高級なレストランに行きたい、とかいうのがあるでしょう？　だけど澁澤さんは、そういうところに行きたがらないでしょう。

澁澤　ぜんぜん行きたがらない。

巖谷　旅先の土地の有名レストランになんか、行く気がないでしょ。

澁澤　そうね。それから、イタリアなんか行ったとき、お昼にワインをすごく飲むから眠くなっちゃうわけ。するとたいてい、お昼というのは寝ちゃうのよ。ホテルに帰ってきて。そこで寝ているあいだに、私が買物でも行こうと思うでしょ。あの人といっしょだと買物に行かないから。

巖谷　買物ぎらいか。

澁澤　ブランド品みたいなのを、「日本になんでも売ってるのに、なぜこんなところに来て買うんだ」っていうのよ。

巖谷　でも女性なら、多少は行きたいだろうね。

澁澤　だから「あの人がちょうど寝ているから行こう」なんて思っても、絶対だめなの。私がひとりで出かけるのが心配なの。

巖谷　いつもそばにいないとだめ？　さらわれやしないかと？（笑）。それとも、自分がひとりで寂しいわけ？

澁澤　ひとりになると不安らしいのよ、私が行っちゃうと。

巖谷　これは活字にしていいのかな（笑）。

澁澤　スペインで、みんなでバルセロナに行ったとき、サグラダ・ファミリアで、あの人、気持わるくなっちゃって。

巖谷　あそこはすごいんだよね。塔へのぼるエレベーターのなかでしょ？
澁澤　私たちは上に行って見てたの、出口さんなんかと。で、上まで来たの、あの人も。でもびっくりして、さがっちゃったの。エレベーターからぜんぜん出ないの。そしたら気持わるくなっちゃった。それから私たちは、みんなで闘牛を見に行くことになったのよ。
巖谷　闘牛も見たかったんじゃない？　澁澤さん。
澁澤　そしたら「気持がわるいからホテルに帰りたい」って。ホテルにひとりで帰ればいいものを、ひとりで帰れないの。だから私がついてホテルに帰ったのよ。あとで私は闘牛場でみんなで待ちあわせたんだけど、なんにも知らないのに、闘牛場でよくみんなに会えたと思った、あの混雑のなかで。
巖谷　澁澤さんをひとり置いてっちゃったわけだ。ホテルで大丈夫だったのかな、ひとりで。日記を書いてたのかな（笑）。サグラダ・ファミリアの上階に出なかったのは、惜しいね。澁澤さんの感動しそうなところだと思うけど。
澁澤　それで、ロープウェイやなにかもいやなの。
巖谷　階段ならいい？
澁澤　階段はのぼるわよ。
巖谷　でもそれ、余呉湖《よごのうみ》なんかにもあるじゃないですか。賤《しず》ヶ《が》岳《たけ》。
澁澤　地面についてて、のぼって行くのはいいのよ。
巖谷　ああ、ケーブルカーならいいんだ。吊られたものがだめなんだ。
澁澤　サグラダ・ファミリアは高いところだから気持わるくなったんだと思うけどね。飛行機は平気なのよ、それで。
巖谷　一貫してないけど（笑）。高所恐怖症だって自分で書いてるから、それはたしかにそうですね。
澁澤　伊豆のほうなんかに行って、黄金岬っていうのがあるでしょ。それで、岩の上から、私が身を乗りだして見ようとすると、「よせ、よせ」って（笑）。「おまえが行くのもこわいんだよ」だって。

巖谷　でも、澁澤さんの家って、崖の上じゃないか（笑）。あそこでも崖のそばまでは行かないとか。
澁澤　そっちのほうには行かないわよ（笑）。

＊

巖谷　バーゼルでとつぜん外国人に話しかけられて、いろいろ話をしたって書いてありますね。あれも予定外のことでしょう？　あれは澁澤さんが実際に体験したとおりですか？
澁澤　そう。だれもいなきゃするのよ。
巖谷　誰もいなきゃするのか。じゃあ、甘えてるんじゃないですか（笑）。
澁澤　するって、要するに、知らない人とでも、コミュニケーションはとるってことよ。
巖谷　いやがるわけじゃない。
澁澤　ええ。
巖谷　でも自分からは話しかけない。
澁澤　もちろん。プラハの郊外のお城に行ったときも、ルーマニアの高校生が来てたんだけど、私たちに「いくつだ？」とか話しかけてくるの。むこうは私たちのことを高校生だと思ってるから、「結婚してる」とかいったら、「エー」とかいって驚いちゃって。
巖谷　僕ら夫婦もそうだったよ。「結婚してるなんて、ハレンチなやつらだ」とか（笑）。
澁澤　そういうときは、しゃべるのよ。ニコニコして。すごく機嫌がいいのよ、そういうときは。そういう女学生みたいな若い子が「キャッキャ」いいながら来るっていうのは。それに、日本人なんていないから。
編集部　パリで古本屋さんなんかに行って、本を買ってらっしゃるでしょ？　あれはお金を払えたんですか？　自分で（笑）。
澁澤　あれはね……（笑）本屋さんは不思議で、精神安定剤。あの人はあまり精神的に不安定になるっていうことはないんだけど、本屋さんに入ると本当に安心するのね。全部自分が知ってるっていう感じになっちゃう。それで本当にリラックスしちゃうの。本屋と話したりね。

巖谷　なにか胸を打たれるな（笑）。

澁澤　本屋の親父なんかに「あの本はどうだろう、こうだろう」なんていうから、むこうも彼がすごくよく知ってるので、びっくりするわけよ。そうするとまた得意になっちゃって。で、本屋はリラックスするから、お金だって「何フラン」なんて書いてあれば、ちゃんと出せるのよ。だからだいたい本屋さんには、私が行っても退屈しちゃうので、あの人が本屋に入ると、私はそのへんにチョコチョコ行くのよね、本屋に入ってるあいだ。そうすると「なかなか帰ってこない」って怒っちゃうけど。

巖谷　でも大変だったのかな、そういう人とでは。

澁澤　いや、大変じゃないわね。なんていうのかな、別に、だってそれ以外はいわないんだもの。うるさいことも、「どういうふうになってほしい」とか、「いろいろ勉強しろ」とか、そういうのは一切ないもの。

巖谷　「出かけるな」とか「ついてこい」とかはいうけれども、それ以外のことはいわない。

澁澤　「出かけるな」っていうのは、旅行のときにひとりでっていうことで。

巖谷　「何を食え」とかもいわない。

澁澤　そう。なんでも「自由、自由」だし。

巖谷　でも逆にいえば、龍子さんが澁澤さんの行くところをみんなおもしろがったからいい、っていうこともある。

澁澤　そうね。それは私がなんにもわからないから、新鮮だし。教えてもらえば楽しいじゃない？

巖谷　でも本当に、つくづく思うね。澁澤さんは旅行してよかった。あの人は感じが違ったもの、帰ってきてから。それは結婚ということと、『澁澤龍彦集成』というのを出して、それまでの仕事をまとめたという安心感。それで旅行というのが重なって。

あそこが転機になったわけだ。それがとってもよくわかりますよ、『滞欧日記』を読んでると。

澁澤　ふつうはわからないように変っていくんだけど、あの人はコロッと。本当に帰ってきてから、というのがあるのよね。

巖谷　意外にそれが、ふとした体験からなんですよね。自分で、本のなかで見つけるのとはちょっと違うんだ。外の空気に触れて、それがきっかけになって、なんとなく見方が変ってくるという……。

澁澤　そうね。

巖谷　すごく率直だったからね。

澁澤　最初は私なんか、あの人をネクラの人だと思ってた。

巖谷　ネクラじゃないよ。

澁澤　だからそういうふうにいうと、ものすごく怒る。「おまえ、なんにもわかってない」と怒るわけ。

巖谷　どちらかというと、ネアカですよ（笑）。

澁澤　だけど以前に出した本を見て、「なんとなくネクラっぽい本ね」なんて。「あなた……ネクラなのよ」っていうじゃない？　いうとものすごく怒ったけど。

巖谷　実際に暗いところもあったけどね、時代がそうだったし。だってそりゃあ、書斎に閉じこもったっきりの人は、暗いところもありますよ。そういえば、最後に磐梯熱海と喜多方に行ったときに、ネクラとネアカの話をしたら、澁澤さんが笑っちゃってさ。「もういうな、いうな」って僕を止めるわけ。「笑って気持がわるくなった」とか「笑い死にする」といって。

澁澤　そんなことがあったわね。

巖谷　「ネクラのようでいて、ネアカの、あいつはそうだ」とかいう話になると、喜んだね、澁澤さん。そういう話は好きだったですね。血液型の話とか。

澁澤　信じてないけどね。でもあれは笑っちゃったわね。

巖谷　まあ、O型だし、やっぱり竹を割ったようなところがあるからね、澁澤さん。

澁澤　というふうに、自分では思ってるのよ（笑）。

巖谷　自分ではっていうよりも、そうですよ、やはり。もちろんいろんなところがあるけれども、自分でそう、意志的に思ってるからね。カラッとしていようというのが、強い人だから、旅行でも、そういう感じがする。南のほうの、青空がひろがっていて、すべてが見えちゃうような世界というのを、はじめて体感したわけだから、あれは大きい。北のほうの、どんよりした神秘的な世界というのは、それまでもよく書いてたし、本のなかでは好きだったけれど、そうじゃなくなってきた。実際に行ったら、南のほうに惹かれてしまった。だから解説で僕は、「南」の発見をしたんじゃないかということを書いたけれども、『高丘親王航海記』が南へ行く話であるというのは、澁澤さんの何かを象徴してますね。初期には北方的なロマンティスムとか、神秘主義とかからはじまってるけれども。

澁澤　あれはたまたま一周の、アムステルダムからのオランダ航空を選んでしまっただけなの。

巖谷　でもそれは、ああいう行く先を選んだっていうことはね、ベルリンへ行ったり、プラハへ行ったり、ウィーンへ行ったりというのは。それは北への憧れがあったわけだけど、実際に行ってみたら、南の人であることが、自分でもわかったということでしょう。

澁澤　そういえば、南の島に植物が繁茂しているのって、とても好きでしたよ。「行きたい」ってよくいってたもの。やっぱり晩年になってからかしら、とくにね。

編集部　いい結論が出たところで、おしまいにしたいと思います。きょうはどうもありがとうございました。

一九九二年十二月二十六日　人形町「吉星」にて

日本美術をめぐる旅

巖谷　最近出版されたコロナ・ブックスの『澁澤龍彦の古寺巡礼』を見ると、ふつうの読者は驚くと思いますね。澁澤龍彦がこんなにたくさんのお寺を見に行っていたのかと。
澁澤　そうですね。私も本になってびっくりしたくらい（笑）。
巖谷　ちょうど澁澤さんの旅がはじまる時期に、龍子さんと結婚したっていうこともあるんだね。一九六〇年代末に、責任編集をした雑誌「血と薔薇」が三号までおわって……。六九年に彼は書いていますが、自分にとって六〇年代というのは観念の時代だったけれど、それはもうおしまいにすると。観念でなければ、実体ということだ（笑）。それで結婚して、ヨーロッパを実際に見てまわることになったんでしょう。
それからは国内の旅もさかんにするようになったけれど、あれもはじめは龍子さんがつれだしたんですね？

澁澤　私は旅行好きですからね。でも、あの人も旅をしたいという気持はすごくありましたよね。

巖谷　それで最初が、伊藤若冲と縁のふかい京都の石峰寺《せきほうじ》だった……。

澁澤　あのときは、若冲だから行ったというわけではなかったんだけど。たまたま伏見へ行って、石峰寺を見たんです。

巖谷　おもしろい偶然ですね。当時、若冲もあまり知られていなかった。それこそ澁澤さん自身みたいに、ちょっと異端あつかいされていたところもあるから。

澁澤　そうなのね。もともと澁澤は若冲が好きだったけど、当時は江戸美術の展覧会なんかがあるときに、ひとつでも若冲の作品が入っていると、「若冲があったね」っていうぐらいだった。

巖谷　掘り出し物みたいな感じで。

澁澤　そうそう。それが石峰寺に行ったら、若冲のお墓まであって、いいところだし……。

巖谷　ほんとにいいところだ。あの、若冲のつくらせたという、五百羅漢はどうでした？

澁澤　最近は木を伐採したらしくて、ずいぶんと明るくなっていますけど、あのころのほうが周囲が鬱蒼としていて、自然の風情がありましたね。

巖谷　そう、その自然風土みたいなものにも、澁澤さんは強く反応するようになっていた。お寺の由緒とかではなくて、お寺の自然を愛しているところがあったね。

澁澤　そうですよ。旅行のときはそうなの。

巖谷　ヨーロッパの旅でもそうで、北方のバロック建築なんかに飽きて、南ヨーロッパの、たとえばスペインのアンダルシアの庭園の木々の香りや風、水の冷気や湿気に感動しちゃったでしょう。あのあたりから庭園のことを書くようになったというのも、関係があると思う。とくに植物。晩年の『フローラ逍遙』はいい作品だと思うな。

澁澤　私もいちばん好き。ほんとに透明感のある文章になっていて……。なんだか涙が出てきちゃう。
巖谷　石峰寺の庭にも、それがあるね。若冲の絵のほうも、いっしょに見てまわられたんですか？
澁澤　あまり本物は見てないの。いまは江戸美術の展覧会なんかをやると、「売り」として若冲はかならず出るけど、当時はほとんど……。
巖谷　最初は画集や図版からでしょうけれど。澁澤さんは絵について書くとき、実物を見なくてもいい人だったからね。
澁澤　「これ、写真のほうがいいね」なんて（笑）。
巖谷　そうそう（笑）。美術に対するときは、何が描いてあるということが中心で、タッチがどうとか、マティエールがどうのとかっていうことは、あんまり書かないですからね。

＊

巖谷　澁澤さんは「軍国少年」の世代で、中学時代は戦争中ですね。はじめて京都・奈良に行ったのは修学旅行らしいけど、国家神道の時代、神社にばかりつれていかれたっていっていました。だからお寺は新鮮だったのかもしれない。
澁澤　それに、日本史や日本美術の知識もすごくあったんで、いろんなことがわかるから……。
巖谷　若冲のほかにも、琳派は好きだったんじゃないかな。
澁澤　琳派も以前から好きで、よく見ていましたね。
巖谷　琳派の先人というか、俵屋宗達でいえば、養源院の「白象図杉戸絵」がありますね。
澁澤　そうなのよ。「白象図杉戸絵」は好きだったの。ゾウとかサイが好きなんだもの。ベルリンに行ったときなんか、わざわざ動物園で記念撮影をして（笑）。
巖谷　あと、オオアリクイやバク（笑）。ああいう幻想動物みたいなのも好きなんだ。でも、澁澤さんは宗達の最高の一点として、「舞楽図屏風」を挙げていますね。それも非常に澁澤さんらしいと思う。

色彩感覚があって、装飾的で、ファンタスティックな……。「風神雷神図屏風」もそうだけどね。

澁澤　あれも好きでした。そうですね。

巖谷　ただ、澁澤さんのそういう傾向を、いわゆる「日本回帰」と見られがちだったけれど、宗達や光琳についても彼は、ヨーロッパの概念で説明しようとする。たとえば「日本のバロック」だとか「日本のマニエリスム」だとか。要するに、あまり日本とヨーロッパを区別しないところがおもしろい。

澁澤　そうかもしれない。

巖谷　そんなふうに、東西の壁をとっぱらうような感覚が澁澤さんにはあった。若冲や宗達が好きだというときには、かならず国際性をいいますね。

澁澤　ただ、ナショナリストになったわけではないけど、齢のせいかな。日本のものに目が向いたみたい。たとえば酒井抱一の「夏秋草図屏風」なんて、六〇年代だったらきっと、良いとはいわなかったと思うの。

巖谷　酒井抱一は十八世紀後半で、サドと同時代なんだよね。抱一を発見するころになると、サドについての見方も変化してきて、さかんに博物学と結びつけている。十八世紀は百科全書・博物誌の時代で、ヨーロッパでも花の絵がさかんだった。そういうものと対照して見ているところがあります。すると、日本の花の絵のほうがずっとよいわけです。抱一はもう、この世のものと思えないような花で、澁澤さんの好きなデカダンスというか、滅びゆくものの雰囲気が作品をひたしているから。

＊

澁澤　石川淳さんなんかもそうだけど、フランス文学をやっていた人が、最後は日本に入ってらっしゃるでしょう。日本に回帰してくる。

巖谷　物書きとしては、世界のいろんなものを知ってからじゃないとわからないものがある。澁澤さんが酒井抱一を発見して驚嘆したというのも、それは外の世界を知っていたからでしょう。

澁澤　そうね。だから、それはすごくよかったんじゃないかしらね。外国の文学や美術をやってたっていうことが、見方に奥行を与えているわよね。

巖谷　澁澤さんが育ったのは、それこそ修学旅行で神社ばかりまわるような時代だったから、仏教については案外、七〇年代からあらためて研究しているんです。書物でも日本や東洋のものをどんどん読むようになったでしょ。

澁澤　あとからね。だから家にそういう本がどんどん増えちゃったのよね。

巖谷　松山俊太郎さんの見方だと、日本や東洋の教養がひろがったから、小説がああいうふうになったということになるけど、それだけじゃない、むしろ大きいのは、龍子さんが車を運転して、旅行につれだしたことだろうと（笑）。つまり、実感のほうも大きかったんじゃないかな。

澁澤　旅行で行った場所はずいぶん小説に出ていますね。どこかに行くと、イメージが浮かぶっていうこともあったみたい。

巖谷　エッセーもそうだね。『記憶の遠近法』に入っている「明恵さんのシダ」なんか、とてもよい文章です。

澁澤　そうそう。明恵上人関連では、和歌山の施無《せむ》畏寺《いじ》が最初で、湯浅にわざわざ泊まって山に登ったんだから。

巖谷　紀州も好きだったようですね。

澁澤　そうね。それから風景っていうこともありましたよね。施無畏寺からの眺めはよほど気に入ったみたい。浄土というのは、あそこから見ているとイメージが湧くような感じがするのね。海があって、山があって、ポンポンと島があって……。

＊

巖谷　澁澤さんの好きな日本の画家というと、古いところにはあまりない。まちがいなく「鳥獣戯画」

なんかは好きだったろうけど、やはり桃山の終りから江戸にかけてだろうと思います。だいたい、宗達、若冲、抱一というのが澁澤さんの三羽ガラスかな(笑)。

澁澤　でもその三人も、いまではあまりにもふつうじゃない(笑)。

巖谷　ふつうになっちゃったのは、澁澤さんが書いたせいもある(笑)。

澁澤　先見の明がありましたからね。

巖谷　たとえば、若冲の鶏の絵や「付喪神図《つくもがみ》」についても書いているけど、澁澤さんはいつもモダンなところを見つけるんだよね。卒業論文も「サドの現代性」というので、つまり現代人としてサドを見ようという感覚が澁澤さんにはいつもあった。学者みたいにひとつの時代に没頭するんじゃなくて、かならず現代的なものを見つける。だから、ヨーロッパ美術史の傍系にいる画家を紹介したときの、一種モダンな目で美術の見方を変えてしまう独特のやりかたで、日本美術も見ていたというのが澁澤さんの特徴ですね。

澁澤　『高丘親王航海記』の最後にある、「モダンな親王にふさわしく……」。

巖谷　モダンな澁澤さんにふさわしく、日本美術でも宗達や若冲や抱一を好んだんですね。

二〇〇七年一月十一日　北鎌倉の澁澤家にて

Ⅳ

震災後の発言

アルケスナン（フランス）　クロード・ニコラ・ルドゥー設計の王立製塩所

「血と薔薇」の時代——二〇一一年にどう見るか

——本日はよろしくお願いいたします。それにしても、こちらはすばらしい環境ですね。

そうですか。でも別荘ではないんですよ。ささやかな仕事場として、僕も気に入っています。

——森の仕事場なのですね。そんななかで、まずあらためて本日の取材内容をご説明させていただきたいのですが、この媒体はVOBOというネットマガジンです。

いちど拝見しました。あまりインターネット的ではありませんね。好感を持てるところもありました。こちらの発言を「ネット語」に翻訳されてしまうのでは困りますが、そういうことはなさそうだし。単にいわゆるニーズのある情報を流すだけなら、僕の出る幕ではありませんから。

――あまり情報的にならないようにというのは、われわれも意識しております。インターネット媒体の多くが、あまりにも情報的なきらいがありますので。

よくは知らないのですが、そうかもしれませんね。インターネットは過去の情報データばかりです。先を見る、想像力をめぐらすということではなくて、なにかにつけ既存の数量に還元されてしまう傾向がある。言葉づかいにしても、いわゆるネットふうにパターン化されてしまって、本来の意味からずれていたり、ニュアンスが消されていたりするケースも多いようです。つまり字義どおりに、ディジタル、計数型・数量化の思考になりがちだということでしょうか。

――はい、そのとおりです。数値によるランキングみたいなものもネットの特徴ですね。

ディジタルのディというのは、二分、二元化という意味への連想を誘います。一プラス一が二にしかならない世界みたいで、連想や類推がはたらかない。なかなか横とつながらない、というか、他との思いがけない出会い、偶然が生まれにくいようですね。

一方、アナログという言葉がその反対語ですが、ご存じのように、この言葉はアナロジー、類推から来ているので、情報を数値化・符号化しないで連続してとらえる。情報も類推で横にひろがってゆくもので、一プラス一が二ではなく、三にも十にもなるし、ゼロにもなりえます。世界がひろがりもするし消えもする。過去の数値的データではない未知にもつながります。

ところで人間の思考というのは、もともとアナロジーにもとづいているもので、つまりアナログなわけですね。僕の訳した『類推の山』（ルネ・ドーマル著、河出文庫）という戦前の小説は原題がモン・アナログですから、『アナログ山』と訳してもよかったもので、アナログ思考から導きだされた未知の山、未知の大陸にそびえる地上の最高峰なるものがなんと実在してしまう、というすごい話ですが、これがすでに何かを予言していたともいえそうです。東日本大震災後のいま、必要な本だと思ったりしています。

――ネットにはリンクという機能がありますが、それはどちらかといえば「一から一への移動」であって、たしかにアナロジカルではありませんね。

僕はいろんなことに興味があって、たとえば今年も展覧会の監修をして震災直後に『森と芸術』（平凡社）という図録を兼ねた著書を出したり、シュヴァンクマイエル展や、谷川晃一展や、瀧口修造・マルセル・デュシャン展の序文を書いたり、かと思うと東京港区の歴史について連続講演をしたり、あるいは植物や漫画や旅や驚異の部屋《ヴンダーカマー》について書いたりしているのですが、インターネット情報だと、それがみんなつながっているということもわからない気がします。インターネットでは案外、肩書きとか、旧態依然たる専門分野みたいなものがまかりとおっていますね。

事実、僕も「シュルレアリスムの専門家」というふうに決められてしまうと、それ以外は「専門外」になり、趣味や余技とみなされたりします。ところがシュルレアリスムというのは、そんな肩書きや専門という枠組をこわす思考のありかたなんで、アナロジーが基本です。

そこから見ると、インターネットでは意外にも、官僚的な縦ワリの傾向があるみたいですね。何かを説明するときに、既知のデータで割りきって枠どりしてしまうと、横のひろがりがなくなりますから。ニュアンスも消えてしまう。

もちろんインターネットの使い方にもよりますが、ひとことで片づけてしまう傾向はあるでしょう。一例がフェイスブックの「いいね！」ボタンかな。場合によりますが、ある種のトリックがあって、「いいね！」を押されないものは無意識にも二分法で「よくない」ほうに分類され、中間にあるはずの無数のニュアンスが消されてしまう感じがする。しかも内向きで、極端にいうと、そこに一種のファシズムが内包されているでしょう。


——僕たちもツイッターなどを利用していますが、コストなしで記事の宣伝ができるなど、便利な側面も感じつつ、これは非常に厄介な装置だなと感じることもしばしばです。


いや、そんなに気にしないでください（笑）。あくまでも使い方の問題ですから。

そういえば、いま笑いが出ましたが、ネット的な文体にも、「（笑）」というのがありますね。もともと聴き手のいる対談とか講演とかで笑いが出たときに、「（笑）」として記録するというのは古くからあった方法ですが、インターネットの「（笑）」のほうは自分で勝手に笑う、というか、相手の笑う行為を先どりしてしまうというか、読んでいてちっともおかしくない箇所に「（笑）」が入っていたりすると、なんだか自己正当化をはかっているみたいで、むしろ内向きの哀しいナルシシズムが伝わってくることもあるでしょう。

自分の言葉を自分で回収してしまうというのでは、あんまりコミュニケーションが成り立たないですね。そういうところもおもしろいな、と思います。

――耳が痛いです。意識はしていませんでしたが、気づかぬうちに馴致されてしまっている部分は少なからずあると思います。

気にしないでください（笑）。そもそも言語というのはアナログにできているということをいっているので、他意はありません。過去の数値化されたデータだとか、二分法や縦ワリ思考に馴らされると、どうしたって画一化を免れないから、そちらの「マガジン」や出版の世界も困っていることはたしかでしょうけれども。

ところで、本題は何でしたっけ？

インターネットのない時代

――用意した本題は、インターネットなどなかった時代のことです。本欄はエロスの再考ということをテーマとしているのですが、今回はとくに「血と薔薇の時代」をクローズアップしたいのです。一九六八年に澁澤龍彥の責任編集のもとに「エロティシズムと残酷の綜合研究誌」として創刊され、その後、たった三号で終ってしまった伝説の雑誌である「血と薔薇」と、それが生まれた時代背景について、お話を伺いたかった次第です。あの時代に流れていた空気、また、あれから四十余年が過ぎたいま、われわれは何を得て、何を失ったのか……。あるいは先ほどのお話ともつながってくることでしょうが。

アナロジー思考からすると、すべてはつながっていますけれど。ただ「血と薔薇の時代」と一口にいっても、多様性やニュアンスがありますし、それを見る人がどこにいたかにもよるので、単純にパターン化された売り文句で説明はできないでしょう。

たとえば僕と同世代であっても、まるで違うことを考え、違うことをやっていた人たちがいて、そのほうがたぶん圧倒的に多かったということは、当時からわかっていました。

たしかに、あのころに何かが芽生え、伸びひろがり、それからすっと立ち消えになっていったような印象というのはあるでしょうが、多数の「いいね！」がカウントされたということではありません。

——僕は年齢的にも、当時の空気というものを体験的には知らないんですが、「血と薔薇」のような雑誌が創刊される一方で、社会的には大規模な学生運動があり、また国外ではベトナム戦争などもつづいていたりと、いわゆる政治の季節でもあったわけですよね。

政治の季節といっても、政治に特化されていたわけではなくて、むしろ政治という枠がなくなりつつあったのではないかな。政治、文化、芸術といった縦ワリ的な分類がいちど流れてしまい、いろいろつながりが見えてきた、そんな時期であったような気がします。

――あらゆる領域間の垣根が一時的に無効になったということでしょうか？　セクト的ではなくなったと。

当時のセクトというのは主に政治レベルの言葉なので、この場合に使えるかどうかはわかりませんが、研究や批評の領域でも、たとえば現代美術にしろ外国文学にしろ、狭いサークルで「車座」になって内側だけを向いているような、専門家の官僚的といってもいい社会のありかたが、あの当時、いったん崩れかけていたということはいえるでしょう。また、それを敏感に察知していたとも思います。学生運動のなかにもそれがあったわけです。

いまではかえって、以前のありかたが強化されているようでもありますけれど。

――なるほど。それでは巖谷さんご本人は、当時をどのようにすごされていたんですか？

方向も進路も決めずに、町なかを歩きまわっていたような気がします。そこでいろんな人たちと出会った。出会いというのは偶然のものですけれど、それがかなり頻繁にありましたね。まあ、いろんなところへ顔を出していましたから。

――澁澤龍彦さんとの出会いも？

そうですね、あれも偶然でした。生涯の大きな出会いは一九六三年、二十歳のころで、まず瀧口修造、つぎに澁澤龍彦だったと思います。澁澤さんとはじめて会ったのは新宿西口の「ぼるか」という飲み屋でした。当時、僕は池田満寿夫とつきあいがあって、土方巽の舞踏公演かなにかのあとの集まりで、紹介されたんですね。

高校生のころから澁澤さんのサド関係書など、ハードな本の読者だったので、ちょっとコワい人かなという先入観がありましたが、実際に会ってみると、そんな印象のまったくない率直で自由な人物で、そのことが自然のようでもあり驚きのようでもありました。

いまよくある名刺交換とか、探りあいみたいな手続きを抜きにして、ストレートに話ができちゃうという、そんな感じです。それこそ「アナロジーがはたらく」というのか、十五歳も年が離れているし立場も違うのに、話がすぐに通じてひろがっていった。四十歳年長の瀧口修造と出会ったときもそうですが、これは僕にとって新しい感覚でした。

――澁澤さんのそういったざっくばらんさというのは、いまでも著書のイメージとはだいぶ違いますね。

そうかもしれません。ただ、澁澤さんはその後によく、自分は誤解されているといっていたものですが。

――誤解ですか？

なにやら複雑な内面を抱えているみたいな、どちらかというと暗い人格のイメージを持たれていた。それにユイスマンスの『さかしま』のデ・ゼサントのような、貴族的でマニアックなイメージというのもあって、六〇年代には多少そういう自己演出もしていたにしろ、実際にはむしろオープンで明るくて、子どもっぽい感じの人でした。

そういえば雑誌「血と薔薇」のイメージというのも、まだ澁澤さんにつきまとっているのかな。でも本人にとっては「血と薔薇」もひとつの「遊び」だったようで、あれを本性だとか、真面目なイデオロギーだとか思われることは、あまり好まなかったみたいです。

――世間のイメージとは正反対の人なのかもしれませんね。

正反対だとは思いませんが。ただ、澁澤さんは「自分はこういう人間だ」って書くことがわりに多かった。それを読んで「そうなのか」と信じてしまう読者もいるでしょうが、じつはつぎに出した本で、違うことをいったりします（笑）。べつだん嘘をついていたのではなくて、変化を自覚していたんですね。

澁澤龍彥という人物は変貌していて、本人もそのことに自覚的でした。意志の強い人なので、情念に引っぱられて趣味にのめりこむようなことはない。いわゆる「シブサワ」のイメージの自己演出も、七〇年代からは方向が変っていたので、「誤解」だとかいいだしたのでしょう。

――なるほど、むしろ「変貌」を自覚していた人なのですね。そこでもっと、雑誌「血と薔薇」についてお聞きしていきたいんですが、まず、いまの出版界の状況から考えて、こんな雑誌が実際に世に出たという事実に驚愕せざるをえない、というのがあります。あまつさえ発売日には書店に行列ができたと。

行列は銀座の近藤書店だけだったと思うけれど。たしかにいまこんな雑誌が出たら、どこかしらからクレームがつくかもしれませんね。それどころか、最近は規制も管理も、戦前なみに厳しくなっていますから。二〇〇三年に出た復刻版で、最初の三島由紀夫の写真が削除されているのも、そういう例に入るかな。

――いまはほんとに厳しいです。だから気になるのは、この雑誌があの当時、どのように世間に受けとめられたのかということなんですが。

売れたといってもせいぜい一、二万部でしょうが、この種の雑誌としては例外的だったかもしれません。ただ、宣伝したわりには大したことない、という感じもあったみたいです。週刊誌などでおもしろおかしく書きたてたし、澁澤さんは生涯にただ一度、テレビに出たりしましたから。

――「11PM」ですね。

放送自体はへんなものでした。澁澤龍彦と加藤郁乎、池田満寿夫、あと種村季弘も出たような気がしますが、司会の大橋巨泉には事情がわかっていない上に、ゲストたちはすでにべろべろに酔っぱらっていた（笑）。

なんだかわけのわからない人たちが、ただ酔っぱらって「血と薔薇、うーん」とか呟いているというような感じだったので、宣伝効果はとくになかったようです。

もちろん、あらかじめ熱烈な読者というのはいたはずだし、澁澤さんにはサド裁判の被告という話題性もあったから、売れてもおかしくはなかったんでしょうが……。

「血と薔薇」のメンバー

――巖谷さんはまず、創刊された第一号の「血と薔薇」を見て、どんな印象をもたれましたか？

巖谷　正直にいって、やや失望もありました。澁澤さんにしては、ちょっとダサいというか、俗に走った感じです。表紙デザインもそうでしたが、ただあれは堀内誠一という名手の仕事ですから、あえてハイブローを避けたんですね。堀内さんは時代を読める人でしたから。あの金ピカみたいなロゴにしても、品のなさが成功の因になったかもしれません。

――たしかに澁澤さん個人の著作が、装丁なども洗練されていた分、俗っぽさが際立ちますね。

巖谷　むしろ雑誌というものの猥雑さを楽しんでいたんでしょう。内容についても、創刊号の最初は三島由紀夫のセミ・ヌード写真でしたが、これなどがどうも、当時の僕にはダサく感じられました。「男の死」という写真特集ですが、たとえば「情死」なんていうテーマは、もともと澁澤さんらしくないんですから。

もちろん最高のカメラマンが撮っているので、写真としてはいいのもあります。澁澤さん自身の出演した「サルダナパルスの死」（奈良原一高撮影）なんて、裸体女性にかこまれているわけですが、モデルの澁澤さんはちょっと笑っています。どうも真面目じゃない。「こんなことやらされちゃってー」（笑）みたいな笑いですね。

そういえば、三島さんのほうは大真面目で聖セバスティアヌスを演じていますから、好対照にも見えます。

――たしかに対照的な二人ですね。

僕はそんなふうに感じて澁澤さんに伝えたら、彼も「そうなんだよなあ」とかいって、あの「男の死」というのは、三島さんが持ちこんできた企画だと打ちあけました。

——三島さん絡みのエピソードになると、澁澤さんってとたんに弱くなるようですね（笑）。

澁澤さんは三島さんの後押しでデビューした人ですし、実際に敬意を持っていましたから。「血と薔薇」本来の思想や姿勢については、『「血と薔薇」宣言』で明らかですけれど、イデオロギー闘争をするわけでもないので、まあいろいろあっていいんじゃないかと。

そういうノンシャランでラフなやりかたも、例の「インファンティリズム」の主張にちゃんとふくまれていたといえるでしょうね。

「血と薔薇」文庫版の巻末解説にも書きましたが、当時の澁澤さんの口癖に「一向にさしつかえない」というのがあって、要するに、いろいろ異質なものがまじっていても、一向にさしつかえない雑誌だったわけです（笑）。

——「血と薔薇」をつくるということ自体が、一種のお祭のようなものだったんでしょうか？

どうせならとことん楽しんでしまえ、という構えはあったでしょう。ロジェ・ヴァディムの映画からとった「血と薔薇」というタイトルだって笑えるところがあるし、少なくとも編集の場には、外から見ていて、祝祭的な気分が垣間見えもしました。最近の出版社の「会議」とかいうのとは、似ても似つかないものだったでしょう。

——出版の現状を知っている立場からは、羨ましいというか……。

とにかく飲んで騒いで、それでちゃんと雑誌の編集ができていったわけだから、いまでは考えられないことなのかな。

いまのように企画会議をひらいて、インターネット経由で過去の数値データを見て、売れるかどうかリサーチして、というやりかたをしていると、似たような雑誌、似たような特集になるのは当然かもしれませんね。

もちろん「血と薔薇」だって、内藤三津子さんのような優秀な編集者がついていたし、それに読者の支えがちゃんとあったから、三号とも筋を通せた。いまとは状況が違いますし、第一、メンバーも違う。まあ、遊び半分の冒険者たちですから。

——そもそも面子《めんつ》自体がとんでもない。これだけの面子の作家やアーティストたちがひとつの雑誌に集ったということが、すでに奇蹟ですよ。

このメンバーはだいたい澁澤さんが引きこんだのだと思います。美術・写真では澁澤さんだけでなく、堀内誠一さんの線もありますね。あとは編集協力者みたいな面々として、加藤郁乎さん、種村季弘さん、松山俊太郎さんあたりがつきあっていたのかな。なかで編集者の経験があったのは種村さんくらいです。彼はかつて光文社にいて、手塚治虫の担当だったこともある。

——それは知りませんでした。

だから、種村さんはわりと実務的だったかもしれないけれど、それでも酒を飲んでしまえば、全員「一向にさしつかえない」状態になってしまったんでしょうね（笑）。

この酒を飲むことについては、「血と薔薇」編集に限った話ではなくて、当時はよくあったことではないかな。僕自身、大学に入ってすぐその道に入ったというか、大学よりも新宿へ通う日数のほうがふえたというか。加藤郁乎さんなんかにはよくおごってもらったので、いまでも恩義を感じていますす（笑）。

やはり周辺にいた谷川晃一さんの最近の回顧展の序文にも書いたことですが、僕らはどうも、極度に暇だったんですよ。

「暇」と遊びの精神

——「暇」というのは意外ですね。

仕事がないという意味での暇とは違います。それぞれ仕事で忙しかったはずで、どう考えても時間が余っていたわけではありません。ただ、「暇」をあえて選ぼうとしたということですね。いまだって選ぶ自由はあるはずですが。

そんな感じを、僕は「永遠の暇」と呼んでいます。たしかにいつまでも暇のつづく感覚がありました。澁澤さんだって当時たくさんの原稿を抱えていたし、加藤さんはテレビ局に勤めていたし、種村さんもドイツ語の先生などをしていたけれども、なぜかひとたび集まってお酒を飲みはじめると、翌日、翌々日まで飲んでしまったりする。ほかの約束を反古《ほご》にしてでも、飲みつづけることを「選ぶ」わけです。

それもインファンティリズムですね。だれかの家で酒を飲んで、花札なんかはじめると、何時間でもつづく。気がつくと朝で、みんなで雑魚寝《ざこね》したりする。じつはそこから、いろんな新しい発想が芽ばえていたのだとも思えます。

そういえば、いまの若い人は暇を選ばない傾向がありますね。「所用がありまして」とか、「そろそろ終電が……」とかいって、帰っちゃう人が多いようです（笑）。

──帰っちゃいますね。お話を聞いていて感じたんですが、「血と薔薇の時代」にあって、いま圧倒的に欠けてしまっているものは、遊びの精神じゃないかな、と。ふと自分の周辺を省みても、いまの人たちはよくもあしくも真面目な気がしますね。小真面目なんです。

まあ、そんなこともないでしょうが。お金はいまのほうがあるとしても、実際に時間が足りないのかもしれません。残業が当り前で、帰ってもインターネットにべったりで、フェイスブックなんかに時間を使ったりする。本来はライヴのアナログ的な関係が人間には必要で、たいていの人はそれを求めているはずですが、いざというときに「暇」を選ばないのですね。

それはコンピューター化の進行とともに、日本の社会がどんどん官僚システム化しているせいもあるでしょう。官僚制といっても省庁の役人のことだけではなくて、縦ワリ式に専門化して横の連絡のない状態や、なにごとも「会議」だの「プレゼン」だのの先行するシステムのことです。管理が厳しくて、個人も自分を管理してしまう。一日が予定表に埋めつくされて、「暇」を選べない。

出版でもそうかもしれません。編集会議も編集部だけのものではなく、いまは営業部も入って過去の数値データを問題にする。しかも部署がしばしば変るようですね。体験的な勘とか偶然のひらめきとかを排除するし、冒険も避けてしまう傾向があるみたいです。

——少なくともそのことによって、企画自体は変質していますね。

東日本大震災のときの流行語に「想定外」というのがありますが、あれはそもそも「想定」できると考えるのがおかしい。過去の数値から「想定」するというのは傲慢な話で、想像力がはたらかなくなります。自然とはもともと偶然的なもので、未知へとひろがっていますから、想像力のアナロジーでしか対処できないんです。

僕は大震災の前から、それこそ『反ユートピアの旅』（紀伊國屋書店出版部）や『シュルレアリスムとは何か』（ちくま学芸文庫）以来、今年の『森と芸術』（平凡社）まで、ずっといいつづけてきましたが、「想定」できないということこそ自然、世界、宇宙の本質であって、そこから出発しないといけない。原発という高度テクノロジーは、そもそもまちがっているわけです。

――すると、今回の大震災、原発事故によって、われわれのディジタル思考は限界にぶちあたったのだと考えられますね。

いまにはじまったことでもありません。「血と薔薇」の時代、すでにそうなる方向が見えていたのではないかな。それに対するカウンターを意識していたのが「『血と薔薇』宣言」でしょう。「遊び」というのは、じつは「想定」や管理や抑制に反抗する人間の営みですから。

――それこそ澁澤さんは、なにかと「ホモ・ルーデンス」(遊ぶ人)を自称されていましたね。その後、「血と薔薇」の責任編集を引きうけたこと、たったの三号でやめてしまったこともふくめて、「遊び心」を感じます。

そもそも「こだわり」みたいなことを嫌っていましたが、それでもなぜ責任編集を引きうけたかといえば、「おもしろそうだから、やってみようか」という感じなので、長つづきしなくても一向にさしつかえない。「三号雑誌」という言葉が昔からありますけど、ずばりそのとおりになったのは喜ばしい、といっていた(笑)。残念だとか嘆かわしいといった言葉は聞いたことがありません。

まあ、あれだけで終ったということは、澁澤さんにとっても、時代のひとつの切れ目だったのでしょう。「血と薔薇」をやめた直後に、サド裁判の有罪判決がくだったわけだし、あらたに結婚したということもあります。

それで七〇年に『澁澤龍彥集成』でそれまでの仕事をまとめて、はじめてのヨーロッパ旅行を体験して、三島由紀夫が亡くなって、ひとつの時期が終りました。

——社会の変化とともに、澁澤さん個人の生活環境も変化していったということですね。

敏感に反応していたともいえるでしょう。意外かもしれませんが、アクチュアルな社会の動きをよく読んでいたと思います。七〇年は大阪万博の年で、その後の第二次高度経済成長期はいまの大衆化の時代のはじまりですが、澁澤さんはすでに、そういうことも予知していました。

——そこですね。澁澤さんって印象としては、同時代性のようなものから超然としているイメージではあるんですけど、じつは見えないところできちんとつながっていた。

超然としているから見ていない、ということではありません。位置のとりかたによるので、たとえばいま目の前に土俵があるとして、澁澤さんはそこへあがって相撲をとる人ではない。どちらかといえば行司（笑）。あるいは土俵下の親方か、砂かぶりの常連観客かな。じつは全体をよく見ていた人でもあるでしょう。

まあ、自分はおなじ土俵にあがらずに、おもしろがっていたのかな。サド裁判でも、被告でいながら見物人みたいで、弁護士を困らせたりしているし、真面目な当事者にはならない。ふだんも人と喧嘩しない、ライバル意識みたいなものも持たないという印象でした。

――ライバル意識というのは？

取っ組みあいみたいなことがおこらないようにできている、というか、心理や情念のようなもので争うことがない。だから超然として見えるけれども、じつは闘っているんです。サド裁判関係の文献や発言を見ればわかるけれども、不真面目でかつ冷静、客観的で、根本では闘争をしていながら、同時に遊んでいますね。

オブジェのエロティシズム

――ただ、客観的とはいっても、普通の意味ではないと思いますが。

そうかもしれません。客観的というのは、シュルレアリスム的な意味をふくんでいます。客観的＝オブジェクティフ、オブジェ的ということ。オブジェを通して、オブジェとして世界をとらえるという性向もありました。

——ということは、エロティシズムの問題ともかかわっていますね。

そうですね、澁澤さんはエロティシズムを語るときにも、自分の体験を省察して心理的に語るようなことはしませんでした。たいていはオブジェを通して、つまりオブジェクティフにエロスを語っています。

たとえば貞操帯が好きでしたね（笑）。あれは「オブジェとして貞操帯がおもしろい」という見地からでしょう。「血と薔薇」の第二号の表紙の怪しげな貞操帯写真も、そんな感じでした。

それをもっと突きつめてゆくと、万物エロス化ということになるのかもしれません。たとえばこのテーブルのここに栗の実がころがっていますが、これもエロティックです（笑）。

そういう精神なので、どろどろした色情といったものからは、かぎりなく遠いでしょうね。逆にいうと、どろりと滴るものが澁澤さんの文章にたまたまあらわれたとすれば、それは本物かもしれません。澁澤さんの書物にも、ときおりそういう瞬間が見えるように思います。

——こと性に関して言えば、現在は「血と薔薇」の時代にくらべて、性に対する規範意識が弱まり、性についての情報が得やすくなった分、ある意味ではエロスが通俗化してしまい、また性的アパシーも加速しているように思います。巖谷さんは現在のエロティシズムやフェティッシュのありかたについて、どのような印象をお持ちですか？

万物カタログ化というのか、データ化というのか、エロティックなオブジェを発見するのではなくて、フェティッシュを既存のカタログのデータから選ぶだけになっているという気はします。自分で発見する過程が抜けおちているようで、「何々系」というふうにパターン化された趣味とか、交換価値とかのレヴェルで、それこそ「いいね！」の数などをもとにチョイスする、といった傾向も見られるようですね。

そんな現状を、内向きの「（笑）」で防御したりもしている。カタログというのは商品の画像や記号ばかりなので、実体がないわけですが、案外そのことを楽しんでいるのかもしれませんね。

――つまり、オブジェがなくなってしまっている、と。

オブジェというのは、人間が自然である所以《ゆえん》のひとつでしょう。オブジェがわからないと、アートもなにもない。たとえば自然界のもの、ここに生えている一本の木もオブジェですね。でも、いままでは「木」というオブジェに対面するとき、まず感じるのではなく、先まわりして情報として見てしまう傾向があるのではないかな。

情報には匂いも味も触覚もありません。エロティシズムについても、オブジェを介していないとすれば、それはエロスの衰退ともとれなくはないでしょう。

――たしかに、記号や属性に「萌える」というのでは、あまりオブジェ的ではないですね。

「血と薔薇」で思いだしますが、あのころ、フロイトの「多形倒錯」という言葉をよく使っていました。嬰児《えいじ》がそうであるように、万物、あらゆるオブジェを性的に感じる。それはたしかに幸福なことで、『「血と薔薇」宣言』の標榜するインファンテリズムは、そこにも通じていたんです。生まれたばかりの子どもにとっては、万物が性的だったわけで、性器に特化されることなく、全身で多形的に快楽を得ていた。原始の人間もそうだったかもしれません。その名ごりは現代人にもあるわけですね。

たとえばこの森。森に一歩ふみこんだときの快感というのは、いくぶんか多形倒錯的なもので、体中の感官が発動します。視覚だけではなく、聴覚も嗅覚も触覚も味覚も、すべて連動するような不思議な感覚が生まれて、なにか失われたものへのノスタルジアも芽ばえてくる。僕にとってのエロスとは、基本的にはそういうものです。

——これはセックス・メディアにも責任がありますが、エロスが「網膜的」になりすぎてしまっているのかもしれません。

視覚偏重、視覚特権化の時代ですね。ある意味では五感も、官僚タテワリ式になっているということかな。本来、視覚と触覚や味覚や嗅覚や聴覚も、すべてつながっているものなんですが。

——食欲と性欲もつながりますね。

もともと分けて考えることなどできないでしょう。実際、食べる快楽が性的快楽のかわりになることもありますし、境目ははっきりしません。性はポリ（多形）であって、モノ（単形）ではない。エロスは官僚体制ではなく、アナーキーであるといってもいいくらいです。

エロスには失われた楽園への回帰もふくまれます。僕は今年、「森と芸術」という大きな展覧会の監修をしたわけで、さっき話に出た『森と芸術』（平凡社）はその図録を兼ねた著書なんですが、そこでいっているように、多くの神話に語られている「地上の楽園」というのは、森のことでした。かつて森の果実を食べて生きていた時代には、人間は農耕のような計画的な労働もせず、政治や官僚制度も持たず、いろんな意味で定住を免れていた。

エロティシズムとは、どこかに記憶されているそんな時代、神話の黄金時代への遡行であり、憧憬でもあるわけです。

――バタイユはエロティシズムを「個の連続性への憧憬である」と表現しましたが、ここでいう連続性もまた、ある種の多形倒錯的な状態と考えられますね。

そうですね。バタイユの連続性をいいかえれば、死でもある。地球上で、無機物から有機物が生まれたとき、その最初の生命が何をしようとしたかというと、元へもどろうとした。それが死の衝動であり、同時に生の衝動であるというフロイトの説を、バタイユは受けついでいます。

僕は二十代の前半に、シャルル・フーリエの『四運動の理論』（現代思潮社）という大著を翻訳しましたが、フーリエはその本のなかで、ニュートンの万有引力説は片手おちだと断じました。物質と情念とをはじめから区別してしまい、物質にだけ引力がはたらくとするのならば、万有ではないではないか――情念にも引力があるのだ、とフーリエは主張しました。つまり、五感、愛、友情、あるいは浮気心、野心、密謀などを総称して、「情念引力」と呼んだわけです。

荒唐無稽の理論ですけれども、一八〇八年にそんなことを書いてしまう人物がいたということには感動します。引力とは原初の連続性に戻ろうとする力だとすると、「情念引力」はバタイユのエロティシズムにも、フロイトの死の衝動にも通じていますから。

――巖谷さんが「血と薔薇」に書かれておられるフーリエ論を読んで、僕は「全婚」という概念が非常に気になりました。それこそ、先ほどのお話、多形倒錯というものにもつながる概念ですよね。

全婚、オムニガミーのことですね。全員が全員とエロティックな関係を持ちうる状態を意味する造語ですが、これはフーリエのもうひとつの理論である「普遍的アナロジー」説に結びつけられます。「血と薔薇」に書いたフーリエについての文章は字数制限もあって不充分なものでしたが、おなじころに「万有引力の神話」という長いエッセーを書いていて、こちらは『幻視者たち』(河出書房新社)に入っています。

考えてみると、僕のエロス観にはフーリエに近いところもあるのかな。情念あるいは精神を物質あるいはオブジェと切りはなさず、エロスの対象を特化しない。いろんなものに引力がはたらいていることを認める。どうしてわざわざ領域を狭める必要があるのか、と思いますから。

今回はあえてシュルレアリスムという言葉を出していませんが、じつはアナロジーを重視するシュルレアリスムの立場も、それとつながっているわけです。

アナロジーと自然

――ネットに話をもどしていえば、本来、ネットっていうのは世界全体にアクセスが可能な、それこそ全婚的なメディアになりうるものだとも思うんですが、日本での実状は多数者とつながるネットではなく、自閉のためのネットになっている気がします。

インターネットの現状については印象程度にすぎませんけれど、「インター」であるネット、つまり全世界的に「網」がひろがる状態というのは、フーリエの考えた未来世界に似ているところがあるので、フーリエをインターネット思想の先駆と見る向きもあるほどです。一方、フーリエにはテクノロジー信仰や画一性への志向がまったく皆無なので、じつは無縁のような気がしますね。だいたい「普遍的アナロジー」の大家であるフーリエが、ディジタル思考の先駆者だということはないでしょう(笑)。

いわゆるネットが内向きあるいは自閉的に使われているとすれば、それも精神的公害のひとつになりえますね。もしかすると、どこかでこっそり大規模な実験をしていて、どれだけ精神がおかしくなるか、日本の社会でサンプリングしてるんじゃないか（笑）――とすら思えなくもない。もちろん単純に良いか悪いかの問題ではありませんが。

インターネットによって社会が急激に変ってきたにしても、それはずっと前から進行していた変化の延長でもあって、人間が自然を離れることを選んだときにはじまっていた部分もあるでしょう。ただ、人間の本来の思考はアナログだったわけですね。近代の合理主義的な科学なんぞはごく最近のことで、それ以前の魔術的・呪術的な思考のほうが人間にとってはるかに長く、本質的で自然だという見方が必要でしょう。

魔術的な世界把握の根幹にはアナロジーがあって、エロスもまたそちら側のものです。世界を類推的に感じとって行動をおこすということが、長いあいだ人間の営みだったので、ロボットにでもならないかぎり、それをやめることはできません。そこへ一挙にディジタル化が幅をきかせてくれば、抑圧と障害が生じるのも当然のことです。

――だからこそ「血と薔薇」や、あの時代の感覚に憧れるのかもしれません。

僕自身はあの雑誌の当事者ではなく、当時は外見がちょっとダサいとか、物足りないとか感じていたものですが、いまの人のいだく憧れというのも理解できなくはありません。

世界が巨大なカタログみたいになっていて、肌ざわりも匂いもニュアンスもないところで、「いいね！」のカウントなどが選択基準になるような計量的世界にいるのだとすると、あのように多義的な「遊び」が魅力的に見えるのも当然でしょうから。

「血と薔薇」という雑誌は神彰《じんあきら》が資金を提供して、それをみんなで蕩尽してしまった雑誌です。編集に加わっていたメンバーは、わいわい集まって朝まで酒を飲んで、好きなように企画・構成をしていった。だから多様で多義的で、偶然的で「想定外」で、規格にはまらない内容になりました。計算も想定も、同調も忖度もしない冒険だったわけです。

ただ、それでたまたま成功したという美談などではなくて、意外に客観的な時代意識と先見の明にもとづく方法だったともいえるところに、雑誌編集・出版というもののおもしろさがありますね。

他方、インターネットのおなじ過去の数量データをもとに、「売れる」雑誌や本をつくろうとすれば、どれも似たようなものになって、共倒れしてゆくのは当然のように思えます。最近はそういう画一化の現象が進行しているようですね。

東日本大震災を機に、何かが変る可能性が芽ばえたと思います。いま必要なのは「復旧」ではなくて、変化です。ただ、日本の社会には画一化に流れてしまうところがあって、「きずな」だとか「日本をひとつに」みたいな方向へ走りがちですから、要注意ですけれど。

原発事故という地球規模の事件に際しても「車座」を組み、外国には背を向けて、内向きの自粛だの忖度だのをくりかえしているようだと、復旧どころかファシズムが進行して、関東大震災後の状況にまで逆もどりしてしまうでしょう。他方、「血と薔薇」のいわゆる「テクノロジーの未来信仰」から抜けだすこともままならないでしょう。

インターネットが戦中の「隣組」みたいに使われるシステムもおぞましい現象で、ファシズムの温床が育っているように見えるんです。

――今回の震災によって、この国はいまだ村社会だったんだな、ということに気づかされました。

そういえば「血と薔薇」も、なにか先を感じとっていて、自分から滅びてみせたという気がしなくもありません。あの時期、一方では大阪万博の準備が進んでいて、『血と薔薇』宣言」にあった「テクノロジーの未来信仰には一切くみしない」という立場表明は、それに向けて発せられたわけですが、もちろん原発などをあらかじめ批判するものでもあったわけです。

エロスは自然の側のものです。人間が自然の一部であることの証明のひとつでもあるので、近代科学的合理主義のテクノロジーには一切くみしない。いまもって、そういわざるをえないですね。

「血と薔薇」の外見はともあれ、社会史的・文化史的に見た場合にも、やはり重要な、おもしろい雑誌だったなとは思います。もちろん、単純に「あのころはよかった」などといっているわけじゃなくて、現在にそのまま何かを突きつけうる内容をもっていますから。澁澤龍彥がいたからこそ、それが可能になったわけです。

文化がテクノロジーに牛耳られ、ディジタルな計量思考に支配されてゆくということは、楽しくないだけではなく、自然ではないから困るんです。『森と芸術』でもそうでしたが、エロスについても、僕は震災後の拠点を、テクノロジーや文明や国家などではなく、「自然」の側にこそ置くべきだという立場です。

二〇一一年八月十八日　信州の仕事場にて

澁澤龍彦の「現代性」——二〇一七年にどう読むか

——澁澤龍彦が亡くなって、もう三十年になろうとしていますね。

長いような短いような……。僕は澁澤さんと二十歳のときに出会って、ずっと交遊して、二十五年間近くつきあっていたわけですが、それよりも長い時がたってしまいました。でも、ほとんどそういう気がしません。『澁澤龍彦全集』と『澁澤龍彦翻訳全集』（河出書房新社）をつくり、展覧会をいくつも監修して、いろいろ書いたり、あちこちで講演をしたりするあいだも、交遊がつづいている感じでしたから。

ただ、時代は変りましたね。澁澤さんの読者というのも、時代とともに徐々に変ってきているようだし、範囲がひろがっているという実感もあります。その間、僕は語り部みたいに澁澤さんの思い出を話したりしてきましたが、いまはそれ以上に、澁澤さんの新しい何かを発見して、あらためて伝えるところに来ているかもしれません。

――澁澤龍彦が生きていたのは、どんな時代だったのでしょうか。

澁澤さんは昭和三年の生まれで、亡くなったのが昭和六十二年ですから、生涯が丸ごと昭和に入っていますね。その亡くなった三年後に美空ひばりが亡くなって、昭和が終ったとかなんとか騒がれたものですが、あのころたまたま心理学者の秋山さと子さんと会って話したら、美空ひばりよりもむしろ、おなじころに亡くなった手塚治虫のほうが昭和を代表するイメージではないかといわれて、僕もそうだなと思いました。すでに澁澤さんは亡くなっていたわけですが、似たような感じがあったのをおぼえています。

意外かもしれないけれど、澁澤龍彦には手塚治虫とどこか通じるところがあります。手塚さんはあまりにも早くにデビューしてしまったので、年齢のサバを読んで大正末の生まれと公表していましたが、亡くなったあとでじつは昭和三年生まれだとわかった。つまり、澁澤さんと同い年なんです。おたがいにまったく関係のなかった二人ですけれど、共通点がどこかにありますね。

たとえばある種のお坊ちゃん育ちで、まだ自然ののこっている野原や林のあるところで幼時を送った。手塚治虫は関西の宝塚ですけれども、澁澤さんは四歳で埼玉の川越から駒込に近い中里に移って、東京の山の手の外れのまだ牧歌的な雰囲気のあるところで、昆虫採集なんかやって自然になじんでいた。そのあとは十六歳で東京大空襲に遭い、焼けだされて死体のなかを逃れてゆくという体験をしている。手塚治虫のほうは大阪の工場に勤労動員されて、大阪大空襲で九死に一生を得ている。戦争が終ってすべてが入れかわってしまうのが十七歳、旧制高校に入ったころでした。

二人には博物誌的なテーマがありますが、もうひとつ、すでにあるものを使う、再話する、神話とか物語とかをそのまま借用・流用するという共通点があります。澁澤さんはたいていの文章に下敷きがあって、いわゆる近代的自我のオリジナリティーに固執しなかった人ですが、手塚治虫もそうなんで、以前に僕が手塚さんと対談をしたとき、さかんにそのことをいっていました。手塚さんがあんなに多産だったのに、あれだけの多彩なマンガを描きつづけられたというのは、骨格がしっかりしているからで、説話的なものだけでなくさまざまな下敷きをもつその骨格のありかたを、僕は「二十世紀の印象」というふうにとらえました。

つまり二十世紀の文化やサブカルチャーまでふくめて、いろんなテーマやモティーフが昭和初期の少年の記憶に刻印されて、その後にどっと再生してきた。澁澤さんと共通しているのは、おそらく異常なくらい記憶力のよい少年で、物のイメージや物語の骨組が記憶のプールをつくっていたということです。昭和の初期というのは、明治以後に外から入ってきたものがたくさん蓄積されていた時期でもあって、その印象になじんでいた。それが澁澤さんの『狐のだんぶくろ』で回顧されている「黄金時代」ですが、戦争になって、すべてが欠乏しはじめて、大空襲でなにもかもなくなって、焼け跡がのこった。そこからまた新しい記憶がはじまります。

いま、昭和という時代がノスタルジアの対象になっているようですけれども、澁澤龍彦の生涯を通じてとらえなおせるものも多いはずです。

遊び——選択と類推

——澁澤さんの昭和の記憶というのも、重要だということですね。戦後についてはどうだったのでしょうか。

焼け跡でいったんすべてが白紙になって、鎌倉に移ってからまた新しい記憶のプールがはじまるわけですが、ここではすこし飛んで、デビュー当時を考えてみましょうか。澁澤さんが出てきたのは一九五〇年代のなかば、日本が一応の独立国になって、朝鮮戦争の「特需景気」で資本の蓄積されるころですね。やがて高度経済成長の時代が来る。あのころからじわじわと強制されていたのが、「生産性」ということでした。生産性の向上のために労働至上主義のモラルがひろめられました。

六〇年代に入ってからですが、澁澤さんは「生産性の倫理をぶちこわせ」(『神聖受胎』)という文章を書いています。「労働すれば自由になる」というのはアウシュヴィッツの収容所の入口に記されていたスローガンですが、あれとそっくりのモラルが五〇年代から一般化していました。いまもそうですが(笑)。で、あのころ「しあわせの歌」という共産党系の歌があって、「しあわせはおいらの願

い　仕事はとっても苦しいが　流れる汗に未来を込めて　明るい社会を築くこと」なんていう歌詞で、これはむしろ高度経済成長の歌といってもいいものですが（笑）、澁澤さんはそのモラルを根柢からくつがえす考え方を示しています。

あれが澁澤龍彦の六〇年代なんで、つまり、「反・生産」「反・労働」です。生産ではなくて消尽、労働ではなくて遊び。その主張が澁澤さんの思想と生き方の根幹にあったわけで、それを端的にあらわしているのが一九六四年の『夢の宇宙誌』ですね。東京オリンピックの年だというのも特徴的ですが、「国家」に奉仕する大労働事業みたいなオリンピックに対して、『夢の宇宙誌』は無償の遊び、消尽としてのエロティシズムを称えることによって、いわば「反・権力」「反・国家」の拠点をつくろうとしています。サドの延長ですね。だからこの本はホモ・ルーデンス（遊び人間）の宣言ではありますが、いわゆる趣味的なコレクションのすすめではありませんでした。

もちろん歴史上の「驚異の部屋《ヴンダーカマー》」とか、珍奇なもののコレクションを称えていますけれど、著者自身がコレクターだったわけではない。そういえば、澁澤さんは資産家の血筋を引いているせいか、経済的に余裕があったと誤解されたりしますけれど、むしろ若いころには苦労した人です。澁澤榮一が遠い縁戚ですが、お父さんは銀行マンで、一九五五年に野外で倒れて急死して、そのころ結核で安静を命じられていた澁澤さんは困窮しました。岩波書店の校正部に入ってぎりぎりの生活をしていた。本人はせっせと働いていたわけで、余裕があって遊んでいたのではありません。余裕があると趣味の遊びになるかもしれないが、澁澤さんにはむしろ趣味なんかない。趣味なんかない人が本気で遊ぶから、「夢の」宇宙誌、空想のコスモグラフィーができるわけです。

つまり、じつはコレクションといっても、記憶のコレクション、夢想のコレクション。王侯貴族みたいに高価なものを集めて「驚異の部屋」をつくるというんじゃなくて、書くもの自体を「驚異の部屋」にしようとしたんですね。

――それにしても、あれだけの広い知識を、どこで得たのでしょうか。

知識だけならもっと広い人はいたでしょう。むしろ「選択」と「類推」じゃないかと思います。気質にしっかり支えられたセレクションの能力と、さらにそれを横にひろげてゆくアナロジーの能力があるから、夢の宇宙誌が可能になったわけです。

僕は六三年に彼とはじめて出会ってから、数年して鎌倉の小町の家に招かれました。一家で借家に入っていて、澁澤さんと当時の夫人は二階の一部屋にいたんです。そこはかなりよく整理された書斎兼居室で、本はもちろん当時の普通の家としては多かったけれど、作家にしてはそう多くなくて、必要な本しか置いていないという印象でした。北鎌倉の持ち家に引っこして、本も亡くなるまでにどんどん増えましたが、国書刊行会から出た『澁澤龍彦蔵書目録』を見てもわかるように、せいぜい一万冊なんですね。僕の家でも数倍はあるでしょう。

でも、みごとに選ばれている蔵書で、そこがすごいなと思います。澁澤さんというのは、なんでもかんでも読みあさって博識を誇るというのではなくて、「選択」と「類推」によって成り立つ知識とイメージの小宇宙みたいな人でした。自分に必要なものにあれだけ自由に反応できるというのは、自分についての確信と探求がしっかりあったからです。少なくとも、あれだけ好きなものを「好き」だと、自由にいえた人は稀ですね。

――嫌いなものを「嫌い」というのとは、また別なのでしょうか。

「嫌い」はほとんどいいませんね。若いころにたしか「印象派は大嫌い」と書いていたのがまず思いうかぶくらいです（笑）。ぐしゃぐしゃしたものは嫌いとか。それと、七〇年の大阪万博の前に書いた「万博を嫌悪する」という文章は秀逸でしょう。資本と結びつくテクノロジーを徹底して批判する諷刺的な文章で、いま読まれてしかるべきものです。

「好き」については、はじめから好きなものがきまっているというよりも、好きなものに出会うことが自己探求になるんです。最後の小説『高丘親王航海記』にありますが、球体のイメージに惹かれる自分というのがずっと潜在していて、球体だけでなく螺旋などの幾何学図形もあるけれど、そのことが自分とは誰かにかかわっています。ただ、あれも究極のところは自然界へ行くでしょう。そういうものに惹かれる自分というものに徐々に気づいてゆく過程があって、それが澁澤龍彦の作家としての歴史をかたちづくっています。

蔵書についても、自分を探求してゆく過程で出会う本というのがあり、出会うたびに自分の「好き」もひろがっていった。たとえばいわゆるマニアならば、自分の好きなものの枠をあらかじめ決めているのが普通ですが、澁澤さんの場合にはむしろ客観的に自分を見ていて、球体なら球体について考察するうちに、アナロジーによって好きなものをふやし、ひろげ、『高丘親王航海記』まで到達したんだと思います。

ブルトンから受けついだもの

——日本には少ないタイプの知性のありかたですが、前例はありますか。

南方熊楠とか、作家なら稲垣足穂とか、花田清輝あたりかな。でも足穂も花田も、あらかじめ図式化していますね。岡本太郎もそうですが、花田清輝だと単純な二元論になるわけです。

——花田清輝や岡本太郎の場合ですと、シュルレアリスムへの関心が共通していましたが、それも、出会った時代の違いがあるかもしれませんね。

澁澤さんはシュルレアリスムに出会ったというよりも、幼年期に原形になるような感覚と嗜好があって、それをすこしずつ再発見していったわけです。だからシュルレアリスムについても、図式化された理論じゃなくて、いろんな側面や部分をそのつど発見していきました。まずはじめには、自分の好きな文学の系統を開示してくれたものとしてのシュルレアリスム。アンドレ・ブルトンの『黒いユーモア選集』の原書に出会ったことがきっかけでした。

澁澤さんは大学に入る前に二年間、浪人をしているでしょう。あれは大きかった。つまり一般のアカデミシアンと違うのは、浪人といっても受験勉強の延長なんかではなく、二年間の給料生活を送って、すでに社会に出ていたということです。そういうところも、よくいわれる貴族的な趣味人のイメージとは違いますが、「モダン日本」という雑誌の編集長だった吉行淳之介の下で働いて、飲んで、二年間に久生十蘭と会ったり、小牧近江や今日出海の下訳をしたり、秘田余四郎夫妻と遊んだりしている。それから大学に入ったわけですが、研究室のアカデミズムにはなじめなくて、独自にもう翻訳の仕事をはじめています。いわゆる「研究者の卵」の期間がなかったわけですね。

僕は彼の卒業論文を読んだことがあります。「サドの現代性」という題名ですが、門外不出のそれを読んで、やっぱりと思いました。大学生時代はブルトンに出会ったことが大きい。ただしブルトンに何を見たかというと、世間一般に「シュール」とかいわれているものとは違います。むしろブルトンの人格そのものに反応している。それも、過去のさまざまな「好き」を自分のなかにストックしていて、そこから新しい文学や美術の系統をつくりあげてゆく能力、というか資質ですね。

――アンドレ・ブルトンのそのあたりに注目するというのは、独特ですね。

それは澁澤さん自身の資質と、ある部分が共通していたから。そもそものなれそめは、紀伊國屋の洋書部だかで見つけた『黒いユーモア全集』です。僕がはじめて訪問したときに、澁澤さんの持ちだしてきた本がそれでした。淡い渋いピンク色の表紙で、さまざまな作家の肖像が散りばめられている不思議な装幀の大著ですが、なかに四十五人の過去の作家や芸術家の文章が収められていて、ブルトン自身の文章は総論と、それぞれの人物についての序文だけ。でもこれがブルトンの編著ではなく「著書」であるという事実に、澁澤さんは反応したみたいです。

集められた四十五人は、すべてブルトンにとって、いわば「私のなかのシュルレアリスト」だということ。アンドレ・ブルトンというのは文学でも美術でも、過去から仲間を見つけだす能力に長《た》けていて、だれも気がつかないような作家、普通そう思われていないような作家を招び集めることで、文学史・美術史という制度的なものをくつがえそうとした人です。

——そうすると、まさに澁澤さんそのものですね。

いや、澁澤さんはブルトンのその部分だけを受けつごうとした、ということです（笑）。くだんの卒業論文には「サドの現代性」という題名がついていて、そのことも見のがせません。澁澤さんの特徴のひとつは「現代性」ですから。過去の文学作品を文学史的に、もしくは進化論的に読むことを拒否して、ずばり「現代性」としてとらえる。そんなやりかたはアカデミズムにはありませんね。でも澁澤さんはサドを、いわば現代の作家として読みはじめました。ある意味でアクチュアルなそういう姿勢も、アンドレ・ブルトンを受けついでいるものです。

——ブルトンが多くの才能を再発見したように、日本の文学や芸術で澁澤さんの発見した作家や芸術家は数えきれません。

そういえば昨年、伊藤若冲の展覧会が大評判になりましたが、ブームの火つけ役のひとりは昔の澁澤さんですね。ずっと以前に辻惟雄の本などを参照して、とてもわかりやすい、刺激的な若冲論を書いていましたから。そんなふうに過去を再発見し、過去を「現代性」として、同時代としてとらえなおすやりかたは、アンドレ・ブルトンを通じて自分のなかに発見していたものですが、それだけがシュルレアリスムではありません(笑)。

もうひとつ、澁澤さんが惹かれたブルトンの本は『魔術的芸術』で、一九五七年に出てからすぐ読んだらしい。太古の時代から現代にいたるまで、さまざまな美術作品が図版に入っていますが、あれが一時、澁澤さんの種本になります。でも、ブルトンの『ナジャ』や『通底器』を精読した形跡はない。「ブルトンは文章が難しいから、あとは君がやってくれ」なんていわれた(笑)。『魔術的芸術』の翻訳も、序論を訳すはずが亡くなってしまったので、あとで僕が訳して河出書房新社から出しましたが。

——澁澤さんには、もっと広いところもあるでしょう。

さっきも話したとおり、彼は必要なものしか読まない人なので、ブルトンも全部は読まない。バタイユもそうで、全部を読むということはしない。だいたいまとめて買うことは少なくて、たとえば邦訳のゲーテなども必要な本が二、三冊あるくらいのもので、全集を自分でそろえてすべて読んだ作家というのは、泉鏡花、谷崎潤一郎、石川淳、稲垣足穂、花田清輝、三島由紀夫、といった日本の作家が多く、外国の作家ではサド以外、あまりないかもしれません。

ただ、自分に似たもの、必要なものを見つける直感がすばらしかった。それが推進力になって、どんどん領域をひろげていったということです。

――原書では個人全集が少ないということでしょうか。

もちろん、サドの全集は特別ですね。ジャン＝ジャック・ポーヴェール社の『サド全集』を、新宿の紀伊國屋で予約したのは澁澤龍彦と松山俊太郎、それにたぶん遠藤周作くらいだったといわれていますが、そのときに松山さんと出会ったという有名な話があります。でも、たとえばレーモン・ルーセルなどは早くに『ロクス・ソルス』を発見していて、翻訳してみたいともいっていたから、学生時代の僕はそれにつられて読んで、おもしろくて、おなじポーヴェール社から出ている著作集もそろえました。そのあと澁澤さんと会って「ルーセルのあれも、これもおもしろいですね」といったら、「え、そんなのも読んでるの。俺のところには著作集なんてないから」と。そういう人だから、無駄がないんです。

国家権力への抵抗

――澁澤さんの六〇年代はサド裁判の時代でもありましたね。サド裁判は「表現の自由」を論点にしなかったというのが特徴ですが。

「国家」に表現の自由などない、とかいっていますね。その前のチャタレー裁判とくらべると、違いがはっきりします。サド裁判がはじまったときは文壇でも大騒ぎになって、伊藤整とか中島健蔵とか、チャタレー裁判の関係者と座談会をしたりしましたが、澁澤さんはそういう面々の話には乗らなかった。もうひとりの被告だった版元の現代思潮社の石井恭二さんも、ある意味では澁澤さんよりももっと過激で、アナーキズム的な思想を持っていました。埴谷雄高、吉本隆明、澁澤龍彦などの本を出して、一時代をつくった人です。あの現代思潮社じゃなかったら、あれほど本質的な裁判にはならなかったでしょう。

裁判というのは国家権力による退屈な演劇みたいなもので、検察側と弁護側とが法廷で議論を闘わせますね。澁澤さんと石井さんはその舞台自体を批判したわけです。つまり土俵の上にはあがらないで、土俵そのものを裁こうとした（笑）。国家権力を相対化しようとした。サドの文学自体がそういうものだからという論拠です。国家権力から見ればサドは有罪にきまっている、それでいいということですね。つまり「言論の自由」とは話のレヴェルが違うので、当然、最高裁判決は有罪でおわります。有罪になったってかまわないというんだから、すごい裁判でした。いわゆる良識的な文化人は、有罪ではいけない、「言論の自由」を勝ちとらなければ、といっていたけれども。

これはいまこそ必要な考え方かもしれません。国家権力そのものを否定できる立場を前提に持っていないといけない。いまいちばんあぶない、おそろしいものは、バカな「国家」ですから。その権力を否定するのがサドなんで、サドの文学は「猥褻《わいせつ》」とかいうレヴェルで裁けるものではない。猥褻なんてものは猥褻だと思う心の問題なんで、つまり「猥褻なのは検察官である」というような名言まで出てきました（笑）。

さっきの生産性の倫理をぶちこわす主張ともつながっていますね。それが遊びのモラルであり、通俗化して『快楽主義の哲学』になります。この新書本がベストセラーになって、六〇年代後半にサド裁判は有罪でおわりますが、でも結果として北鎌倉に新しい家が建ち、澁澤さんの生活は豊かになりました（笑）。

サド裁判のおかげで有名人になって、新聞や週刊誌での露出度が高くなって、そこに確立した「あの澁澤龍彥」のイメージを利用したのが雑誌「血と薔薇」でしょう。あれも澁澤さんがいいだしてやったわけではなく、「遊び」としておもしろいからと責任編集を引きうけました。

「血と薔薇」で読むべきは、まず『「血と薔薇」宣言』ですね。あそこでインファンテリズム、つまり「退行的幼児性」をつらぬくと宣言しています。あのとき、ついに澁澤さんはいいきったなと思いました。生産性の倫理をぶちこわす遊びの生き方が、幼児性の主張にまで行きついた。これは子どもであった自分に戻るということではなく、大人のまま子どもであること、子どものように無償の遊びにふけることに近いですね。インファンテリズムには消尽、あるいはバタイユ風の「蕩尽」がふくまれます。三号までできっさと退いた「血と薔薇」は、蕩尽の祭のようなものでした。

よくいわれるように、澁澤さんには子どもっぽいところがありますね。金井美恵子さんによれば「幼稚」（笑）。子どもっぽいがゆえに剛直で純粋だし、子どもっぽいがゆえにしたたかな大人だという、不思議な人格の力があります。子どものときに吹きこまれたものをくりかえすだけではただの「ガキ」でしょうが、澁澤さんの場合はむしろ、幼時にさかのぼる自己発見の旅をはじめたわけです。そんなふうに出発・再出発ができるというのも、作家としての強さでしょう。

——六〇年代から七〇年代、澁澤さんは芸術家や演劇人などに大きな影響を与えていますが、そのあたりはどうでしょうか。

それも一面、インファンテリズムで説明できるかもしれません。さっきお話したとおり、あのころはまさに高度経済成長の時代でした。つらい労働が未来をつくるとか、「日本スゴイ」なんていうのがもうはじまっていました。国家と資本がすべてを科学技術＝テクノロジーに従属させようとしていて、それが七〇年の大阪万博の「人類の進歩と調和」といういかがわしいスローガンに集約されていきます。

でも文化というのはそれと対立するもので、そんな「人類の進歩と調和」に反抗していたのが、広い意味でのアンダーグラウンドです。土方巽の暗黒舞踏もそうでした。唐十郎の状況劇場にしても、ほとんど本能的に、資本とテクノロジーの支配に対して「ノン」を突きつけていた。暗黒舞踏やアングラ演劇に連動したネオ・ダダ以来の新しい美術の動きにしても、あるいは学生運動の一部にしても、澁澤さんのサド裁判や、著書や訳書に鼓舞されていたことは事実です。

もっとも澁澤さん自身にはリーダーの自覚などなくて、ただ自己探求をつづけていただけなのかもしれませんが。

――それでいて、あれだけの影響を与えていたというのは……。

まあ、多少はアジテーターの自覚もあったかな（笑）。たとえば大阪万博の前に、「密室の画家」という極端なエッセーを書いていますね。テクノロジー崇拝のはてに国家権力の道具になってゆくアートに対して、「密室の画家」を称揚する文章です。密室にこもってひたすら自分の好みを追求し、自分の気質に従って手作業をする画家たちを擁護した。これは大きな影響があったと思います。その後の幻想絵画の流行を用意しましたし、ある意味では「オタク」文化も予告しましたから。

七〇年代以後の変貌

――そのあと七〇年に『澁澤龍彥集成』全七巻が出ますね。でも七〇年代になると、澁澤龍彥のイメージもすこし変ってくるようですが。

七〇年は戦後の歴史にとっても変り目でしたね。澁澤さんは「万博を嫌悪する」で突っぱねておいて、それまでの自分の仕事をまとめた。あの全七巻は版元の桃源社がまとめたというよりも、著者自身が取捨選択した集成で、過去の「澁澤龍彥」像の著者による集約だともいえます。野中ユリの装幀も六〇年代の澁澤龍彥をみごとに象徴するようなデザインで、だからよく売れたわけですね。あれで澁澤龍彥ははじめて広く一般読者を獲得した、とよくいわれます。

ところが澁澤さん自身は、自分の仕事をむしろ整理したという感じでしょう。あの『集成』の出ているあいだ、生まれてはじめてのヨーロッパ旅行をして、新しい出発のきっかけをつかんだのだと思います。あの旅行について僕は何度も書いたり語ったりしましたし、『滞欧日記』(河出文庫)のような本も校閲・編集してきたので、ここではくりかえしませんが、大阪万博の年だったというのが興味ぶかいですね。大阪万博はお祭とかいっても、岡本太郎の主張していた「蕩尽」どころではなく、生産性そのものの謳歌になり、「日本スゴイ」の風潮を派生させた「国家」イヴェントなんで、澁澤さんはそこから逃走したといえなくもない(笑)。それは冗談としても、とにかく嫌気がさしていたことはたしかでしょう。

それで年末近くに帰ってきて、三島由紀夫が自刃して、澁澤さん自身にもいろんなことがあった。もうあのときには、次の出発点が見つかっていたと思います。それまでのコワモテの澁澤龍彥のイメージや、「異端」とかいうようなマスコミの紋切型からいったん退いて、「胡桃の中の世界」にこもってみせました。おなじころ『ヨーロッパの乳房』も出ていますが、あのほうには一種の解放感があって、澁澤さんはすこし変ったな、と感じたものです。

これもすでに何度か書いたことですが、彼の「私」そのものが変ったわけです。それまでの「私たち」をふくむ「私」ではなくて、孤立した一個体としての「私」になる。といっても、彼個人の内面的な「私」じゃなくて、複数の作家主体をとりこんでいるような、アンソロジー風の「私」です。『胡桃の中の世界』は他者の言葉の借用で展開していますから。バルトルシャイティスとかジル・ラプージュとかピエール＝マクシム・シュールなどのフランスの原書を訳しながら書いている文章が多くて、他者の考えがそのまま「私」の考えとして出てくる。そこがかえっておもしろい。それを「剽窃」だとかいって、鬼の首でもとったように書きたてる人もいますが、でも、借用は一つや二つじゃないんですから（笑）。

澁澤さんは百も千もの書物から借用しているわけだから、むしろ自覚的な方法です。ブルトンの『黒いユーモア選集』の延長だとも考えられますね。つまり、自分と似たものに出会うとそれをそのままストックして、そのつど標本みたいにとりだせるようになっている。記憶の再生がじつにスムーズです。手塚治虫じゃないけれど、たいていのものが「再話」みたいになる。そういうふうに見ないと澁澤龍彥は理解できないでしょう。

――そのあとの小説では、さらにそれが自由自在になっていきますね。

まさに独自の方法、それがやりたかったんじゃないでしょうか。自分の「私」というのをいわゆる近代小説のような形では表現しない。幼年期の複数的な記憶からはじまる「私とは誰か」という問いが、そこまで行ったんでしょうね。複数の「私」がいて、どれがどれだかという感覚もあったかもしれないし、松山俊太郎さんなんかは「他人《ひと》のものは俺のもの」というのが澁澤龍彥だ（笑）といっていますが、むしろ「私に似たもの」のコレクションです。アナロジーがアナロジーを呼んで、連鎖がひろがってゆく。アナロジーの山、類推の山かもしれません。

六〇年代にはオリジナリティーのあるもの、イデオロギッシュなものも書いていたのが、だんだん穏やかにまとまっていったというので、澁澤龍彥の変節を云々する人もいますけれど、逆ではないかと思う。むしろプールが溢れるほどになってきて、どこか出口がほしかったんでしょう。一九七七年だったか、『旅の仲間』（晶文社）に入っている堀内誠一さん宛の手紙で、もう行きどころがなくなって、小説でも書くしかないと書いています。『思考の紋章学』から『唐草物語』への転換が、また新しい「旅」になるわけです。

――小説をはじめたというのは、エッセーではもう、やりつくしたんでしょうか。

やりつくしたというより、エッセーでは翻訳経由ではなく、たとえば『玩物草子』のような、幼少期の記憶のコレクションが新領域になりました。ただ、小説のほうがもっと自由になれる、ということはあったでしょう。小説もはじめはエッセーとそんなに差がなくて、少なくとも最初の『唐草物語』はエッセーの延長ですが、さらに日本や中国・朝鮮などの説話のプールがどんどんふくらんでいって、『ねむり姫』『うつろ舟』へと、小説世界もすこしずつ変化してきます。一方では幼年期からずっとあったもの、球体とか結晶とか、動物・植物界の不思議なオブジェへの問いかけです。自分はあくまで観念的な人間だといいつづけていて、たしかにある意味ではそうですが、でも実際には自然がオブジェとして、実体としてあらわれはじめていたと思います。

エッセーも最後には『私のプリニウス』などを経て、『フローラ逍遥』みたいな感じになる。あれはいいですね。植物界も彼の小説にすこしずつ浸透しているように思えますが、あとは卵とか、石とか、骨とか、貝殻とか、記憶でもあり実体でもあるオブジェが小説のモティーフに入ってゆく。そういう境地に達したのはやはり、実際によく旅をしたせいでもあるでしょう。旅というのは未知の多様性と出会うことで、それが「驚異」の体験になるから、コレクションも自然に集まってくる。澁澤さん特有の「デジャ・ヴュ」(既視)の原動力にもなりました。だから小説も旅の形をとるようになったんですね。

僕の最初に書いた『澁澤龍彦考』の基本的なテーマのひとつは、「庭から旅へ」でした。彼は六〇年代までは自分の「庭」をつくっていたけれど、しだいに「旅」に移っていった。もちろん庭にしても旅にしても、「私とは誰か」にかかわっているので違うものではないし、広大な庭を旅したり、旅をして庭をひろげてゆくこともできるわけですが、とにかく幼年期からのはてしない記憶を呼びさましながら、はてしなく空間を時間化してゆこうとしていたのが、晩年の澁澤龍彦だったといえるでしょう。

——最後の『高丘親王航海記』についても、やはり幼年時代が……。

『高丘親王航海記』が優れた作品だと思うのは、ひとつには「私」の探求が読めるからです。それも近代的な個性にしばられた自我じゃなくて、なにかしら僕らを解放するもの。現代的な意味での抑圧のない、透明で普遍的な、そういう新しい「私」に近づこうとしているからです。旅は小説のはじめから予告されていて、珠《たま》というか、球体のなかに光り輝いているものを求めて行きますね。薬子によって投げられたもの。はじめにはエグゾティシズムがあったという旅の出発点ですが、その外へ向う心という意味のエグゾティシズムを、ちょうど玉葱のようにむいてもむいても切りのないものだともいっています。その切りのない中心に天竺があるのだといっている。

その玉葱というのが初期の小説集『犬狼都市』にも出てきていたので、これも回帰してきたモティーフです。澁澤さんは玉葱が好きなんですよ（笑）。いくらむいても切りのない玉葱がエグゾティシズムだとすると、普通とは違いますね。エクゾティシズムが外へ向う心の意味だとすれば。だからむしろ、内に向うことがそのまま外に向うことでもあるというのが、澁澤さんの「旅」です。そこで外と内とが同時にとらえられて、行きつくはては空虚なんだけれども、その空虚がまた無限に豊かになってゆくわけです。

実際、高丘親王は旅の先々でへんてこなものにばかり出会いますが、それらはもともと澁澤さんの幼年期から好きだったもののオンパレードで、つまり「デジャ・ヴュ」です。出会うたびに高丘親王は驚きますけれど、その驚き方が簡単ですね（笑）。つくづく驚いた、みたいな。紋切型の表現ですが、デジャ・ヴュなんだし、近代的な自我じゃないからそれでいい。他の作家だったら美辞麗句をつらねて驚きの質を表現するかもしれないが、そんなことをせずにあっさり通りすぎてゆくのが高丘親王。それで最後にはあっさり死んでしまいますが、そこにまた光の結晶のような珠のイメージが出てきます。

それははじめからあったイメージでもあるし、目的地の天竺のイメージでもあるし、作者の幼年期のイメージでもあるので、ちょうど円環を閉じるようにして終ることになる。でも最後に解放も訪れるという独特の円環構造は、まさに澁澤龍彥なのだと思います。

最終ページで、「気がするが」という作者の独自としか思えない一語が出てくるのは、じつに巧みというか、澁澤さんにとってはごく自然な、他者と「入れ子」の状態になる「私」の表現ですね。その前に一種の伏線として、「私たち」という主語も出てきますけれど。

これからどう読まれるか

——ところでこれからの澁澤龍彥は、インターネット世代の若い人たちにどう読まれてゆくのでしょうか。

ひとつの方向として、一種のコレクションとしての読み方もあるでしょう。実際にインターネットにはコレクションという要素がありますね。情報を収集・蓄積・開示してゆくものです。図像データばかりを蒐集している人も多い。その場合、澁澤さんの紹介してくれたイメージはじつに魅力的だし、有用でもあるはずです。若い人たちはとくに、自分の好きなものを自分のアイデンティティーにしようとする傾向がありますが、実際には自分の「好き」に自信が持てなかったり、いわゆる「同調圧力」に従ったりしがちですね。そういうときにいちばん頼りになるのが澁澤龍彥、ということもありそうです。

ほかにも情報源になるようなコレクター気質の先人はいろいろいるでしょうが、そういう人はえてして網羅的ですからね。澁澤さんのように「選択」と「類推」のみごとな作家はいません。

——そういえば「澁澤的」「澁澤系」「澁澤オタク」という言い方がありますけれど、他にそんなふうにいわれる作家は少ないですね。

頼れるからでしょう(笑)。澁澤さんのコレクションは交換価値と関係がないので、一種の解放感も生まれるだろうし。コレクションといっても宝石や装飾品を集めるわけではなく、切手コレクションなども違います。澁澤さんは絵やオブジェを記憶イメージとして集めているだけです。それに澁澤さんの好きなものって、だいたい「かわいい」ですね（笑）。気持わるいものを「澁澤系」だと思っちゃう人もいるかもしれないけれど、そうじゃない。気持わるいものなら、もっとマニアみたいな人がいるので、そっちに行けばいい（笑）。澁澤さんは「マニアック」ではありません。ついでにいうと、シュルレアリスムも「かわいい」ものがほとんどです。ダリなんかは気持わるいけれど、シュルレアリスムから除名されましたね（笑）。

それから、澁澤さんを「オタク」の祖みたいにいう人もいますけれど、ぜんぜんそんなことはありません。澁澤さん自身は閉じこもりのコレクターではないから。でも、さっきの「密室の画家」というエッセーからもわかるとおり、澁澤さんは「オタク」的なものを否定しているわけではない。僕自身もいま「オタク」という言葉を、マイナスのイメージとしては使いません。むしろよい点もある。というのは、好きなものがきまっていて、それを追求してゆく姿勢があるのだとすればですね。いまの学生などには、好きなものさえない人もいますから。スマホに出てくるものを見て、刹那的に「いいね」反応をするだけというような。

それと澁澤さんには、アンティームで、身近に感じられる人というところもある。かつて澁澤龍彦をよく読んでいた団塊の世代は男性が多かったけれども、いまの読者は女性が多くて、澁澤龍彦を「澁澤さん」と呼んだりしています。それがおもしろい。僕の以前の『澁澤龍彦考』では、第一章が「澁澤さん」という題名でした。ほかの物故作家だとそうはならないでしょう。芥川さんとか太宰さんとか、野坂さんとか深沢さんとはいわないでしょう（笑）。つまり、作家と作品がいい具合に連絡していて、独特の感覚で身近になれるというのが澁澤龍彦です。そこもこの作家のおもしろいところだと思う。

本人を知らない読者にとっても、こういう人が近所にいたらいいなというような作家。男性でも汗くさくないというか、少なくともマッチョではなくて、身近にいてもストレスのないような感じかもしれない。それはとても大事なことだと思う。

——本人を知らない若い読者、女性読者にもそう感じられるのだとすれば、そのことはどこから来るのでしょうか。

もちろん、書いたものからです。書いてあることから人格にすぐ接近できるルートがある。じつは澁澤さん自身、自分はプライヴェートなことを書かないとかいっていて、たしかに心理の複雑な部分を出したりしないけれど、実際には「私」の人でしたから。

あれほど独特のやりかたで、「私とは誰か」を追求していた作家はいませんね。澁澤さんの本を読むと、澁澤さんがどういう人かというイメージができてきます。そのとき、自分はかけがえのない選ばれた人間だというような独善がないので、接近しやすいんです。小林秀雄なんかとはまったく違います（笑）。

たぶんある種の読者にとってでしょうけれど、好きなもののいっぱい入っている大きな器かなにかのように、リラックスできる集合的な「私」といったらいいのか、そういう感じがまずある。それから時系列を追って、変化の過程をたどってゆくと、いろいろ発見できるでしょう。そこから本格的な読書がはじまると思います。

もうひとつ、自由だということですね。いまの社会に自由などありませんが、そのなかで自由になろうとする生き方こそがじつは「自由」なんです。その意味で自由とは、ブルトンの『ナジャ』にもあるように、永遠の反抗かもしれない。サド裁判の時代に澁澤さんのとりつづけていた「反・権力」「反・国家」の姿勢は、もちろんいまも有効です。

——こんな時代だからこそ、その意味の自由な生き方が重要になってくるということですね。

そうです。それにもうひとつ、澁澤さんはイメージ、観念、形体を追求しつづけましたけれど、それらはかならずアナロジーでつながっているということ。つまり、アナログ思考ですよ。いまの社会ではすべてが多かれ少なかれ、ディジタルになっている。ディジタル思考というのは、たとえばインターネット画像に出会ってすぐ、好き・嫌いの反応をする。瞬時に「いいね」を押して反応するばかりで、それが何とつながっているかがわからない。それに対して、澁澤さんは徹底したアナログ思考ですから、アナロジーで観念やイメージをつなげていってくれます。

アナロジーがあると世界はひろがります。ディジタル思考は一方通行で数量に従うものですが、人間は本来アナログ思考なんで、想像力というのもアナログです。その基本にあるのは何と何が似ているということの発見。そういうアナロジー、類似・類推にもとづく想像力が、はるか昔から文学や芸術をつくってきたのに、ごく最近になってデジタル思考がのさばってきて、テクノロジーや政治までも方向づけてしまっているのは、困ったことだし、本当に危険です。こんな時代に澁澤龍彥を読むのは、むしろ健康なことだと思います。

僕はルネ・ドーマルの小説『類推の山』(河出文庫)を訳していますね。類推の山とは、アナログ山、アナロジーの山です。その訳書の「あとがき」に書いたように、澁澤さんはこの本の原書を一九五五年ごろに読みました。はじめに話したとおり、澁澤さんのもっともつらかった時期です。結核を病んで困窮していたあのころに読んで感銘をうけ、「人間が希望を失わずに生きてゆくために」必要な何かをそこに見た、といっています。

晩年の『高岳親王航海記』の創作メモに『類推の山』のあれこれが書きこまれていることは重要ですね。『高丘親王……』は航海記ですが、『類推の山』も特異な航海記。「うつろびとといいばらの物語」という「話中話」も、澁澤さんはあちこちで借用・転用しています。しかもこの小説の冒険者たちは、超現実的なアナログ山の山腹まで到達するけれど、結核を病んでいた作者のドーマル自身が亡くなってしまったので、頂上には行きつきません。これも高丘親王が天竺まで行きつかないのと対応しています。

『類推の山』は未完で終ったことがすばらしい、と生前の澁澤さんはよくいっていました。僕もそう思います。それにしても、三十年も前に読んで記憶のプールに入っていた『類推の山』のあれこれが、『高丘親王航海記』に再生しているというのはすばらしい。これも、薬子の投げた珠のひとつだったんですね。

いまだったら『類推の山』を『アナログ山』と訳しているかもしれません。アナログ思考とはこういうものだという気のする本、澁澤さんの想像世界の鍵だともいえる小説なので、一読をおすすめしておきます。

——お話をうかがっていて、ますます澁澤龍彦の広さと底知れなさを感じました。最後に、その独特のポイントをまとめていただけたらと思います。

それはいろんな側面からいえそうですけれど、やはりアナロジー、文章によって展開するコレクションという方法、好きなものを「好き」といい、制度や通念への反=アンチをはっきり表明する姿勢、などが基本にあるということかな。いまや好きなことを好きといえない「忖度」や「同調圧力」の社会になっているのだとすれば、この先人の本は必要です。

歴史感覚の薄れているいまの社会にとってもそうでしょう。といっても歴史上の表面的な事実などではなく、戦前・戦後の各時代にあった物、イメージ、観念の記憶が再生して、くっきり実体化して見えてくるのが澁澤龍彦の文学ですから。

最終的には、僕はおそらく澁澤さんの人格、というか生き方のほうに魅力を感じているようです。一冊の本からでも人格は感じとれますが、生き方となると生涯を通して見たくなるでしょう。だからこそ計四十冊にもなる『澁澤龍彥全集』と『澁澤龍彥翻訳全集』をつくったわけですが、少なくとも年代を追って、何冊も読んでゆくのにふさわしい作家だと思っています。

二〇一七年三月二十一日　世田谷の自宅にて

後記

『澁澤龍彦論コレクション』第Ⅲ巻に収めてあるテクストの多くは、二〇〇七年、つまり澁澤龍彦の没後二十年を機に書かれ、語られたものである。同年とその前後には「澁澤龍彦　幻想美術館」という大規模な巡回展をはじめ、さまざまな展覧会、記念出版や雑誌特集などがおこなわれることになったが、私は監修・執筆などの形でその大半に加わっていたために、いきおいたくさんの文章が残ったのである。

第Ⅰ巻所収の「『澁澤龍彦考』あとがき」にも記してあるとおり、澁澤龍彦についての注文はすべて引きうけるようにしていたし、また二十年後に澁澤龍彦を語りなおすよい機会でもあったので、何冊かの本をつくり、多くのエッセーを書き、たびたび講演をし、対談やインタヴューなどにもできるだけ応じていたのだった。

その中心を占めることになったのは、いうまでもなく、平凡社刊行（編集協力・アートプランニングレイ）の『澁澤龍彦　幻想美術館』である。四月から十一月にかけて、埼玉県立近代美術館、札幌芸術の森美術館、横須賀美術館を巡回した前記の展覧会の図録を兼ねたもので、会期中から版を重ね、現在も絶版になってはいない大型の単行本である。

巻頭に収録するべきは当然、この「記念碑的な書物」ということになる。ただし展覧会の図録でもあったために、ほぼ全ページがカラー印刷で、作品図版は三百十点におよび、ほかに多くの参考図版や写真アルバムなども入っている。そういう原本がまだ生きている以上、すべてを再録・再現することは無意味でもあるので、ここでは新たな編集のもとに、四十二点の図版をモノクロで掲載し、さらに私の撮影による澁澤邸の写真五点を加えることにした。

活字のページについても、複数の執筆協力者のいる「名鑑　澁澤龍彦をめぐる260人」や、「澁澤龍彦年譜」のような資料的な部分は省いた。また図版のキャプション解説なども除外し、必要な場合には新たに書き加えた。したがってここに収録されているのは、この大冊の本体をなしていたテクストと、主要作品（単色の版画などを多めに選んでいる）のモノクロ図版と、新しいキャプションと、写真、等々である。

結果として百ページ弱にまとまり、この巻の四分の一を占めているにすぎないが、もちろん一冊の著書として読めるように工夫しつつ、大幅に加筆・修正をほどこしてある。だから原本とやや違う趣に読めるだろうし、必要とあれば原本のカラー図版や「名鑑」などを参照することも可能だろう。

この機会に、あらためて作品図版の掲載を許可してくださった作者、コレクター、所蔵美術館のみなさま、そして平凡社とアートプランニングレイの担当者のみなさまにも、厚く御礼を申しあげておきたい。

★

つぎにこの巻の後半、全体の四分の三ほどを占めているのは、一冊の著書に擬して編集してみた『澁澤龍彦と「旅」の仲間』である。単行本未収録テクストの集成なので、いま私自身、新著一冊を物したばかりのような気分になっている。

全体を四つの部にわけて構成したが、そのうち前半のIとIIのほとんども、二〇〇七年とその前後に発表されたものである。同年に「ユリイカ」誌上で澁澤龍彦特集が編まれ、また名古屋のCスクエアや東京のギャラリーTOMなどで、澁澤龍彦と堀内誠一との往復書簡の展覧会がひらかれたことがまず大きい。とくに後者は私の監修していたものだが、おたがいの手紙のすべてを収録する『旅の仲間　澁澤龍彦・堀内誠一往復書簡集』(晶文社)という大著の編集まで引きうけて、翌二〇〇八年に上梓している。

Iの部を「出会い・手紙・旅」と題したのは、前者「ユリイカ」の特集について相談されたとき、後者「旅の仲間」の手紙の二、三と、私の手もとにある澁澤龍彦から瀧口修造と私への手紙をならべて公表し、それぞれの出会い、手紙、旅の過程を追ってみたことがきっかけである。以前から澁澤龍彦と加納光於の、ついで瀧口修造の出会いにも注目していたので、澁澤龍彦の生涯を左右したといってもいい知られざる交友関係を、新たに手紙を通して考えようとしたわけである。

「旅の仲間」という言葉は、「旅」を括弧に入れることによって一気に意味がひろがる。澁澤龍彦がその短い生涯をひとつの「旅」として送った作家だとして、ある時代以後にいくつか偶然の出会いに恵まれ、仲間、同行者とも呼べるような友人を得ていたことは重要だろう。私自身にもそんな関係が及んでいたという類推のもとに、この新編集の「著書」のタイトルを、「澁澤龍彦と「旅」の仲間」としたのである。

IIの部は標題のとおり「二〇〇七年のトーク集」そのものだ。以前から私は講演やインタヴューの仕事が多く、この年にも前記「澁澤龍彦　幻想美術館」展や「旅の仲間」展に関連してさまざまな「トーク」をしていたが、活字になって発表されたものはごく少ない。そのなかから三篇を選んだのがこの部である。発表媒体によってまとめかたや口調の違いがあるので、この際にできるだけ調整するようにした。ときには原稿にさかのぼって書きなおしてある。

テーマからして当然、他の章と重複するところも出てくるが、「トーク」にはトークでしか得られない脱線やディテイルのおもしろさがありそうなので、あえてそのままにしたところも多い。二〇〇七年の大仕事であった『澁澤龍彦　幻想美術館』や『旅の仲間』をいわば立体的にわかりやすく解説しているトークとして、気軽に読んでいただけたらと思っている。

Ⅲの部「澁澤龍子さんに聞く」になると、私のほうが聴き手にまわっているインタヴューないし対話であり、この巻のなかでは特殊なコーナーであるため、とくに二段組で構成してある。

澁澤龍彦の夫人・龍子さんこそ、いうまでもなく、澁澤龍彦にとって字義どおりの「旅の仲間」だった。一九七〇年の最初のヨーロッパ周遊以来、ほとんどすべての旅に同行していたわけだから、まさに無二の証人でもある。そんな人物から「真相」(?)を聴きだせるなんて、願ってもないことではあるまいか。

はじめのものは一九九二年、四度のヨーロッパ旅行中に澁澤龍彦の綴っていた『滞欧日記』(河出書房新社)を、私の校訂・編集によって一冊の本にしたときに、人形町の河豚料理屋で試みたインタヴューで、酒も入ったせいか口が軽く、ほかではめったに読めない一種の放談になっている。それだけに、「旅の仲間」が人生の伴侶でもあったということのツボをさりげなく感じさせ、ときには心を打つところもある貴重な記録だろう。

あとのものは二〇〇七年、やはり「澁澤龍彦　幻想美術館」展に関連して企画されたインタヴューで、国内旅行と日本美術にテーマをしぼっている点がめずらしい。十五年をへて思い出の密度も濃くなったというか、トーンがいささか変っている。私にとっては北鎌倉の澁澤さん家《ち》の、新春の晴れた午後の一刻を思いおこせるような、のどかで心なごむ対話である。

Ⅳの部だけは最近の「トーク」で、澁澤龍彦の作品ばかりではなく、現代社会におけるその読み方・読まれ方について語っている。「震災後の発言」と題したのは、あの東日本大震災と福島原発の大事故以来、この国の社会が急速に変りつつあることを前提にしているからである。

いま私は「国」といったけれど、現代の日本でのこの言葉の内容は危うい。本来「国」とは風土・自然と不可分の「くに」（英語ではカントリー）のことであり、人工的で可変的なシステムとしての「国家」（英語ではステイト）とは別の概念であるにもかかわらず、この両者を同義としてしまうようなまやかしを、「国家」自体が押し通そうとしている。そればかりか「国家」が「くに」を蹂躙しはじめている。

澁澤龍彦の文学にはもともと、そのような「国家」に抵抗するところがあった。サド裁判のころの反体制・反「国家」の姿勢から、晩年の小説や紀行や博物誌に見えた「くに」をのびやかに旅してゆこうとする志向まで、変貌をつづけながらも彼がけっして捨てなかった基本は「自由」だった。人間は自由ではないにしても、その自由ではないということを自覚しつつ、それでもなお自由であろうとする生き方こそが「自由」である。澁澤龍彦がいまひろく読まれ、今後も読まれつづけることを期待されているという根拠のひとつは、端的にいってまずこの点にあるはずだ。

最後のインタヴューは二〇一七年、つまり没後三十年にあたる今年に入ってからおこなわれたもので、タイトルのとおり澁澤龍彦の「現代性」を考えている。これは彼の出発点のひとつだった大学の卒業論文「サドの現代性」を念頭に置いたタイトルである。澁澤龍彦はそれ以来一貫して「現代性」

を保ち、「現代的」であろうとしてきた作家だということである。

そういえば澁澤龍彥の好んでいた「モダン」という独特の用語には、この「現代的」のふくみもあったように見える。最後の小説『高丘親王航海記』の最後のくだりを病床で執筆していたとき、彼は虎に食われた親王の亡骸について、「プラスチックのように薄くて軽い骨だった」と書いてから、あとでその前にひとこと、「モダンな親王にふさわしく、」とつけ加えた。自画像とも思えるこの「モダン」という多義的な言葉に、いまここで、彼の「現代性」についての自覚を見ておくこともできるだろう。

★

『澁澤龍彥と「旅」の仲間』のⅡの部からあとが、すべて「トーク」になっていることは偶然ではない。私自身がここ十年来、書くことばかりでなく語ることを重んじはじめ、またそれを求められることが多くなったせいもある。もちろん今年に入ってからも、十年ぶりに監修を引きうけた「澁澤龍彥ドラコニアの地平」展（世田谷文学館）の図録の長文テクスト「澁澤龍彥と文学の旅」（新しい見方を示そうとしたものだが、時期的にここには収録できない）をはじめ、書いた文章もいくらかはある——にしても、語る機会のほうがふえてきているのはたしかである。

そのような事情もあったので、この巻の後半には「トーク」を収めることに決め、さらに刊行順が先になった『澁澤龍彥論コレクション』第Ⅳ・Ⅴ巻を、「トーク篇」1・2として追加することにしたのだった。
　ともあれ、澁澤龍彥の没後三十年にあたる二〇一七年の暮れに、なんとか『コレクション』全五巻の仕事を終え、この後記をしたためられたことを悦びとしたい。

二〇一七年十二月十二日　巖谷國士

初出一覧――いずれも本書収録にあたって大幅に加筆・修正した

澁澤龍彦 幻想美術館

『澁澤龍彦 幻想美術館』（平凡社、二〇〇七年）。本書の図版については一部を除き、この『澁澤龍彦 幻想美術館』のカラー図版三百十点のうち、四十二点をモノクロにして転載させていただいた。

澁澤龍彦と「旅」の仲間

I 出会い・手紙・旅

シュルレアリスト・澁澤龍彦
「學鐙」（丸善、二〇〇七年秋号）に「シュルレアリスト？ 澁澤龍彦」として発表。

澁澤龍彦と加納光於、そして瀧口修造
「水声通信」（水声社、二〇〇六年六月号）に「澁澤龍彦と加納光於――そして瀧口修造」として発表。

澁澤龍彦と瀧口修造
「ユリイカ」澁澤龍彦特集（青土社、二〇〇七年八月号）に発表。

澁澤龍彦と堀内誠一
「ユリイカ」澁澤龍彦特集（青土社、二〇〇七年八月号）に発表。

旅の仲間のために
巖谷國士編『旅の仲間 澁澤龍彦・堀内誠一往復書簡』（晶文社、二〇〇八年）に「解説 旅の仲間のために」として発表。

II 二〇〇七年のトーク集

『旅の仲間』をめぐって
「図書新聞」（二〇〇八年七月二十六日号、八月二日号、八月九日号）に発表。

美術・文学・エロティシズム
「トーキングヘッズ叢書（TH Series）№30」（アトリエサード、二〇〇七年五月号）に「「澁澤龍彦 幻想美術館」展とエロティスム 巖谷國士インタビュー」として発表。

澁澤龍彦の「旅」
「NHK知るを楽しむ 私のこだわり人物伝」澁澤龍彦特集（日本放送出版協会、二〇〇七年十月一日）に「旅」として発表。

Ⅲ　澁澤龍子さんに聞く

ヨーロッパ旅行の真相

日本美術をめぐる旅

Ⅳ　震災後の発言

「血と薔薇」の時代――二〇一一年にどう見るか

澁澤龍彦の「現代性」――二〇一七年にどう読むか

『新文芸読本　澁澤龍彦』（河出書房新社、一九九三年）に『滞欧日記』の真相――インタヴュー・澁澤龍子／聞きて・巖谷國士」として発表。同席の編集者は内藤憲吾氏。

「アート・トップ」澁澤龍彦特集（芸術新聞社、二〇〇七年三月号）に「日本美術を巡る旅」として発表。

WEBマガジン「VOBO」（二〇一一年八月）に「コイトゥス再考＃18　血と薔薇の時代」として発表。質問者は同誌・辻陽介氏。

「文芸　別冊」（河出書房新社、二〇一七年五月）に「澁澤龍彦の「現代性」――二〇一七年に、どう読むか」として発表。質問者は同誌・阿部晴政氏。

「万博を嫌悪する」→『澁澤龍彥集成Ⅶ』
……203, 303, 313

『美神の館』（ビアズレー）翻訳全集10
……56, 208

『フローラ逍遙』全集21
……24, 74, 76, 185, 260, 316

『偏愛的作家論』全集11 ……128

「撲滅の賦」→『エピクロスの肋骨』……38

『ホモ・エロティクス』全集7 ……42, 48

『マルキ・ド・サド選集』Ⅰ～Ⅲ（彰考書院版）翻訳全集1～2
……38, 99, 106, 112, 210, 211

『マルジナリア』全集9 ……126

「密室の画家」→『澁澤龍彥集成Ⅳ』
……18, 68, 70, 203, 204, 205, 312, 320

『夢の宇宙誌』全集4……16, 45, 51, 116, 120, 175, 199, 206, 215, 221, 301

『ヨーロッパの乳房』全集12
……21, 73, 176, 217, 218, 314

『裸婦の中の裸婦』全集22
……24, 82, 86, 186, 212

「ルドンの『聖アントワヌの誘惑』」全集3補遺 ……52

『列車〇八一　世界恐怖小説全集9』翻訳全集4 ……100

『私のプリニウス』全集21 ……74, 316

「ラコスト詣で」全集16補遺……140

『O嬢の物語』（ポーリーヌ・レアージュ）翻訳全集9 ……209

『幻想博物誌』全集16 ……………………7, 74

『犬狼都市（キュノポリス）』全集3……317

『恋の駈引』（サド）翻訳全集1 …………38

『さかしま』（ユイスマンス）翻訳全集7
…………………………………………56, 208, 275

「サド侯爵の幻想」全集別1 ……………36

「サドの現代性」（卒業論文、未発表）
……………………61, 99, 106, 264, 305, 306, 331

『サド復活』全集1 …38, 41, 43, 60, 101, 103, 109, 110, 111, 113, 117, 123, 128, 129, 210, 215

『思考の紋章学』全集14
…………………………74, 149, 176, 185, 221, 315

『地獄絵』全集12 ……………………………78

「澁澤龍彥自作年譜」全集12補遺……34, 98

『澁澤龍彥集成』I～VII　全集9～10
…………………………………………19, 20, 46, 48, 67, 68, 70, 72, 203, 216, 251, 256, 285, 313

「自由な結合」（ブルトン）→『エロスの解剖』 ……………………………………………208

『城』全集17……………………79, 137, 140, 176

『城と牢獄』全集17 ………………………110

『城の中のイギリス人』（ピエール・ド・マンディアルグ）翻訳全集15 ……………208

『神聖受胎』全集2
………………15, 16, 41, 102, 114, 129, 210, 300

「生産性の倫理をぶちこわせ」→『神聖受胎』 …………………………………………300

『ソドム百二十日』翻訳全集8……………37

『滞欧日記』全集別1 ……………………137, 154, 181, 184, 185, 199, 206, 217, 223, 231, 232, 234, 235, 236, 237, 239, 240, 251, 257, 313, 330

『太陽王と月の王』全集17 ………………23

『大理石』（ピエール・ド・マンディアルグ）翻訳全集12 …………………………208

『高丘親王航海記』全集22 ……8, 23, 27, 86, 87, 88, 91, 156, 187, 188, 189, 212, 213, 223, 225, 226, 227, 258, 264, 303, 304, 317, 323, 324, 331

『旅の仲間　澁澤龍彥・堀内誠一往復書簡』
…………………………136, 165, 191, 315, 328

『旅のモザイク』全集14 …………………176

「『血と薔薇』宣言」→『澁澤龍彥集成III』
……67, 199, 201, 202, 279, 284, 289, 295, 310

『超男性』（ジャリ）翻訳全集14 ………208

『洞窟の偶像』全集15 ……………56, 60, 149

『毒薬の手帖』全集3 ………………………48

『都心ノ病院ニテ幻覚ヲ見タルコト』全集22 ……………………………………40, 107

『ドラコニア綺譚集』全集19 ………74, 221

「鳥と少女」→『唐草物語』
…………………………142, 150, 151, 169, 170

『長靴をはいた猫』（シャルル・ペロー）全集12 ………………………………85, 225, 316

『ねむり姫』全集19………………85, 225, 316

『華やかな食物誌』全集20……42, 70, 71, 79

澁澤龍彥著作索引（五十音順）

本書で言及されている澁澤龍彥の著作のうち、単行本は『　』で、単行本に入らなかったものは「　」で示し、
それぞれの著作の『澁澤龍彥全集』『澁澤龍彥翻訳全集』における収録の巻を記した。

『悪徳の栄え』正・続（サド）翻訳全集5 ……38, 99

「異端者の美学」全集1補遺 ……106

「イマジナリア」全集20補遺……24, 79

『うつろ舟』全集21 ……85, 225, 316

『エピクロスの肋骨』全集1 ……211

『エルンスト』全集9……60, 112, 113, 129

『エロスの解剖』全集6 ……199, 208

『エロチシズムの歴史』（ロベール・デスノス）翻訳全集3 ……208

『エロティシズム』全集8 ……199

「エロティシズム断章」全集3補遺 ……18, 51, 120, 206

『黄金時代』全集10 ……201

『大胯びらき』（コクトー）翻訳全集1 ……106

『貝殻と頭蓋骨』全集13……12, 56

『快楽主義の哲学』全集6……66, 215, 310

「加納光於の世界」（改題「銅版画の天使・加納光於」）→『神聖受胎』 ……102, 114, 120, 124, 129

『唐草物語』全集18 ……23, 78, 142, 150, 224, 225, 315, 316

『玩物草紙』全集16 ……22, 71, 82, 177, 221, 222, 315

『記憶の遠近法』全集15 ……80, 263

『狐のだんぶくろ』全集20 ……31, 33, 221, 222, 299

『狂王』全集7 ……42

『胡桃の中の世界』全集13 ……22, 74, 116, 176, 206, 221, 314

「空間恐怖について」全集3補遺 ……15, 50, 120

『黒魔術の手帖』全集2……51, 103, 111

『幻想の彼方へ』全集14…7, 54, 62, 197, 212

『幻想の画廊から』全集8 ……7, 16, 18, 54, 58, 60, 61, 62, 71, 97, 98, 120, 197

『幻想の肖像』全集13 ……7

装幀・本文および図版レイアウト　櫻井久（櫻井事務所）

協力
澁澤龍子
平凡社
アートプランニング レイ
丸善
水声社
青土社
晶文社
日本放送出版協会
図書新聞
アトリエサード
河出書房新社
芸術新聞社
WEB マガジン VOBO

＊本書のなかには、今日の人権意識に照らして不当・不適切な語句または表現がある場合がございますが、作品の発表された時代的背景にかんがみ、そのままとしました。

巖谷國士（いわや・くにお）

一九四三年、東京に生まれる。東大文学部卒・同大学院修了。仏文学者・批評家・作家・旅行家・明治学院大学名誉教授。二十歳で瀧口修造と澁澤龍彦に出会い、以来シュルレアリスムの研究と実践をつづける。十五歳年上の澁澤龍彦とは親しく交友し、唯一人の「共著者」となる。澁澤龍彦の『全集』『翻訳全集』の編集や記念展をリードし、多くのエッセーやトークを捧げてきたが、本来の活動領域も広く、文学・美術・映画・漫画の批評から紀行・博物誌・庭園論・メルヘン創作、また展覧会監修・講演・写真個展などに及ぶ。主著に『シュルレアリスムとは何か』（ちくま学芸文庫）『〈遊ぶ〉シュルレアリスム』（平凡社）『封印された星　瀧口修造と日本のアーティストたち』（同）『森と芸術』（同）『旅と芸術　発見・驚異・夢想』（同）『幻想植物園』（PHP研究所）ほか。ブルトン『シュルレアリスム宣言』『ナジャ』（岩波文庫）、エルンスト『百頭女』（河出文庫）、ドーマル『類推の山』（同）などの翻訳でも知られる。

澁澤龍彦論コレクションⅢ
澁澤龍彦《しぶさわたつひこ》 幻想美術館《げんそうびじゅつかん》／澁澤龍彦《しぶさわたつひこ》と「旅《たび》」の仲間《なかま》

二〇一八年一月十五日　初版発行

著　　者　巖谷國士
発 行 者　池嶋洋次
発 行 所　勉誠出版株式会社
〒101-0051 東京都千代田区神田神保町3-10-2
TEL：03-5215-9021（代） FAX：03-5215-9025
〈出版詳細情報〉 http://bensei.jp/

装　　幀　櫻井久（櫻井事務所）
印刷・製本　中央精版印刷

ISBN978-4-585-29463-4　C0095

没後30年記念出版

澁澤龍彦論コレクション

全5巻

i……澁澤龍彦考／略伝と回想……◎本体三二〇〇円（＋税）

ii……澁澤龍彦の時空／エロティシズムと旅……◎本体三二〇〇円（＋税）

iii……澁澤龍彦 幻想美術館／澁澤龍彦と「旅」の仲間……◎本体三八〇〇円（＋税）

iv……澁澤龍彦を語る／澁澤龍彦と書物の世界［トーク篇Ｉ］……◎本体三八〇〇円（＋税）

v……回想の澁澤龍彦（抄）／澁澤龍彦を読む［トーク篇Ⅱ］……◎本体三八〇〇円（＋税）

巖谷國士

Iwaya Kunio……［著］

澁澤龍彦という稀有の著述家・人物の全貌を、巖谷國士という稀有の著述家・人物が、長年の交友と解読を通して、ここに蘇らせる。

定本〈男の恋〉の文学史
『万葉集』から田山花袋、近松秋江まで

『源氏物語』の柏木、近世の仮名草子などの古典文学から、北村透谷、田山花袋、近松秋江まで、数多の「男が女に恋をして苦しむ」作品を紹介、恋する男の系譜をたどる。

小谷野 敦 著・本体二二〇〇円（＋税）

私小説のたくらみ
自己を語る機構と物語の普遍性

芥川龍之介『歯車』など私小説の代表作から、大江健三郎『個人的な体験』など従来は「私小説」として扱われなかった作品まで取り上げ、「私」語りのありようを考察。

柴田勝二 著・本体三六〇〇円（＋税）

私小説ハンドブック

いまなお書かれ続ける「私小説」の一〇〇年の歴史を繙き、その豊穣さとこれからの可能性を示す、初めての私小説ガイドブック。リービ英雄などのインタビューも所収。

秋山駿・勝又浩 監修／私小説研究会 編・本体二八〇〇円（＋税）

私小説千年史
日記文学から近代文学まで

日本語がつくり上げた日本の文学――日記文学、和歌や俳句、随筆を経て、私小説という表現手法が生まれた道筋、その生い立ちを浮かび上がらせる。

勝又 浩 著・本体二四〇〇円（＋税）

写真集 土方巽
肉体の舞踏誌

光栄ある肉体の叛乱——。三島由紀夫、澁澤龍彥、瀧口修造、時代の先達を惑乱した土方巽の捩れる肉体。未発表を含む三五〇点以上の写真で網羅する完全な土方巽。

森下 隆 編著・本体三五〇〇円（＋税）

全訳 封神演義

中国古典神怪小説の集大成。現在でも信仰される哪吒や楊戩など神仙たちが登場し、姜子牙（太公望）が紂王・妲己を打倒する。全四巻。既刊一・二巻。

二階堂善弘 監訳／
山下一夫・中塚亮・二ノ宮聡 訳・各本体三二〇〇円（＋税）

宇宙飛行の父 ツィオルコフスキー
人類が宇宙へ行くまで

耳が聞こえず孤立するなか、ロケットの基礎となる理論を打ち立てたロシア人科学者ツィオルコフスキー。「ロケット推進の父」の、日本ではじめての伝記。

的川泰宣 著・本体一八〇〇円（＋税）

踊る裸体生活
ドイツ健康身体論とナチスの文化史

十九世紀末、ドイツを中心に広がった〈裸体文化〉は、新生活様式として受容され、ナチズムとも密接にかかわっていく…。写真資料とともに人類における〈裸〉の意味を探る。

森 貴史 著・本体二四〇〇円（＋税）